のすたるじあ

城　昌幸

JN140272

“だァれも知らないとこなの”女が語った美しい故郷の風景とは？　哀切極まる真相が胸を打つ「エルドラドオ」。中世錬金術師の甦りの秘薬をめぐる奇譚「復活の霊液」。偶々下船した島で見知らぬ女との暮しに引き込まれていく「郷愁」他、読者を「ミステリアスな宇宙へとさそいこむ」と星新一が絶賛する城昌幸傑作選『のすたるじあ』を完全収録。第Ⅱ部には、酒場の主人が語る数奇な運命譚「面白い話」、ナイル河畔に出没する魔性の者の甘美な恐怖を描く「吸血鬼」など、書籍初収録を含む珠玉の短篇を収める。

のすたるじあ

城　昌幸

創元推理文庫

NOSTALGIA

Best Stories of Masayuki Jyo

by

Masayuki Jyo

目次

のすたるじあ

I

のすたるじあ

大いなる者の戯れ

何と云う空であろう！　世界であろう！

見馴れない妖異な光芒が、宇宙を、一切を唯《ただ》、眼路《めじ》の及ぶ限りを、冷たく果しなく抱いて居る。これを此《こ》の光芒を、だが、私はいま何と云って記述したらよいであろう？

蒼白《あおじろ》な、褪《あ》せた灰紫色に澱《よど》んだ、白々と遠い光線……、ああ何と云う冷たい彩《いろ》？

例えば、いいいさふらんの葩《はな》が物に魅《つ》かれたとでも云うような、いいや曾《かつ》て一度も生を享けたことの無い、類《たぐい》まれなる美女が、その魂の死に去った時の頰の色艶とでも云う様な明るさ……。

噫《ああ》、その見馴れざる光芒の淋しさよ！　頼りなさよ！　そうして、此れが、今迄我等が確《かた》く信じて居た神の大空が纏《まと》われた御衣《ぎょい》の経緯《たてぬき》なのである。

暗くはない。だが、此の明るさは、あの親しい太陽が齎《もた》らしたものではない。実に、此んなこの白々とした明るさを、人間は曾て一度たりと雖《いえど》も、経験したことはないのだ。——それは夜でもない。勿論、昼間でも亦《また》ない。黄昏《たそがれ》でも、乃至《ないし》は曙でもない。人類は、このような時を名付ける必要も又名付けたことも、曾てなかったのだから。

それにしても、我等の太陽は？

それは何処にも見えぬ。

では月は？　……あの水の精にも似た、なさけの葩《はなびら》にも似てやさしかった月は？　それも見えぬ。

見えない？　……唯、空に懸るものは、寔《まこと》に、火のように殷紅《あかあか》と焼けたもの丈《だけ》だ。

あれは何だろう？

都府《まち》には灯が点されていない。建物は黝《くろ》く埋《うづ》んで見える。それ等は、まるで忘れ去られて了ったものかの様だ。

そうして、その都府の大通りを、今、飽くまでも蒼白い、その光芒を浴びて、何万、何百万と云う群集がひたすら歩いて居た。

何処へ行くのだ？

いいや、何処へ行くのでもない。人々は、唯、ああして、同じ処《ところ》を先刻《さつき》から歩いているだけなのだ。恰度《ちようど》それは、牢獄で囚人達が、運動をするかの時のように。

そして、だが又、何と云う静けさ！

彼等は全部物を云うことを禁じられた者のように、畏《おそろ》しいまでの沈黙を守り続けて、歩いている。

それは魂のない影のようだ。人形だ。何の物音もしない。何の意志もない。

その何万とも量り知れぬ群集の裡《うち》に、私も亦そのひとりとなって、此の灯なき都府を歩いていた。

蒼白い光芒は先き程よりも尚濃くなり、愈々《いよいよ》それはその密度を増していった。

「ね、全体、どうなってゆくのでしょう? これは?……」

私は、矢張り一緒になって歩いて行く連れの男に訊ねた。するとその男は、一寸《ちよつと》私の方を見返したのみで、何とも答えてはくれなかった。私はその冷淡さに、平素、世間の人々から受け取らされて来た冷淡さよりも、更に以上の何かを沁々《しみじみ》と覚えて、身も世もない頼りなさで、うつ向いて了った。

それから、又、少し心もと無い声音で、別の男に訊ねた。

「ね、全体、どうなってゆくのでしょう? これは? ……」

然し、その結果も亦同じことであった。

誰も答えては呉れない。この事実を、どうしようもなく私は肯《うべ》なった。悲し気に。そして、私も亦、その群集と共々、意志のない人形のように、その蒼白い光芒を浴びながら歩いていた。

と、その時、私はその何万と云う夥しい大群集の中に、はしなくも恋人を見出した。喜んで、私は急いで駈けよると、女の腕をもぎ取るように荒々しく摑んで、せき込んで訊ねた。

「ああ、おまえ、おまえ、ね、全体これはどうなって行くのだろう?」

だが、ああ、何と云う事だ! 命を懸け、愛し合っていた我が恋人さえも、唯一瞥を私に与えたのみで、何とも答えてはくれなかったのだ！

「おい！　いいから何とか答えてお呉れ、ね、此れは全体どうなってゆくのか？」

性急に、私は恋人の両腕を烈しく揺さぶり乍《なが》ら重ねて訊ねた。然し、そう云う私の無作法に、女は少しの抵抗をもしない。のみならず、問いにも答えてはくれなかった。

のめずり込む様な落胆《らくたん》と共に、私は掴んで居た手を離した。すると、まアどうだろう、恋人は何事もなかった様に、その儘、踵《くびす》を返すと又歩き初めたのだ。

私は驚いて捕まえた。

「おい！　おまえは、おまえはあんなに愛し合っていた僕を見忘れたのかい？　え？　真逆《まさか》そんな、そんな……」

だが、何と云う女の瞳の色としたことだろう？　あの妖異な光芒の、蒼白な光線に射られるその瞳は、限ない空虚に沈んで動かなかった。私は絶望で手を離した。だらりと両手を下げて、私は何時《いつ》か、魂をそっくり盗まれた者の様に、茫然とその場に佇立《ちょりつ》していた。

その佇立する私の周囲を、流れるように、沈黙と白痴の囚人でもあるような此の何百万と云う群集が、音なく、唯過ぎて居た。


急に遠雷の様な響が聞えて来た。

一つ、二つ、三つ、……それは次第に多く大きく烈しく。

私は眩《まぶ》しさうに四辺《あたり》を見廻した。今、此の世界を包むものは、その蒼白さと、殷紅《あかあか》と焼け爛《ただ》れたようなものの匂いである。

そうして見よ！

此の何万と云う大群集の頭を越した遙かな地平線には、真紅に不吉な業火が、幾条《いくすじ》もめらめらと燃え上っているではないか？

私は、大地が揺れて来たのを感じた。

その時、きらり！　と激しく眼を射たものがある。ああそれは何と云う大きな隕石《いんせき》であったろう。続いて、又、一つ、二つ、三つ……、次第に多く大きく烈しく。

そうして今、此の蒼白なさふらん色の世界は、今は噴き上る真紅な猛火と、絶え間なく落下して止まぬ隕石と、轟々《ごうごう》とその度を増してゆく凄まじい響と、激しく揺れて止《や》まぬ大地との、絶大な混沌の裡に落ちて行った。

その時、此の何百万と云う群集の先頭の方から、

「わア……」

と云う叫び声が起った。それは悲鳴ではなかった。歓声では勿論ない。と云って絶望の表現でもなかった。それは、その音色《おんしょく》は、単調な沈下した、無感動な、無意識的な、此の宇宙の唯一つの叫びであった。それは死者の世のものでもなく、生者の世のものでもない、蒼白い叫び声であった。

その叫び声は前部から、次第に中部へと伝り、軈《やが》て後部へ移って行った。

「わア」私も亦それに和して叫んだ。そして何時か、気付いてみると私達全体、此の夥しい群

集は等しく今駈け出して居た。

噴出する熔岩の紅の流れと、一瞬の休みない地震と、殷々《いんいん》として鳴りはためく天と地の怒号と閃光と、皓々《こうこう》と凄まじい隕石との下を時々、間歇的に、「わア……」と叫び乍ら駈け出して居た。駈け出して居た。


私は、くら！　とした。

何か失った？

否、全部失ったのだ。

私は倒れたのか知ら？

それから見た。凄まじい隕石の、光と音との最大限の活動を、私は咫尺《しせき》の間にまざまざと睹《み》た。その最後の刹那に、混乱と怒号と擾々《じょうじょう》との裡に、私は寔に奇異なる笑い声を、明瞭に此の耳朶《じだ》に聞きつつ、他へと還元して行った。

――ハハハハ！　……。

陽気な、高らかな。

確に、それは人間の声ではなかった。悪魔の声でも亦なかった。そうだ、それは神の笑い声であった。

あの、神々の……。

ユラリゥム

　その空は薄墨の色に澱《よど》み錆び付いていた。千年の静けさを保つかに見えた。生き行くことを止どめ、又、死を忘れた相《すがた》である。

　木々の葉は、ちぢれ凋《しぼ》み、すがれて、あたかも人造の拙《つたな》きに似ていた。木々の葉は、捩《よ》じれ、しおたれて、而《し》かも散り行くことを許されない。

　それは、孤独と悲哀の十一月の夜更け、我が記憶にもない或る年の十一月……幽《ほの》かに明るく、小《お》暗きオゥバアの湖の畔《ほとり》、ヰアの霧立ちこむる、いと深く分け入ったあたり……あの身の毛もよだつヰアの林道、牙の形に縁取るオゥバアの死湖のほとり。

　それは、我が記憶にもない十一月の夜更けであった。

　曾ては、糸杉の大樹並び立つ此の道を、わたくしは、わたくしの伴侶《つれ》と共に逍遥したものだ。わたくしも、わたくしの伴侶も未だ年若く、命若く、彼《か》の美に就いて、心驕《おご》り気昂《たかぶ》って議論したものだ。

それは、あたかも、この国原の北の果、極地にそそり立つ、ヤアネック嶽から噴きこぼす熔岩のように熾烈な感情だった。青春は讃うべき哉《かな》！

然し、今！

わたくしの思想は、痿《な》え痺《しび》れ、凋み果ててしまった。わたくしの記憶も亦《また》、衰え朽ち、凋み果ててしまった。

ああ、わたくしは、その日が、十一月であったと云うことを忘れていた。その年の、その夜であると云うことを忘れていた！　実《げ》にその年の、その夜のことだったのにも拘らず！

オゥバアの湖は、小暗く、凍てて黙《もだ》している。オゥバアの湖の畔を曾《かつ》て此の身、旅したことがあったのだ。ヰアの林道を一度は此の身、もとおり歩んだことがあったのだ。だが、我が記憶は、わたくしを裏切った。

そうして、今……。

唐突として、わたくしは、故知らぬ指示のもとに、小暗きオゥバアの湖の畔、霧たちこめるヰアの林道を、よろぼい行く……。

夜は更けに更ける、星図は夜明けを朧《おぼろ》に教え、又仄《ほの》かに示すが如くである。と、見る、我が行く道の果、地平の彼方《あなた》に星雲とも見まがう怪しい光が浮び上がって来るのだった。

佇《たたず》み、見つめれば、二ツの角《ホーン》を並べ立てた形の三日月である。何と云う妖異な月の姿であろう！　世に二ツとない双形《もろがた》三日月！　その美しさ！

だが、と、わたくしは低い、低い重苦しい声で呟いた。

「だが、わが恋人は、この月姫の立たずまいよりも情味がある。遠い遠い、電波と宇宙塵の彼方、超絶界の非情の彼方から、わが恋人は、わたくしを訪《おとな》うてくれるのだ。その、つぶらの双《そう》の瞳は易《かわ》りない愛に充ち、時空を越えて、わたくしに涙をそそいでくれるのだ。……」

妖しい、美しい、その双型の三日月は、いよいよその光芒に密度を加えるかに見えた。青白く透き通り、冷たく玲瓏《れいろう》と。

その彩《いろ》は、わたくしに、何故か、まがまがしい不吉な予感を与えるのだった。取り返しのつかない、宇宙の深秘に過《あやま》って触れるかも知れない畏怖を思わせるものだった。

この光は、生あるものの見まじき種類のものに違いない。

わたくしは、わななきを感じ、怖《お》ぢ怕《おそ》れ、この光から逃れ去ろうとした。

だが、何故か、この妖しい双型の三日月の発つ美しい光から逃れ得なかった。魅せられ、囚われ、心は恍惚として、わたくしは、この青白い衣に身を任せていた。

かくて、影長く黒く引く糸杉の道を、悲哀と畏怖に打ちひしがれつつ、その道の尽きるところに到った時、わたくしは、そこに、曾て見たことのない異形の墳墓を見た。

白い石の扉には、古代の文字で銘文が鐫《え》りこまれてある。わたくしは、辛うじて、それを判読し得た。

——ユラリゥム。

「おお！」

わたくしは喚《おら》ぶのだった。

「ユラリゥム！　ユラリゥムの墓か、これは！　我が恋人、ユラリゥムの奥津城《おくつき》どころか！

こは！」

わたくしの心は、あたかも薄墨色のように澱み錆び、ちじれ凋み、すがれた木の葉のようだった。捩じれ、しおたれた木の葉のようだった。

愕然として、わたくしの記憶は甦った。

「そうだ、思い出したぞ、まざまざと！　彼の年の十一月のその日の夜、今の日と、同じ日同じ夜——旅から旅を重ねきた、わたくしは、ここへこそ来たのだ。その年のその日のその夜。わたくしは我が肩に恐ろしい重荷を背負っていた。何者が、夢幻の間、よくわたくしを此処へ誘いこんだのであろう？

そうだ、このオゥバアの小暗き湖畔、このヰアの霧たちこめるあたり……そうだ、知ってるとも！　これこそオゥバアの山湖、かしここそ、恐ろしきヰアの林道！」

と、共に、洪水のように、わたくしを浸し溺らせた思念があった。そして、見識《みし》った。世紀を越えた何億光年の永遠から、わたくしはユラリゥムの墓を尋ねて、生々流転、その年のその十一月のその日の夜、繰り返し、繰り返し此処を訪れ来たったのだと。

そうして又恐らく、今より後も更に尽未来、無量劫の彼方に至る迄、生々流転、わたくしは業の命ずるままに、我が恋人、ユラリゥムの墳墓を求めて此処へ来たるであろうと。

此処——オゥバアの小暗き湖畔、ヰアの恐ろしき林道！　その年のその十一月のその日その夜！
その時の我が生涯に於て一度ずつ！

――右一篇は、ポオの詩「ユラリゥム」（ULALUME）に拠る。

ラビリンス

一　勝利

その女は、死の床《とこ》に横わっていた。後、三十分とは、この世に生きていないだろう。

「………」

女は、何か云った。だが、私には聴きとれなかった。女の頰が微《かす》かに動いた。笑おうとしたのかも知れない。

月光が美しかった。水のように流れこんで、寝台の白いシーツを、青い彩《いろ》に染め上げていた。

女の手を、その最後の表情を染め上げていた。

「お月夜ね」

女の今度の言葉は聴きとれた。私は、美しい月夜だと同意した。

「後、何分ぐらい、生きていられるかしら……何分ぐらい？」

女が、訊ねた。

「………」

私は、返事を、ためらって、唯《ただ》、微笑を以て応《こた》えた。

「こんなよいお月夜の晩に死ねるなんて、わたし、幸福だわ」

女は、心からうれしそうに云った。胸で合わせた双の腕が透きとおるように青白く見えた。

「わたしね、まだ子供の頃からずッと空想していたことがあるの……死ぬ時のことで」

私は、女が、今、死に赴く者としては、些か不似合いに昂奮しているように思えたので、静かにしていろ、と、注意した。

「第一はね……お棺の中に、すみれの花をいっぱい入れて貰うこと」

私は、その約束を果そう、と云った。

「すみれの花で、埋めてね」

月光の加減か、女の眼が、生々と輝いたように思われた。私は、何故か、すみれの花の香を感じた。

「第二はね……」

すると、女は、こう云いさして、止《や》めてしまった。呼吸が次第に細く低くなってゆくようである。いよいよ、最期が迫って来たのだな、と思った。

「電気を消して……それから、蠟燭を立てて頂戴」

私は、女の云う通りにした。月光は、益々水のように死の床に溢れ、蠟燭の黄色の灯は恥ずかしそうに小さく瞬いていた。

「第二はね……」

女は、又、さっきの続きを云いかけた。だが又、黙って、月の光に、身も魂もゆだねるように眼をつむった。致死期だな、と、私は心で合掌した。

と、急に、女が、右手を延ばすと、枕の下へ突ッ込んで何か探し初めた。取ってやろうと云う私へ、いいえ、と、頭を振って、やがて大事そうに、それを月光に翳《かざ》した。薬を包んだ袋だった。

「水を……」

私は、哀れに思った。後、十分――いや五分とは生きていられないであろう命を、女は猶《なお》も守る為に薬を飲もうというのか。けれど、私は逆らわずに、吸呑《すいのみ》を差し出した。女は散薬を嚥《の》み下した。

「第二はね……」

女は、又、先ほどの続きを話し出した。

「わたし、自殺するということに憧《あこ》がれていたのよ。自殺！　……とても魅力があったものよ。美しいことだと思っていたわ」

詠嘆的に、こういうと、次に、微笑しようとする表情と共に云った。

「その願いを、今、果したの」

私は、死の跫音《あしおと》の為に、女が錯乱したのだと考えた。すると、女が付け加えた。

「わたしが今飲んだもの……毒薬よ」

えッ！　と、私は、思わず身体を乗り出して、女を見た。女は眼をつむり――直ぐ、呼吸が止まった。死んだ。

――病気の死か、それとも毒の作用か？　私は、奇妙に混乱して、それから、死に抗《あら》がった女の不思議な意力に眼を見張った。女は、死に、死ぬ事を以て勝った。

二　夜路

夜路を、暗い、淋しい夜路を歩いていた。私が、たったひとりで。

その夜路は暗かった。全く暗かった。だが、見上げる夜空はボオと映えていた。何処かに火事があったのに違いない、と、私は歩きながら考えた。

私は、たった一人で歩いていた。暗さは暗し、それに淋しい、と、ぶつぶつ、そんなことばかり呟いていた。

すると、何時《いつ》の間にか、私は、連れが出来たことに気が付いた。連れは矢張り一人で、私と並んで、とぼとぼと歩いていた。

私は、声をかけた。

「どうも、こう、暗い淋しい路ですなア」

「左様。……どうも、こう、暗い淋しい路ですなア」

その連れは、こう答えた。直ぐに、如何にも同感であると答えてくれたので、私は無性に嬉しくなった。で、私は、実に暗い淋しい路であると一入《ひとしお》強く感じた。

それから、又、話しかけた。

「ところで、この路は何処へ行くンでしょうなア?」

だが、連れは、今度は、ちらと私の方を見ただけで、何とも答えなかった。私は重ねて訊ねた。すると連れは、急に大きな声で、白眼《む》を剝き出して呶鳴《どな》った。

「何処へ行くかッて? えッ? 何処へ行くかッて?」

私は驚いた。彼の怒罵《どば》の烈しさに私は怖れをなして――もう何も訊くまいと思った。連れは未だ何か、ぶつぶつ云っていた。

「ふン……まるで俺が何もかも知っているとでも思ッてやがる……俺に何が解る? えッ? 俺に何が解るかよ!」

私は、連れがこんなにも薄情なのが悲しかった。恨《うら》めしかった。こんな暗い淋しい夜路を連れと諍《いさか》いながら歩くとは、何という悲しいことだろう。私は、うつ向いて、涙の出そうなのを耐えながら歩いた。これでは一人で歩いているのも同じだ、と考えながら。

「どうも、こう、暗い淋しい路ですなア」

その暗い淋しい夜路を、そうしてだいぶ歩いたと思われる頃、今度は、連れが、私に、こう話しかけた。それで、私も、そう思うことには何等異存はないので、直ぐ同意の旨を答えた。

「左様。……どうも、こう、暗い淋しい路ですなア」

すると、連れは又、私に訊ねた。

「ところで、この路は何処へ行くンでしょうなア?」

この問いに接すると、私は一ぺんに腹立たしくなった。

「何処へ行くかッて? えッ? 何処へ行くかッて?」

私は大きな声で白眼を剝き出して呶鳴ったのだ。それが、どうして私に解ろう?

それを連れは、私が知っていながら故意に教えないかのような口ぶりで訊くのだ。何という無礼なことだ。不躾《ぶしつけ》だ! 「ふん、……まるで俺が何もかも知ってるとでも思ッてやがる……俺に何が解る? えッ? 俺に何が解るかよ!」

私は甚《はなは》だしく憤りながら呟いた。

この返答で、連れは大変悲しそうな顔つきになって、私を盗み見してから、うなだれて、前歯で下唇を嚙み嚙み、黙ってとぼとぼと歩き初めた。

その夜路は暗かった。全く暗かった。だが、見上げれば夜空は赤くボオと映えていた。何処かに火事があったのに違いない、と、私は歩きながら考えた。

そうして、あれッきり二人はもう口を利かなかった。まるで、各々は、全然ひとりで歩いているのと同じように、冷淡な様子で、歩いていた。

三　その貌

……俺は昨夜、妙な夢を見てね。

広々とした、何処といって果の知れぬ茫々たる原野なのだ。そこに俺がたった一人で、ぼんやり立っていたものだ。もう、非常に長い間そうしていたように感じ、ひどく、うら悲しかったものさ。その悲しさが昂じて、俺は、おいおい泣いたくらいだった。

すると、その果知れぬ原野の彼方から、一様に唯白いものが夥しく現われ初めた。最初は何だか解らなかったが、暫くして、それが白い衣を纏《まと》っている人だということに気付いた。それも、皆、死人だったものだ。

その死人の行列を恐怖の念なく、突ッたったまま、一人一人を見送った。

何故、それが死人だと解ったかと云えば、彼等が皆死んだ昔の俺の知り合いばかりだったからだ。俺は、――ああ、あれは誰だな、うん、これは何某だなと、心に頷《うなず》いていた。

すると俺は、その行列の中で、一人、どうしても名前が憶い出せない男がいるのに気付いた。はてな、誰だったろう?

見直せば見直すほど、実によく見知っていなければならない貌《かお》なのだ。が、どうしてもその名が憶い出せない。俺は苛々して来た。誰だッたろう?

だが、どうしても思い出せないまま、ふと眼が覚めてしまった。

俺は元来、見た夢などは直ぐ忘れるたちなのだが、その夜の夢だけは、ひどく印象に残り、――夢の裡で憶い出せぬ男の顔のことが非常に気になった。

朝、俺は顔を剃る。

そして、何気なく鏡を見た時、

「あッ！」

と、叫んで――俺は、思い出した。

何故か非常な恐怖を覚えて、俺は、鏡から顔をそらせようとして、しかも、そらすことが出来ず、鏡に見入った。

夢の裡の、白衣の死人の行列で、憶い出せなかった男の顔は、この俺、自分の貌だったのだからなア……。

まぼろし

その一

ピタピタ、ピタピタ……。

振りかえって見ると、尻切れ草履、向う脛《ずね》まる出しの子供が二人、肩を組んで歩いて来る。

夜目にも、はっきり見えた。

二人とも十二、三ぐらいか、この辺の山里の子供だろう。

道は、いよいよ暗くなった。左側は、激しい水音をたてる渓流である。時折、岩に当って砕ける白泡が、ふいに近く見えたりする。樹立は次第に深くなって、巒気《らんき》が肌に迫って来る。

足元が覚束ないので、幾分、歩調をゆるめる。

ピタピタ、ピタピタ……。

二人の子供は、後から、尻切れ草履の音をたてて尾《つ》いて来る。

月が出る頃だと、空を仰いだが、曇っているせいか、木の茂りと夜空の区別さえ、はっきりしない。

　水勢が、今までよりも、大きく、とどろに響いて来た。土地の者が、小滝と呼ぶ、一丈ほどの瀬の段落の場所だ。しぶきを、顔に覚えた。

　道は、ここで、ほとんど直角に右へ廻る。枯れ草に頬を撫でられるほど、山際へ寄って歩く。去年、この小滝のあたりは出水で、岸が可なり蝕《く》いこまれた。

　曲ると、水の音は、不自然なくらい遠のいた。闇が、一段と濃くなる。まるで、記憶だけで歩いて行くようだ。

　ピタピタ、ピタピタ……

　足音が、何時《いっ》か、前の方でした。気づかなかったが、知らぬ間に追い越して行ったものらしい。

　闇を透して見た。

　子供は一人だった。

「おいおい」

　足を早めて近づくと、声をかけた。子供は立ちどまると、振りかえった。

「もう一人、どうしたンだ?」

「溺れたよ」

「えッ?　溺れた?　何処で?」

「小滝で……」

「今か？」

「去年の八月十六日だよ」

遠い、遠い声だった。

「お、お前は？　……」

「………」

子供は、ふッと、向うを向いた。

ピタピタ、ピタピタ……。

「助けようと思って、おいらも溺れてしまったよ……」

そして、その子も見えなくなった。尻切れ草履の音も絶えてしまった。渓流の音だけが残った。

その二

月は、雲の裏にあった。

朧《おぼろ》だった。

右も左も、広い田続きの平野である。遠くに、折々、寺を囲む森が、一際《ひときわ》、黒々とわだかまって見える。

この道は、街道ではないのだが、街道ほどの幅員《ふくいん》がある。白々と広い道だ。そして頼りない道だ。

ずッと遠くに、灯が一つ、ポツンと、見えた。動いている。揺れている。自転車の灯にしては速度が遅い。道の真中を次第に近付いて来る。

提灯《ちょうちん》だった。

とッと、と、人は急いで来る。

朧夜だから、わざわざ提灯にも及ぶまいが、と思う。

擦れ違う時、

「おばんで……」

と、声をかけられた。こちらも挨拶を返した。近在の百姓らしい。

振りかえると、その人の影になって、提灯は、白々とした道を揺れて行く。

雲の層は、いよいよ濃くなって、あたりは闇に近くなって行った。

すると、灯が、一ツ、見えた。

提灯だった。

とッと、と、人は急いで来る。

擦れ違う時、

「おばんで……」

と、声をかけられた。こちらも挨拶を返した。近在の百姓らしい。

……だが、はッ、と、立ちすくンでしまった。今の奴は、前の奴だった、と気がついたからだ。

行って、帰って、又、来たのか？　そんな時間はない。

すると？

途端《とたん》に、こういう予測が浮んで来た。もう一度、提灯を持った、同じ奴に行き合うに違いない、と。

足が、前へ進まなかった。

息が苦しいような、身体が硬張るような、悪夢の中で叫ぶような気持に襲われて、立ちすくンでいた。

灯が、一つ、向うにポツンと現われた。

提灯だった。

とッと、と、人は急いで来る。

擦れ違う時、

「おばんで……」

と、声をかけられた。

その顔が無かった。身体も無かった。手もなかった。

提灯だけだった。

提灯が、歩いて行った……。

その三

秋の日暮れ時である。

小さい丘を越えようと、その丘の林の中の道に、さしかかった。道が二岐《ふたまた》になっているところに出ると、ばったり、人に出会った。名前は知っている。角次郎という、この村の男だ。今年四十ぐらいになる筈だ。

「こんちは」

互いに、挨拶を交わすと、連れだって、その道を、同じ方向に歩き出した。

角次郎は、おしゃべりだった。下顎の張った、鼻は大きいが低い顔を、口だらけにして喋《しゃべ》った。乱杭歯《らんぐいば》から、盛ンにつばきを飛ばしながら喋るのだった。

語る事柄は、至って平凡な話題だ。

まず、米の供出割当てのことから、出来不出来に及び、闇価格の変遷に至り……つまり有り来たりのことだ。

「な、そうでござンしょ」

この言葉を、しつッこいほど、相の手に入れて、まるで熱に浮かされている人のような調子で語り継ぎ語り去るのだった。

「な、そうでござンしょ」

よい加減に聞き流しているうちに、その丘の林の道は、峠のようなところにかかり、今度は下りになる。

秋の夕日が、かッと、赤く、黄ばんだ木の葉に輝く。

道は、ぐン、と傾斜を急にする。

爪立つようにして、知らずしらず、走るように降りる。

下り切った頃か。

角次郎は、ぴたり、と黙ってしまった。一言も喋らなくなった。

見ると、心持ち上を向き、張った下顎を突き出すようにして歩いている。口は、何故か開かれ、視線は――茫然として定まらないのだ。

どうかしたのか？　と、訊ねた。

「………」

何とも答えぬ。

歩いてはいる。

鬼気を感じた……。

その林の道を出切った時だった。

「な、そうでござンしょ」

角次郎は、再び、急に喋り初めた。聞いていると、さっきの話の続きである。盛ンに、つばきを乱杭歯から飛ばしながら、何時もの彼となって喋り出したのである。

云ってみれば、今の角次郎の沈黙は、映画が、故障で、その一瞬の動作を、静止したのに似ていた。

空白になったのだ。

角次郎は、それから、別れる時まで、そのお喋りを止《や》めなかった。

この経験を、村の或人に訊ねた。

「多分……」

その人は、暫く考えた後で、次のように説明した。

それに依ると、角次郎は、去年の秋何かの理由で、首を縊《くく》ったことがある。既に絶息していたのだが、手当が早かったか、良かったか、運よく息を吹きかえした。

「角次郎が、首を縊ったのが……」

あの丘の、急傾斜にある櫟《くぬぎ》の老木だった、というのである。

「一旦、死んでいた場所へ、さしかかったせいじゃアありませんか」

角次郎の空白時間を、このように解釈したものだ。

A Fable

ある晩、久しぶりで、ひょっこり、りょうしんが訪れてきた。

「しばらく」

こよみの上では春だが、まだ寒いというのに、外套ひとつ着ないで——それに、その姿は、大層、老いこんで見えた。

以前は、こんな様子ではなかった。見るからに颯爽《さっそう》として、こちらを頭ごなしに見下ろしたような態度だったが、もうこの頃では、誰も彼を構いつけてやらない、というようなものを感じた。

「ご病気でもなさったンですか。こう、そう云っちゃァなんですが、ひどく、お歳をとられたような……」

「うむ」

と、軽くうなずいたが、それだけで多くを語ろうとはしなかった。

「こっちの椅子にこられませんか。そこじァ話が遠いから」

と、すすめたが、「うん、なに、ここでもいいよ」と云って動こうとはしなかった。扉ぐちに近い曲木細工の脚の高い椅子に、ちょこんと浅く腰かけている。爪先が、やっと床につく。

「だいぶ長いこと、お目にかかりませんでしたね。一度、伺わなければならないと、しょっちゅう思ってるンですが、何かと毎日追われてるもんですから、ついついご無沙汰しちまって、どうも。そうそう、坊ッちゃん、そろそろ大学ですね」

すると、彼は、低い声で、ぶっきら棒に云った。

「あれは死んだよ」

「へえ? それァちっとも知らなかった。いつです?」

だが、これには答えようとはせず、ふっと、顔を上げると、改まった口調で云った。

「今夜やってきたのは、ほかでもないが、実は……」

「はア?」

何故か用心したといった方が適切かもしれない。彼は、こちらの具合を敏感に察したようだが、それはそれとして言葉を続けた。

「例のあの一件のことだが、あの方のカタを何とか付けて貰いたいと思ってな。知っての通り、あのことについては、わたしも、これまで、いろいろと……」

その口調は飽くまで遠慮深く、又、控えめだった。だが、そうと聞くと、逆に、こちらは高圧的な態度になってしまった。

「まだ、あの一件のことに拘わっているんですか。や、どうも、あれはもう、あれなりで話は付いてるンですよ。もう、あれでいいんです。おしまいになったんです」

「いや、それがね、あれからも時どき、うちへやってきて……」

「相手にしなけれァいいじァありませんか？　寄せつけなければ。全体、あんたが、いちいち事を取り上げるから厄介なんだ。放ッときなさい。構うことじァない。それでも未だ何か、ぐずぐず云うンだったら、こっちへ廻して下さい」

それから猶《なお》、こう附け加えた。

「ぶんなぐってやるから」

「………」良心は、何とも云わなかった。年を取ったんだなアと思った。以前だったら、こちらが、こんな口の訊きようをしたら、彼はそれこそ口角泡を飛ばして、説得にこれ努めたものだが。

座が白けたので、取りなすつもりで、

「どうです、貰い物のナポレオンがありますが、一杯……」

と、座を立ちかかると、

「いや、児供が死んでから禁酒をしているので」

と、云うと椅子を離れた。

「夜分、お邪魔をしたな」

「おや、もう、お帰りですか」

「あの辺にきたら寄ってくれ」

そして出ていった。バス通りまで見送ったのだが、別れてしまうと、急に後悔の念に烈しく襲われた。

何故、もっと打ちとけて親身になって話に乗ってやらなかったのだろう？　彼の云うことに従う従わないは別として、一応、しまいまで聞いてやったら、あの老人は、どんなに喜んだろう？　何故、彼と話す段になると、喧嘩腰になってしまうのだろう？

呼び返そうか、と実は何度も思ったのだが出来なかった。何故か恥ずかしいのだった。

……ま、いいサ。いずれ、あの老人は自分がこの先き面倒をみることになっているんだから、と、自らを慰めた。

そして、出入り口に鍵を掛けた。

光彩ある絶望

——時は、今から丁度五年程前の、西暦19××年の早春、処は、支那天津《てんしん》の外人居留地、B夜間倶楽部《ナイトクラブ》の大広間。夜。

おや？　今、タンゴダンスが一わたりすんで人々が一寸《ちよつと》息を抜いた時、私は今迄自分一人の心算《つもり》でいた卓子の向側に、ついぞ此処では見掛けぬ客が、影の様にひっそりと座を占めているのに気が付いた。

その客は何処か南方の植民地人らしく、日に焼けた赤銅色の、小柄ではあるが精悍《せいかん》な面魂《つらだましい》の、中年のラテン系外人である。だがそれよりも、私が甚しく不可解に思ったことは、此の男の、その様子、態度であった。

それは、妙な事には、その男が、もう身動《みじろ》ぎ一つしない事だった。

——少し上半身をのめずる様に卓子へ倚《よ》せて、卓子一杯に腕を突き、左手にシャトゥルゥズの濃緑色を湛《たた》えた晶杯《さかづき》を握っている。この姿勢と云うものが、全く微動だにしないのだ。時々、何かの拍子に、右の指先が痙攣するかの如く、卓子を小刻みに叩く動作を除いては。視線？彼の視線はその瞳の高さで空間に釘付けられている。

何をこう迄思い詰めているのだろう？　それに又、それ程迄の憂慮を抱いて、何しに夜間倶楽部へなぞ来る気になったものか？

左様なら、上海《シャンハイ》よ、――ジャズの題だ。この賑《にぎ》やかな、だが何処か郷愁に似たうら淋しさを含んだ曲が、この時、アルコオブの楽人達に依って華やかに湧き起った。

と、その男は、不意に、まるでポキッと折れたかの様に、今迄凝然と空間に固定していた視線を外すと、だが、今又踊り出した綺羅《きら》びやかな人々なぞを見ようとするのでは無く、初めて知ったかの様に、己が最前より手にする晶杯に移したのであった。

移すと、その濃緑に澄む液の彩《いろ》を、玻璃《ガラス》越しに、まるでその方寸の裡に、此の世のありとあらゆる秘密が籠ってでもいるかの様な眼差で、凝視し初めたものである。

凝視する、……だが、それを見詰めている彼の瞳の輝きと云うものは、実に前にも益して鋭い凄々たるものがあった。唯傍《ただ》にあってそれを見ているに過ぎない私に、何とも判然とせぬ不安と恐怖とをさえ齎《もた》らした程の！

そして、遂に私の方が、最早その男のそうした動作、様子に唯もう圧迫されて、私の神経の方が先に堪え切れなくなった瞬間、その最高潮で、突然、私はシャリッと云う、物の押し潰される小さい音を耳にした。

その音は、音として小さくはあれ、然し、まるで私と彼との二つの魂を、無理矢理にも押し潰して了《しま》った様な音に響いて！

だが、と同時に、私はその何とも息苦しい堪え切れぬ気持から解放されて、ほっと吐息をついたことだった。見れば男の左の、未だ確《かた》く握った儘《まま》の掌中から、酒液が、それに交じって血潮がぽとりとたれている。

彼は、晶杯を握り潰して了ったのだ！

が、そうと知った刹那、私は、測り知れぬ恐怖と畏懼《いく》との囚人となって、激しく身内に伝わる怪奇な不安を禁じ得なかった。

すると、その男は唐突《だしぬけ》に、甚だぶっきら棒な仕草で立上ったものだ。そして、血と酒とガラスの破片とを握る、して又、多分は傷に疼《いた》んでいるであろう左手を、些《さ》の躊躇《ためらい》もなくその儘、タキシイドのポケットに突込んだものだ。

思わず、私は下から彼を見上げた。

だが、一向に、彼は自分以外の事は意に介しない様子で、その夢遊病者の様な、怪しく血走って更に落着のない、その癖、白痴を思わせる無意志な眼付きで、くるりと私に背を見せると、大層無遠慮に、今を 酣《たけなわ》 と踊り興じている夜の客人達の群をかきのける様にし乍《なが》ら、苛立たしい足付きで、その姿を、出口に通う扉から消し去って了ったのである。限り無い疑心に、私を置き去りにした儘で……。

これは全体どうしたと云うことなのであろう？

と、その時、不図《ふと》、私の注意を喚起したものがあった。それは、見るともなく見ていた彼の立去った後の椅子に残されて在る、多分は彼が置き忘れていったと覚しい、一箇の書籍である。

「忘れてったんだな？……」

と同時に私は、こみ上げて来る好奇心を制することが出来なかった。

「何だろう？」

誰も皆、夢中になって踊っているんだから私の動作なぞに気を付けてなぞいるものか、と、でも少しは良心に咎められ乍ら、私は、その「彼の忘れ物」を手に取って見た。

見ると、全部フランス語で書かれた、日記帳か覚書の類ででもあるのか、相当部厚なノート・ブックだ。

が、それよりも一層私を驚ろかした事は、その表紙に、黒々とフランス語で二行に書かれてある文句であった。

一行目は、少し気取った大きな書体で。

Les désespoirs brillants
光彩ある絶望とでも訳すのであろうか？　そして、その下の二行目には、少し小さい書体でこう書いてあった。

「此の手記は、その何人《なんぴと》たるを問わず、最初に手にせる者の所有に帰す可き物なり」


好奇心の命ずるまま、ホテルに帰りすぐ様私は部屋の扉に鍵を下すと、余り明るくない灯下

にその手記を急ぎ繙《ひもど》いた。

「此の手記を手にした人よ！
だが僕は今こう君に（君は誰だ？）呼びかけて、もう何とも云い難い複雑な感情に襲われる。何故か？　いやいやそれよりも前に、僕は一先ず冷静に又科学的に、君に、此の手記を手にした人に僕が伝えねばならない事を記述するとしよう。君も、何か退屈な、統計学の報告をでも読む時の様な気持で、出来るだけ感情に走らず以下を読まれるがよい。

（その手記は、この様な書出しで初っていた。私はどうも読み辛い外人の肉筆を、息をためて判読していった。）

さて、此の手記を手にした人よ。もし君が否の返事をするのでなければ、此の瞬間から君は素晴らしい財産家になれるのだ。どうにも費《つか》い切れぬ億万長者《ミリオネエヤア》になれるのだ。何故なら、その理由は、

――君の意志が諾の場合。
一、君は最近三日以内に撮った君の写真と現在迄の履歴、出来る丈精しく書いた君の半生史を何人にも秘密に、君の愛する妻君、恋人、子供にも明す事なく支那上海○○路郵便局局留私書函202宛に郵送することだ。
一、すると、それから長くても三週間以内には、君宛に、英国――銀行の為替で、金一万磅《ポンド》の金円が到《とど》くであろう。

一、続いて爾今《じこん》、必らず一月の終には、君の処へ金一万磅の為替が到くことであろう。

一、此の一万磅の用途如何は全て君の自由意志に在る。何等の束縛制肘の類なく、君がその全部をあげて恋人に頸環を購うも可、銀行にそっくり貯蓄するも亦《また》可である。

一、又若《も》し君が、一万磅以上の金円を希望せらるるなら、その金額を明記して、前記私書函202宛に請求せられるがよい。旬日を出でざる内に、君の要求額は配達されるであろうが、此れとてもその用途如何の、君の全自由意志に在ることは前条と同様だ。

一、尤も、此の後者の、君が追加希望する金額は、回数は問わずその総額一ケ月最高十万磅を越ゆることを許されない。だから、つまりその全能力をあげた場合、君は一月十一万磅の金額を左右することが可能なのだ。

一、私書函202に君は、与えられたる金円の使途を些少でも説明する義務はない。

一、又、私書函202は、絶対に、以上の金額請求以外の君の用件、陳述歎願等に対しては答えないものであるからこの点もよくお含みあって然る可きであろう。

一、最後に、私書函202が、君にかくの如き奉仕を続行する期間は、誓って、満七年間である。

——然し君よ、此の手記を手にした人よ！

僕は敢て、然しと次に云わなければならないことを悲しむ者だ。何故なら？……だが然しだ。此の怪異なる財宝には、次に記す様な戒律があるのだ。此の財宝を守る、鋭い牙を持った竜がうずくまって居るのだ！

一、君が、一度私書函２０２に諾の返事を出したなら、その瞬間から、例え如何なる事情が起ろうとも君は向後七年間此の契約を破毀《はき》し脱退する等の事は絶対に許されない。

一、若し、破毀、脱退、又は余人に（その何人たるを問わず）この秘密を洩らした場合には、君とその秘密を洩らされた人（その何人たるを問わず）とは、最も近き将来に於てその生命を絶たれるであろう。

一、君は、私書函２０２に諾の返事を出したなら、次に、その奉ずる公職、君が不幸にして官公吏乃至《ないし》は銀行会社商店等の雇人であった場合には、直ちにそれを放擲《ほうてき》しなければならない。然し画家小説家等の如く、凡そ己一個人にして為し得る業はその自由である。

一、君は又、同一国内に六ケ月以上滞在することは許されない。よしそれが、君の生れ故国であろうとも。君は、２０２より所定の金額を送られた第一回の日より数えて、六ケ月経った後には、必らず他の国へ旅行しなければならぬ。尤もA国よりB、C、と2以上の国々を廻った後、又A国へ戻るのは差支え無い。（これは此の一大秘密の発覚を怖れての為なること勿論である）

一、君は又、出来るだけ今迄の朋友知己親類、能《あた》う可《べ》くんばその妻子とも疎遠離隔する様に努めなければならぬ。（理由同前）

一、若しも君がぶまをやって、その急激な成金ぶりが、不幸にして官憲の怪しむ処となった場合には、私書函２０２はその全力を傾けて君の保護に当るであろう。君は此の保護を全服的に信頼して可也である。然も、事態、遂に如何とも為し難い時には、君の前には、自殺を選ぶか、202の他殺を待つかの二途あるのみである。
一、最後に、君は満七年間の私書函202の絶大にして愉快なる奉仕を受けた後に、その七年間の栄華の代償として君は自身の生命を絶たなければならない。
一、その方法は丁度、満七年目に当る君の最後の月の最後の日から逆に一週間前、君へ一万磅ではなく唯一葉の黒色の紙片が202より郵送され来るであろう。死の予戒令だ。君は浄《いさ》ぎよく次の一週間中に、君の華麗にして又飽く迄絢爛なりし七ケ年の生涯に、左様ならを告げなければならぬ。
一、若し君にして自決するの勇なき時は、例えどの様な手段を取ろうとも、君は更に次の一週間中に、202の手に依って死へ旅立つ可く余儀なくされることであろう。
――さて、次に、此の手記を読む人よ！　若しも君の答が否であった場合には、その時は君は、此の手記を読んだこと一切を厳秘に付して、後、これが余の何人かの手にそれとなく渡る方法をもって委棄して欲しい。（若し此の事を他に語った場合には、202に依って君の生命は左右せられるであろう）
又、今一つ、君が諾であった場合には、以上の内容を記せる物を、君が送るであろう処の豪華の七年の最後の日に、矢張り、君の次の番の何人かの手に渡るようその手段を講じなければならない。――以上これで、僕が絢爛華麗の、だが又絶望の七ケ年を了《おわ》って、その最後の日に在る僕が、掟に従って後人に伝えねばならぬ義務は全部終ったのだ……。
多分、僕は、今宵自殺するであろう。

　さても、此の手記を手にした人よ！

君は今、真に畏る可き重大な生涯の分岐点に立っているのだ。よおく思案するがよい。まるで無意味な、物質的には絶えず不安の纏う、苛々しい迄に退屈で灰色な、少し計り面白い、だが大概は苦しく厭な事計りの、尤も養生如何では生きて居る年月丈は永く為し得るその生涯と、それとも、僅か七年とは云い条、飽くなき栄華に、物質的には毛頭不安のない、何にまれ、やり度い見度いの可能な、而《しか》も到底費い切れぬ金に浸った生活と、いや生活では無い、七年ぶっ通しの宴会と、そも君はいずれを選ぼうとするか！

……では、僕は此れで左様ならをするとしよう。僕の番は終ったのだ。今度は君の番なのだ。いいか？　……若しも君が、今の君の生活が堪らなく嫌なものであり、一生涯掛って一万磅は愚か一千磅も苦しいと云う生活だったら、して又、君にはあらゆる歓楽をたのしむ才能が、あると自信出来るなら、この終りの日に対する充分の覚悟があるのだったら、否々、最後に一言君に、一人の、君を真心こめて愛して呉れる糸しい恋人がないのなら！　であったならば？

……


（此処で此の奇怪《きかい》な手記は終っている）

　……それからの一週間、此れを読んでからの一週間と云うものは全く私はどんなに苦悩したことだったろう！　思ってみるがよい。月に一万磅！　その全能力をあげた場合には一月邦貨

にして百十万円以上！……此の地球上を明日の日の糧なんぞと云う事を微塵《みじん》も考えずに無責任に気楽に悠々闊歩出来る生活。世界中を唯遊ぶ事丈を求め乍ら特等待遇で散歩出来る身分！寔《まこと》に、此れはアラジンの魔法の洋灯《ランプ》だ！　然し、忘れては不可《いけ》ない。此の事たるや我生命との取引なのだ。もっと生きるかも知れない七年後のわが生命との！　神様！　わたしはどうしましょう？　私は全体、諾否いずれの返事をしたものだろう。

私は苦しんだ。途方もなく悩んだ。一旦諾の返事を出せばその日から七年の生命よりは約束されないのだ。だが、月に一万磅！　機会《チャンス》！　かくして私は遂に悲愴な決心の下に諾の返事を出したのだった。

それで？　私は浄ぎよく全てを語ろう。その返事は遂に私書函202より来ないのであった。あの事から既に五年と云う短かからぬ年月が経った今日に至る迄も。

それでは、此の事は嘘八百、一場の架空談に過ぎないものなのであろうか？　されども私の心の奥底には、未だに、此の話の真実性を飽く迄も強く肯定する気持が存在しているのだ。天津の夜間倶楽部《ナイトクラブ》で見た此の「手記」の男の姿、あの奇怪な、悲愴な、晶杯を握り潰して了った姿は、私の脳裏に五年を経た今になっても、猶《なお》まざまざと烙《や》き付けられているのだ。

まるで、昨夜のことのように……。

燭涙

おお、蠟燭の子供等が、未だひもじそうに燃えているな、可愛想に。半分まで燃え下れば、それからは果敢《はか》がゆく。——フォン・ショルツ——

朔風《きたかぜ》が激しく吹いて居た。朔風は吠えるように此の丘上の一つ家を吹き捲《まく》って居た。暗い微かな灯《ともしび》を細々と外へ流すその家の窓の際に植って居る一本の楡《にれ》の樹は、激しい朔風に折られるかと思われる程にかしいで、暗く、悲し気に葉を落しては泣いて居た。

風が強い。

——雲の流れが速かった。月が、一月末の、寒々と空に凍てつく月が、無慈悲な程のその身の蒼白い光を速い断雲《きれぐも》の切れ目毎に冷たく投じて居た。

朔風は激しく吹いて居た。此の一つ家は、その風の烈しさにひっそりと、唯《ただ》、蹲踞《うずくま》って居た。人気《ひとけ》も無い様子である。否、灯が点って居る。その部屋は、——部屋は影濃い沈んだ気配に浸って居る。

そして灯《あかり》は、灯は右手の卓子《テーブル》の上に置かれた鉄製の古風な燭台に、已《すで》に、中端《なかば》以上は燭涙《しょくるい》となった蠟燭である。何処か透き洩る風のあると見えて、繊《ひよわ》い灯は時々は烈しく傾いた。その燭台のすぐ間近に、可成大きな寝台が置かれてある。間々傾く蠟燭の光の加減で、人が一人それへ仰臥《ぎょうが》して居る様が解る。

人、——男である。それも痩せた、血の気のまるで無い、骸骨の様な、そう、生きて居る骸骨の様な、貌《かお》の、まるでもう生命の光を感じ得無い表情の男がひとり。眼は、その眼は開いて居る。痴呆の者の様に力無く、見開いて居た。

男は、烈しい、あの朔風の響きにでも、聞き入って居るのだろうか？　小《こ》揺《ゆる》ぎもしない。

さて、その外に、この部屋の裡《なか》にはこれと云う目ぼしい調度も無い。古ぼけた椅子、破れた長椅子、玻璃《ガラス》の無い額縁、それには、遠い国の、それも色褪《あ》せた都会の絵が入って居る。唯、寝台のすぐ脇にスウーツ・ケースが一つ置かれてある。それから、その寝台の枕元の茶卓に、紅い小さな花を生けたコップが一つ。部屋は、——部屋全体は、濃い影の囚《とりこ》となって暗い気配に沈んで居た。

その男は、力無いぐったりした様子で首を心持曲《まげ》ると、何故か蠟燭を見遣《や》った。どうかしたはずみの風にゆらいで、消えかかる、たった一つの灯を気《き》遣《づか》う様に。

じじ、じじ……じい——

「もう直《じ》きだろうよ」

男は首を元通りにし乍《なが》ら呟いた。

「……直ぐ消える、そしてもう直ぐだ。もうほんの僅《わず》かばかり……」

そう云った男の表情には、自嘲に似たものが、一瞬、浮んで、そして又直ぐと消えた。

「死！　死とは……」

すると急に力を入れて、男はこう何かを今言い掛けようとしたが、直ぐとそれを止《や》めて了った。窓に、断雲の切れ目の月光が照って直ぐ隠れて行った。そしてその後は、それ等を追いかけでもする様な朔風の吠え声と、楡の樹の叫びと……

「ああ、誰も居やしない。誰も、誰も、誰も此処《ここ》には居やしない！」

男は今度、突然、少し高い、それもヒステリックな響を帯びた声でこう独言《ひとりご》ちた。又、前の様に、心持首を曲て、部屋全体、隅々迄をも見る様な目付きをし乍ら。然し、だが男の今言った言葉の終りは少しふるえて居た。彼の眼頭は霑《うる》んで居た。男が又元の姿勢に戻った時、その頰には涙が幾条《いくすじ》か伝わって居た。

「俺は……俺はとうとうこうして死んで了うのだ。嗟呼《ああ》、可愛想な俺！　誰も、誰にも見取られないで……ないで永久に左様ならをするんだ、誰にも！　ああ△△よ、××よ……」

そうして、男は茫然と蠟燭の燃えてゆくのを凝視《みつ》め乍ら、凝視め乍ら又呟いた。

「蠟燭よ、……可愛想な蠟燭よ、お前と俺と、どっちが先に消えて失くなるんだろうな？　消えて了うのだろうな？　嗟呼、蠟燭よ……」

そして、その語気は、激しく楡の樹を揺がせた北風の叫びに掻き消されて行った。

その烈しい北風の吠え声に……。

すると、その時、その男の表情が急に引き緊《しま》った。何か、微な音に聴き入って居る様である。北風を、葉の落ちる音を？　いや、そうでは無いらしい。

コトリ！　男は無表情さに幾分の神経を交えて、凝然《じっ》と扉口を見守った。

少しずつ、少しずつ今扉が内側に向って開かれて来るのだ。

「誰だ？」

だが、男がこう誰何《すいか》したと同時に、扉が開かれて短刀を手にした、背の高い、夜盗がひとり這入《はい》って来たのである。

「騒ぐな！」

「泥棒？」

然しそれには答えないで、夜盗は部屋の裡に這入って来ると四辺《あたり》を見廻した。開け放された扉口から風が急に這入った為、蠟燭が危く消えかかる。

「おい、後を閉めといて呉れ！　灯が、灯が消える！」

それを見ると、男は気が気ではない様な口調で、だが細い、力ない声で、辛うじて言った。

「騒ぐな！」

夜盗は又先刻と同じことを言うと、扉を手荒に閉めて、そして言った。

「金を出せ！」

「金！　ふん」

「何！」

夜盗はいきなり、こう言い様寝台《ざま》に近よると、寝て居る瀕死の病人の肩を邪険に、摑んだ。

「金を出せ！　さもなきゃあ……」

だがそれに、男は、淋しそうな、悲しそうな声で答えた。

「おい……」

男の息は途切れ勝ちであった。死が余程近付いたものと見える。

「な、俺は死にかけているんだ。それがお前には解らないか？　だから、後生だ、俺を静かに死なせて呉れ！　お頼みだ、な、俺はもう死のうと云うんだから。……それもたった一人で」

「？　……死ぬんだ？」

意外な言葉に、夜盗は眼を見張って、こう鸚鵡《おうむ》返《がえ》しに言うと、摑んでいた手を離した。

「うん、それも……それも、もう直ぐなんだよ」

こう云う男の声は絶え入るばかりで、力がない。夜盗は、一寸、気の毒そうに此の男の顔を見ていたが、軈《やが》て、ふふんと云うと、脇に置いてあったスウーツ・ケースに目を付けた。目を付けると、其処へ踞《かが》んで、その蓋を開けた。

「おい、……それを開けて、それを開けてどうするんだ‼」

「黙ってろ、死に損い奴《め》！」

すると、男は、何故か悶躁《もが》く様に、その寝台から起上ろうとして、力ない努力を続け乍ら猶《なお》、夜盗の後から、切ない息の下から声を掛けた。

「おい、……それを、それを開けては……開けては」

「うるせえ！　亡者奴！　早くさっさとくたばったらいいだろう！」

だが、男の哀願には一顧も与えず、振返りもしないで夜盗はこう悪罵を加えると、何か、がさごそと中を探し初めた。

「いや、それを開けては、俺の思い出を死ぬ間際に汚されては……」

必死に、取上げられなかったが、男は尚もこう未練がましく続けて居たが、ふっと語《ことば》を切った。その眼が、そして怪しく光を帯びて来た。

彼は、今、夜盗が鉄製の寝台の脇の卓子に置いた短刀を、鋭利な、短刀の輝きを見たのである。

然し、彼は瀕死の病人である。いや、もう死んだも同然な人間である。それが、寝台から出て、机上の短刀を取るには余程の努力が必要だ、体力が必要だ。それが、果してあるだろうか？

……男は少し身体を動かした。全身の残って居る力を振り絞って。だが、それが何になるだろう？

夜盗はスウーッ・ケースの中から何かを取出して、悠々と落着いて見入って居る。時折の月の……光。闇。そうして北風！

が、ちゃん！　此の部屋に比しては激しい物音！　夜盗ははっ！　として振返った。そして次に彼は、男が半身を寝台からのめずり出して、短刀を握って居る手を、瞳を見た。

「畜生‼」

偶《と》！　同時である。即《すなわち》、夜盗はそれを捥《も》ぎ取ろうとして病人に飛び掛った刹那！　最後の人間の努力は、いや意志は、凝《こ》って夜盗の胸に短刀を深く突き刺した。

「うわ！……」

ばったり、こう叫び声を上げ乍ら、夜盗はその身を支えようとし乍ら、し乍ら床へ頽《くずお》折れた。

男は、男も同時に寝台に投げ出す様に身体を伏せた。

じじ……じ……じじじい、灯は消えかかる。

男は聽て顔を上げた。そして、最後の断末魔に喘《あえ》いでいる夜盗の姿を見下して居た。

「苦しいか？」

「うん……うん……、水を、水を……」

それを聞くと、男はふっと視線を、茶卓の上の、花をさしたコップに注いだが、又その儘で、傷《きず》つ《つ》いた夜盗を見下した。それ丈であった。彼に、コップを取って夜盗に渡す程の力は無い。彼も、彼とても直ぐ死んで了うのである。

「苦しいか？」

それから、男は痴者の様な目付きで、消えかかる最後の明るさに栄える、蠟燭を、茫然と見つめ乍ら、弱い、かすれた声で、途切れ途切れに独言《つぶや》いた。

「俺は……俺も、もう直ぐに死ぬと云うのに、何故、又物盗りなぞを殺すんだろう？……もう直ぐと此の俺、俺は死んで了うと云うのに……。はて何の為に、……何の為に、俺はこんな余計な真似をしたんだろうなあ……」

そして、此れが恐らく此の男の言った最後の言葉であったろう。

夜盗は、だが未だ時々、切なく吐く息の下から、

「水を……水を！」

と呻《うな》って居た。

速い、断雲の切れ目毎に、時折冷たく投ずる、無慈悲な程の月の光。北風。北風は激しく吹いて吠えて居た。

そして蠟燭は、その蠟燭の灯が消え失せるのも早、間もあるまい。

エルドラドオ

「だァれも知らないとこなの」

と、銀座の路地裏、穴ぐらのような酒場、ミサの、ゆりは云うのだった。声をひそめ、卓子に乗り出すような姿勢になって、まるで大秘密でも話し出そうとする態度だった。

ゆりは、廿一、二ぐらいか。憔《こ》けたという感じではなく、ほっそりした痩せぎすという型だった。あまり化粧をしない。

話が、何かのはずみから故郷のことに移ったのだ。

「いいところかい？」

大して期待もかけずに訊き返すと、

「それァいいところ！」

言下に、はっきり答えた。自信と共に。

「何処だい？」

「え？」と受けたが、いたずらっぽい微笑を浮べると、

「教えない」と云う。

「なんだ、つまらない」

「ねえ、今は云わないけど、そのうちくわしく」

「東北かい、関西かい？　だが、あんたの言葉に訛《なま》りがないから、この近所かな？」

「ううン。遠いのよォ。準急で半日がかりだし、それからバスが三時間。降りてから峠道を五里ッていうンだから……」

「えれェとこだな」

「それがそうじゃないの。とっても素晴らしいところ。誰も行ったことがないの」

「それァそうだよ。温泉でもあるンなら格別、誰がそんな草深い田舎へ……」

「温泉あるわよ。谷川の野天風呂が」

「宣伝すりァいいのに」

「人に知られるのが厭なのよ、村の人」

「へえ？　今どき珍らしい心がけだ」

「いいとこよォ！　ずうッとこう、お山が、うしろに続いていて、その麓《ふもと》に、白壁だの煉瓦作りの西洋館が建っていて……」

「西洋館？」何という古風な言葉か！

「そうよ。ちゃんとした……窓や戸やなんかには、いちいち模様が彫ってあるし……」

「わかった。北海道の何処かだな」

「違う。こっちよ。本当はね。あたしの曾祖父《ひいおじい》ちゃんが開拓したのよ。明治の頃。牛を飼ってね。知り合いばっかりと組んで、バターやチーズの会社作ったのよ。曾祖父ちゃん、旗本だったの」

「そうか。士族の帰農ッてやつか」

「けれど、早過ぎたッていうわ。会社、おじいちゃんの代につぶれちゃって。今なら結構、商売になったんでしょうけど」

「その残党が住みついてるッてわけか」

「とても、いいとこよォ！」

ゆりは、暗い天井を、夢見るような目《ま》なざしで見上げながら、

「胸突峠《むなつき》を越えて暗い森を出るとね、足もとから、こう、広々とひろがって、川が流れていて、その向う側に、白く塗ったり、煉瓦作りだったり、みんな二階建の西洋館なの。右の方は高みになっていて教会があるわ。春は野も山も花で一杯よ。夏ンなると百合の花が、もうそれァ沢山に咲くの。あたしの名、それから取ったのよ。……牛が放されているわ。空が、とても青くッて……みんな、村の人、それァ親切よ」

「一種の平家の落《お》武者部落だな」

「だァれも知らないの」

「そんな、いい故郷があるンなら、戻ったらいいじゃないか。こんな処でアクセクしてるより

ァ、よっぽど、ましだよ」

「行きたいなァ！」

それから、ゆりは視線を伏せて、小さく云った。「家庭の事情よ」

＊

半月ばかり経った後だった。品川駅の切符売場で、ゆりと、ぱったり会った。

「あら？」

その時、気まぐれも手つだって、海を見にいかないかと誘うと、ゆりは瞳を輝かせたので、逗子へ行った。

秋も深まった、よい天気の日だった。ところが、ゆりは車中はまるで無口だった。向きそうな話を持ち出すのだが、すこしも乗ってこなかった。気を悪くしたのかと、

「おこってるの？」

「ううン」

首を振って微笑した。ゆりが屈託しているのは何か他のことらしかった。着くと、町通りからすぐ別荘地帯の小路を抜けて海辺へ出た。

秋の海は、ただ碧く静かで、浜辺には人影ひとつなかった。波打ち際までいくと、ゆりは、ぴたりと立ちどまって、じっと海を見つめ始めたのだが、それが、夢中というのか、放心というのか、ちょっと声をかけられない感じの姿だった。正直の処、びっくりした。何を、こんな

にまで感動しているのだろう。海のほかに何かがあるのだろうか?

と、ゆりが云うのだった。

「海ね、これが! しみじみ見るのは生れて初めてよ!」

「そうかい。あんたァ山国生れだから」

するとと、奇異なことが起こった。ゆりの両眼から大粒の涙が噴き上げるように、ぽたぽたと溢れ、次に、両手で顔を掩《おお》って泣くのだった。すすり声さえ上げて。

どうしたのだろう?

「ごめんなさい」やがて、強いて微笑を作ると、砂浜に腰を下ろした。そのまま、一時間近く居たろうか。ゆりは、只飽かず海を眺めていた。

*

——「ゆりちゃん、自殺したの、ガスで」

と、同じ酒場の女、もう三十代の、たづ子に教えられたのは、海を見に行った日から二週間ほど経った、初冬の宵のくちだった。

「あの人には義理のお父っつぁんがいましてね。なんでも三ツぐらいの時、実の父親が亡くなって、おっかさんはゆりちゃんを連れ子で再婚したンです。その間に、三人だか子が出来て。ところが三、四年前に、おっかさんが死んだのよ。それで未だ十六か七だったゆりちゃんが母親代りに面倒みてたンですけど、そのうち、お父っつぁんが競輪やなんかに凝り出しましてね

「……」

「逃げ出したくなるね」

「そうですよ。逃げ出したわ、ゆりちゃん。処が親爺が奇妙と見つけ出すンですって。ここへも来たわ、一度。こんど死んだ北品川のアパートだって、越して十日も経たないうちに探し出され、金よこせでしょう。ていのいいヒモですよ。あれじゃァ」

「ゆりちゃん、生れは何処だい？」

「東京よ。あたしもこの頃、知ったンだけど、実家は戦争前、お煎餅《せんべい》屋さんでした。向島×町×の。あたし、○○町に居たから、よく覚えてますよ。そのお煎餅屋さんを」

「故郷とか田舎ッてもの、ないンだね？」

「あるもんですか。海も、ろくろく見たことがないッて云ってましたよ」

——嘘だったのか。それにしても、何故あんな嘘を一生懸命に話したのだろう？

「そうそう、後始末にいったら、あなたへの名宛の手紙があったから……」と、たづ子は大形の洋封筒をハンドバッグから出すと、「遺言かも知れないわね」と云った。

「え、遺言？」

封を切ると、中には、たった一枚の絵葉書が入っているだけだった。だが、その風景写真を、ひと目見て、はッと息を呑んだ。それは、スイス、アルプス山麓の一村落を写した観光土産用の写真だったが、そこに写されている景色は、山も家も川も放牧も教会も、すべて、ゆりが語ったものと寸分違《たが》わなかった。そうか、これが、ゆりの桃源境《エルドラドオ》であり、彼女の人生の救いだったのか！

「ま、なんにも書いてありませんね」

たづ子は訝《いぶか》しげに、その絵葉書を何度もひっくり返したりしていた。

美しい復讐

一

「うむ！」代助は、その速達便を読み了えると思わず唸《うな》ってしまった。すぐ目の前で電話が鳴り響いていたが手を出そうともしなかった。

三年前に、突然ある日、彼から去ってそのまま杳《よう》として消息を絶った和子の、遺書とも思えるこの手紙には、概略、次のようなことが記《しる》されてあった。

――私は医者から見放された。後一月生きられるかどうかわからない。死の迫ってくるのを待つより、ひと思いに今夜自殺しようと決心した。ついては、ご存じのように、私はあなたの処から例の百万円のダイヤを盗み出した。今でも持っている。あなたが私の青春を蹂《ふ》み躪《に》じり、虐待の限りを尽くした、その正当な代償だと思っている。けれど、今夜死ぬ身にはダイヤは不用だ。お返ししようと思うが、それには或る試練が必要だ。私は、あのダイヤを飲みこんでから毒薬を仰ぐ。ダイヤは私の胃の中に在るだろう。欲しければ私の屍体の腹部を切開して取り出せばよい。医者だったあなたには、メスの使用法は説明するまでもないだろう。

同封の地図に書いた私の死んでいる処は完全な空家だから懸念はいらない。

……お出かけになりますか。私の屍体を切開する勇気がおありですか。ダイヤはあなたのお心ひとつです。（この一行には赤で線が引いてあった）そして、これが私に許された美しい、たった一つの復讐です。——


「畜生！　なにが美しいだ！」

代助は、ゴツンと卓子を叩いた。外は、もう、すっかり暮れきっていた。

代助は、七年前には或る外科病院に勤めていた。和子は看護婦だった。現在の彼は医療器具の販売をしているが、株の思惑違いから破産寸前に追いこまれていた。一万でも金の欲しい時だ。百万円のダイヤは救いの神だ。だが、それは今、屍体の腹中に在るのだ！「取り返さなけりァ……」

二

それから二時間以上経った後、代助は私線のSという駅に生れて初めて来た。無人駅に近い寂しいところだ。ラーメン屋が一軒、赤い灯を点けている駅前を過ぎると、もう、これという家並もなく、割りに広い道が坦々と延びるだけだ。夜空に、近々と見える黒い影を、初め雲かと思っていたが、山だった。

和子の描いた地図は比較的精密だった。その広い道を三百米もくると、左へ、だらだらと降りる坂がある。

「降りきって右へ、か。藪だたみが、すこし続いて、と……」

その通りだった。そして、その細い道の左側に、ずっと引っこんで、夜目にも白ペンキが目立つ洋風の家に辿りついた。

枯草を踏んで、その扉の前に立った。あたりを見廻した時、ぽつりと顔に雨が当った。もう九時近くだろう。何の物音も聞こえず、恐ろしいほど静かだ。

「鍵は掛かってないといったな」代助は、急に尿意を催した。済ませると、そっと扉を押した。すぐ開いたがその瞬間、四十という齢だが本能的な恐怖と嫌悪感とに襲われた。死人が居るのだ。それも曾《かつ》て愛した女が。代助は亡霊を感じた。

「よそうか?」半開きの扉は徐々に又閉まりかかる。

「ダイヤだ!」と、彼は呪文のように呟いた。恐怖に百万円が打ち克つ。提げてきた鞄を持ち直した時、中のメスの刃色が、ちらりと意識に浮んだ。扉を、もう一度押して代助は踏みこんだ。

――左側の窓の下に寝台があって、その上に私の可哀想な屍体が横《よこたわ》っています。という手紙の文句を思い出しながら、代助は暗闇の中を擦り足でそろりと進んだ。

思いの他、近くで寝台に触れた。懐中電灯を用意しなかったのを悔やみながら、ライタアを点けた。そこに白布で掩《おお》った屍体が、その輪劃を如実に見せていた。顔にはハンケチが掛けてある。それだけ見て取ると、火を消して後退《あとずさ》った。身体が慄《ふる》えていた。

すこしの間、呼吸を整えていたが、又、点火すると思い切ってハンケチを除《の》けた。「あッ、和子！」慌ててハンケチを掛けた。長く見ているのに堪えられなかった。それから上《うわ》ずった声で「ダイヤ、貰うぞ、貰うぞ」と、云いながら鞄のチャックを引き開けた。消毒剤の匂いが死人の部屋に流れた。代助は手探ぐりで、屍体の白布を引き下ろした。ネグリジェを寛《ゆる》やかに纏《まと》っている。死後硬直の冷たい肌ざわりだ。医者の手で、胸から乳房から、ダイヤのある腹部から……上体が、かがみ過ぎた為だろう。代助は屍体の頭髪から匂うヘア・ローションを嗅いだ。

途端に、曾ての日の、和子との火のように激しい快い交情が、堰《せき》を切った奔流となって甦ってきた。触診する彼の左手が、その記憶を生々《なま》しく描き出す。

「ああ！　和子」代助は、棒のように突っ立っていた。

……おれは、本当は愛していたンだ、この女を。只、並はずれの嫉妬心に参って却って意地悪く当ったが、この女は可愛い奴だった。おれは決して憎んだりしてはいなかったのだ。この肉体を、どんなに深くおれは愛したろう！

「出来ない」屍体とは云え、これにメスを当てることは出来ない。手術用手袋を穿《は》め、胃の腑を血みどろにすることは出来ない。

「たった一人で、見とる者もなく、こんなところで……」

死んでいった愛人が可哀想でならなくなった。代助は、何時《いっ》か寝台の傍に膝をついた形で、自然に掌を合わせていた。

「許してくれ、な、許して……」と、未遂ながら我が不逞な行為を詫びた。彼は嗚咽《おえつ》した。屍体も泣いているような気がした。

三

それから三日経って、死んだ和子から又、手紙が来た。

――ごめんなさい。私はあなたを騙《だま》しました。あなたが破産しそうだと聞いたので一狂言打ったのです。私は自殺なぞしませんし、身体は至って丈夫です。

あの寝台の死骸はマネキン人形です。顔は私の写真彫刻です。そっくりだった筈です。髪は、かつらです。あなたは美事にダイヤの誘惑に引っかかりました。もし、あの夜、あなたがメスで人形の腹を切り裂こうとしたら、一一〇番に電話して、あなたを困らせるつもりでした。

ところが、あなたはメスを使わず、そのうえ掌を合わせて泣いて下さいました。私は、あの窓の外に居たのです。あなたの泣き声を聞いた時、私、泣きました。声がもれはしなかったかと、はらはらしましたが。

私は今とても、うれしい。ありがとうございます。幸福感で一杯です。そのお礼に、あなたのお心ひとつにかかっていたダイヤを、お返し致します。お受け取り下さい。あなたは、多分もう、こんな和子を、これ以上、愛しては下さらないでしょうね。でもそれでいいンです。あなたの和子は、あの晩自殺したのです。死にました。これで永久にお別れ致します。どうか、ごぶじで。

そして、午後便で、小さな書留小包がとどいた。ダイヤが入っていたことは云うまでもないだろう。

復活の霊液

「……やよ、弟子よ」

と今、中世にその人ありと聞えた錬金術《れんきんじゅつ》の大家、センジボギウス先生が、その臨終の際《きわ》の床《とこ》から、厳かにこう弟子に申された。

「は、はい」

すると、寔《まこと》に温和《おとな》しい優しいその弟子は、充分に心してはいるものの、つい仮睡《まどろみ》がちになる我が眼をぱちりと開けて、少し、しどろもどろな調子でこう答えると席を立った。

――先生は、痩せて居られた。頬骨がぐいと突き出で、眼孔は、恰《あたか》も其処《そこ》に穴でも出来たかの様に落ち窪み、額には幾重にも皺が、人生の苦難を表象するかの如く深く刻み込まれ、又その唇はカサカサに乾き、何か物を云われる度に、それは怪しく、かくは醜く慄えるのであった。

そして今は、その穴の様な深い眼孔の奥の双《ふたつ》の瞳に、些《わずか》の生気をもあるとしない。徒《いたず》らに高い鷲ッ鼻が、灯の及ばぬ貌《かお》の半面を黝《あおぐろ》く彩取《いろど》る。

「さて、弟子よ」

と先生は重ねて云われた。その声はかすれて、半ば咽喉でぜいぜいと鳴るに過ぎぬ。

「わしは、死ぬであろう、……もう、程もなく、な……」

弟子は、何故かぶるッと寒さを覚えた。深夜の、底冷えの為であったかも知れない。彼は又チラリと窓の方を見やった。扉は閉め切ってある。彼は耳を澄した。庭の糸杉の高い梢を渡る風の音ばかりだった。

「そこで……わしは一つ、折入ってお前に頼みがあるのじゃ。何と、聞きとどけては呉れまいか？」

「はい、何なりとも」弟子は謹んでこう答えた。

先生の枕頭に置いて在る燭台の、半端《なかば》は燃え尽した蠟燭が、風もないのに、ふッと左右に揺れて元通りに又灯し上る。とろり、と燭涙が台の縁に落ち滾《なが》れる。灯と云えば此の部屋には此れ一つ切りだ、この、変にだだっ広い、天井の薄ら寒く高い、此の部屋には。

「まことに、お前だけが信の置ける弟子と見込んでの頼みなのじゃ。わしの此の長い病いの中、薪《まき》を運び水を汲み、何くれとなく、面倒を見、看《み》とって呉れたのは、たったお前一人じゃ。他の、あんなにも大勢の弟子達は皆去《い》んで了うたが……。嗚呼《ああ》、人情紙よりも薄しとは此の事、……罰当り奴《め》が！」

弟子は黙って承って居た。少し伏し眼に、両手を行儀よく前に垂れて。彼は、先生のミイラの様な顔を見るのがこわかったので。

「……はあて、今更、かような愚痴を云うとる場合では無い」と先生は続けられた。「その、お前と見込んでの頼みと云うのはな、……此れじゃ」

そして、先生がその病みほおけた腕を力一杯に延ばして、枕の下から取出されたのは一個の小さな罎であった。——薄赤い色をした液体が、中にひっそりと澱《よど》んで居た。

「此れ！　此れはな、よいか、弟子よ、此れはこの世界にたった一つしか無い、世にも得難い『復活の霊液』と申すものじゃ！」

「え？　何と仰せられます？　『復活の霊液』となっ」と弟子は叫んだ。

「そうじゃ。これは起死回生の霊泉、世に二つとない貴重の薬水じゃ」

弟子は、思わず一足、二足、泳ぐ様な恰好で前へ出ると、その痩せさらばえた先生の手に在る、その小罎を、液体を、凝視した。——弟子の影がぐらりと大きく晦《くら》く壁にゆれた。

「さても、我が頼みというは、この事なのじゃ。弟子よ、よく聞け。実は、わしは、云うも憚《はばか》りある事なれど、此の霊液を、去る年の去る日、ブロッケン山の麓《ふもと》で、去る悪魔から申し受けたのじゃ」

「やや、悪魔とな？」それで、弟子は思わず首を縮め、手早に十字を切った。

「その悪魔が、わしに云う事には、この霊液を、人が死んだなら、息を引き取って一刻の後余《ほか》の何人《なんぴと》にも窺《うかが》い知らるることなく、その死体、全身隈《くま》なく塗布するがよい。さすれば、その死人は急《たちま》ち二十歳《はたち》の青春と肉体とを持って、此の現世《うつしよ》に蘇生するであろう、となかように申したのじゃ」

「はあて？　悪魔がその様に申しましたか？　死人は忽ち蘇り、二十歳のあの青春を取戻す、……取戻す……!?」

「そうじゃ、そうなのじゃよ」

「ああら、世にも奇怪至極！」

「さ、それが悪魔共の仕業じゃよ。……さて、それで、弟子よ、もう此処迄申さば、わしの頼みと云う事は合点いったであろうが」

　だが弟子は、驚異の眼を見張って、まじまじと、その生けるミイラの手に握られた魔法の小壜《のう》を見詰めた儘《まま》だった。

「喃、弟子よ、頼みとは此の事じゃ……わしが死んで、最後の息を引取ったれば、それより一刻の後に、此の小壜の『復活の霊液』をば、我が全身に隈なく塗ってくりゃれ。……よいか、さすればわしは、あの永劫に暗い冥府の国へ旅立ちはせんで、ぐるり、一足飛びに、二十歳の肉体と青春に充ちて、懐しい此の世へ再びドンデン返しじゃ。二十歳の肉体と青春と！」

　そして、こう、二十歳の肉体と青春、と云った時の老先生の顔には、否、まるで生気を失ったその老いほけた瞳には、不思議や、何とも云えぬ一条の光が刹那、浮んだことであった。

「では、しかと頼んだぞ、忘れまいぞよ。……おお、そうじゃった、それで、わしが無事に又二十歳のセンジボギウスと相成って、此の世に再現したれば、その時には、此の約定を果してくれたそなたに、礼として、余が今日迄、八十年の生涯を懸けて来た、練金術の奥儀の書、秘密の文を、残りなくゆずって進ぜようぞ！」

「え！　奥儀の書、秘密の文を、此のわたくし奴《め》に！」

「うん、うん……、では頼んだぞ……、ああ、もう、終じゃ、眼が見えぬ……、わしは生き返ったれば、恋を……薔薇の花の様な乙女と……恋を……」

一代の練金術師、センジボギウス先生は、弟子の手にその世にも貴重な『復活の霊液』を渡されると、次の日の己を空想されながら、その儘《まま》息が絶えた。死んで了われた。「……復活の霊液！」

弟子は、ほっと溜息をついた。何と云う不思議なものであろう！　これは⁉

さて弟子は、そこで、うっかり取落して壊《こ》わしでもしては大変と、両手にしっかと掴むと、やや後に退って、更《あらた》めて、その魔液を溢えた小壜と、もう死んで了われた先生の亡軀《なきがら》とを、代る代る打眺めた。

本当か知ら？

此の痩せて干《ひ》涸《か》らびて、こちこちになって了った皺だらけの、とんとミイラのような老人が、こんな液体を塗るだけで、あの、二十歳の若者の姿となって蘇る？

弟子は眩暈《めまい》をさえ感じた。

そうして、それから、先生が云い残された如く、凡そ一刻の間と云うもの、水時計の滴りを量りつつ、温和なしく待っていた。

「お待ち下さいませ、先生、もう直ぐでござりますで……」此の、優しい温和なしい弟子は、先生思いの彼は、こう呟いてひたすら時の経つのを待っていた。

して、その一刻の後、はて、もうよかろうと、弟子は此の魔法の壜の蓋を取ると、恐る恐る先生の亡骸に近付いた。

見れば、血の気ひとつない蠟のような先生の顔は、冷たい死の腕にしっかと抱かれて、暁のない永遠の眠りに、唯、静かである。

「果して、まことであろうか？」

弟子は半信半疑の裡《うち》に、壜を傾けると、手の平《ひら》に貴重の一滴をたらし、それを故先生のお手に、指に、そのたなごころに、甲に塗布した。

「や、や！」

どきんとして、弟子は思わず後退った。意味をなさぬ叫びを発し乍ら。

生きた！　そうだ、正しく！　今、此の瞬間、その液が塗られた先生の手は生きたのである。

「本当だ！　本当だ！」

見るがいい、ほんの五秒前迄は、老いほけ、さらばえた骸骨のような指は、ああ、何と云う事！　艶々と肉付きもよく、盛り上り、もう直ぐ果のゆきそうな蠟燭の光芒に、その新な生命の喜びに息づいているではないか！

「生きた、生きた、奇蹟だ！」

弟子は、何よりも先ず恐怖して叫んだ。

「あの、……あの指は生きている！」

と、すると、此の霊液の魔力は嘘ではないのだ。軈《やが》て、此れを塗ってゆくに従って、先生は、此の老い朽ちた八十歳の死人は、ぴちぴちと張り切った二十歳の若者となって、此の世界に再現するのだ。

「ああ、何と云う奇蹟であろう！」

弟子は、思わずこう感嘆の叫びを上げると、持っていた『復活の霊液』、魔法の小壜を頭上高く捧げた。

「神の奇蹟！」

と、此の瞬間、此の温和なしい弟子の脳裡に、電光の如くちらりと浮んだ、一つの想念があった。そして、それは直ぐ様、波紋の様に拡がって、弟子の心を一杯に充たしていった。

「そうだ！」

その小壜を頭上高く捧げた儘の姿勢で、両手を下すのも忘れて弟子は、天井近い一隅を睨《にら》んで、叫んだ。……そうだ、此の『復活の霊液』の効能は出鱈目《でたらめ》な嘘では無い。自分は目の当りその実証を見たのだ。して見れば、この貴重の液を先生の二十歳の復活に用いるよりは、むしろ、弟子己れ自身、我が死後の肉体に用いて、自分の再生を図るに若《し》かずだ。いや全く、その方が余ッ程気が利いてると云うもの！　先生なんぞ可笑しくって……

「俺が使おう」と弟子はこう叫んだ。

「俺が、もう一度生き返えるのに使おう、……奥儀の書、秘密の文？　くそ！　練金術なんぞ鬼に喰われろ！」

そして、あわててその『復活の霊液』の小壜を懐中深く押しかくすと、この温和なしい優しい弟子は、矢庭と、蠟燭を蹴倒し、卓を押転ばし、窓の鎧扉を踏み破り、脱兎の如く、此の部屋から、後をも見ずにひた駈けに走り去った。

そして真暗な室内には、死体が一箇横たえられていた。その、手だけが生きている。

——中世の、伊太利亜での出来事である。


「クララよ、……愛するクララよ、わしは、もう直ぐ死ぬ……」

時は193×年と云うから、つまり現代である。処は、アメリカ、紐育市の一病院の一室。此処で今、アメリカでも指折りのミリオネエヤアとして名高い、老ジョージ・メロン氏が、その光彩多き生涯の最後の時間を終ろうとしていた。

「いいえ、いいえ、死んではいや！　死んではいけません！」

とこれは又、死に赴くものよりも数等、烈しく取り乱して、死なんとする老富豪の寝台に嚙《か》じり付いて、狂おしく叫んでいるのはその愛妻、——若い、まだやっと当年二十二歳にしかならない、まるで娘のような、クララ・メロン夫人その人であった。

「おお、クララよ、いとしのクララよ、もう、もうその様には云わんで呉れ、わしとても、もっと生きていたいは山々なのだが……こればかりは致し方ない運命なのだから……」と、老富豪は、嗄《かす》れた低い声で、静かに、若い美しい妻の、取り乱して叫ぶ姿を、憐れ気に見やりながら云った。

「けれども、クララよ」

と老富豪は次に、何を思ってか、少しその声の調子を変えて、こんな事を云った。

「けれどもクララよ。此処にたった一つ、お前の限りないその嘆きを、ガラリと、手の掌を返す様に容易く、素晴らしい喜びに変える方法があるのだ。絶大な魔法があるのだ」

「え？」

若き美妻《はしづま》は、思わず双《ふたつ》の瞳を見張った。

「魔法ですって？　あんた？」

「そうだよ、クララ、そうだよ」と老富豪は、充分に自信あり気な口調で答えた。

「魔法なのだ！　……クララよ、だが、此の部屋にはお前の他誰も居らんだろうな？」

「ええ、誰も……」――でも、まあ此の人は、全体何を云い出したのだろう。魔法だって？

……死ぬんで、少し気が変になったんじゃないか知ら？……。

すると老富豪は、その病みほおけた右手を苦し気に延ばすと、枕の下から一個の小壜を取出した。――薄赤い色をした液体が、その中にひっそり、澱んでいた。

「さて、わしのクララよ。その魔法と云うのはな、……」

かくて老富豪は、その若き愛妻に向って縷々《るる》と千古の秘密を、驚異を、――奇蹟に就いて語り出したのであった。

「此れは、クララよ、『復活の霊液』と名付けられたものだ。何故なら、此の液を一度、人が死んでより凡そ一時間の後にその死人の身体に隈なく塗る時は、忽ち、その死人は二十歳の肉

は叫んだ。

「まあ！」魅力の籠った、円《つぶ》らに大きいその瞳を、又一倍、平素よりも大きく見開いて若い妻

体と青春とをもって此の世に蘇ると云われるからだ！」

「うん、その驚きはもっともだ。そして、此れは正真正銘掛け値なし本当の事なのだ。わしは、その実証を此の目で見たのだから。……あれは、そう、去る年の去る日、大陸漫遊の折だった。わしは、去る流離落魄の波蘭土《ポーランド》の貴族から、いやも、莫大もない金を以て、これを購《あがな》ったのだった。わしは此れを買う時に、果してその落ちぶれ公爵が云うように、効能書き通りかどうかを一応死人に試して見た。ところが、その結果は予期以上だった。もう、全く死に切っているそのジプシイの娘の指先がうん、それやも、ほんの少ししか塗らなんだが、動きよったものだ、……生きたものだ、色艶さえようなって……正しく奇蹟だ。で、わしは値切りもせずに即座に買い取った。う？　うん、その公爵殿は、何んでも、遠い父祖の代から此れを受け継いで持っていたものの、余り貧乏して了ったので遂に金に代える破目になったのだ。……わしに取っては幸運な話だ。……」

クララ・メロン夫人は、唯、息をのんで聴いて居た。

「で、もう分ったろうが、わしの最後の頼み、お前のその身も世もない歎きを喜びに返す方法と云うのは、つまり、此の魔法の液、『復活の霊液』を、わしの死体に塗ってもらいたいことなのだ。そうすれば、わしは又、二十歳の青年となって、思いッたけお前と尽きない生命を楽しむことが出来る！」

そして、唯もう驚いて了って、未だ何とも答えない妻に、次に、老富豪は、今一段とその語調を強めて語を続けるのだった。

「ただ、此処で一つ、確《かた》くお前に訓《さと》して置かなければならぬ事がある。それは、……それは此の霊液は、そもそも初めは、今から千年の余も昔、ある、名は度忘《どわす》れして了ったが、何でも或る老練金術師が悪魔から渡されたものだ。だが、ではそれが、どうして今迄、此の現代に至る迄、大して減りもせずに保存されて来たかと云うとだ……」

そして此の時、話が此処迄運んで来た時、此の当《まさ》に死なんとする老富豪は、とても瀕死の者とは受取れぬ力の這入った声で、その遺言を語るのだった。

「よいか、クララよ、何故かと云えば、此処のところをよく聴け！　それは人間の、呪う可き、蔑《さげ》しむ可き、その、……その、卑怯な、陋劣《ろうれつ》な、真に唾棄す可き利己主義から来たことなのだ！　言語道断の腐れ根性から由来されたことなのだ！」

で、あんまり、老富豪の語気が荒いので、その悲憤慷慨《こうがい》に驚いて、若く美しいクララ・メロン夫人は、思わず一足後へ退って、良人の顔を見直したことだ。

「ハハハハハ、いや此れや年甲斐もない、思わず昂奮して了うた。気にせんでええ、クララよ。……でだ、つまり早い話が、此の『復活の霊液』を持っている者が死ぬ、その時に、自分の子か妻、一番愛し信用している者に、死後、我が身体に塗れよ、と確く遺言して死ぬ。とそれを、遺言通りにすべきであるにも拘《かか》わらず、不届千万な事には、その、死者の愛と信用とに裏切るのだ！　うん、決して、少くとも、此の千年の間、遂に一度たりとも此の遺言は実行されなかったのだ！　何故と云えば、定《きま》って遺言を托されたものが、自分が、己れが生き返ろうと横領するからなのだった！　嗚呼《ああ》！　何と云う呪う可き、蔑しむ可き、恥ず可き……」

「卑怯な、陋劣な……」良人が息切れがして絶句したので、親切で、よく気の付くクララ・メロン夫人が、こう補った。

「そうだ、有難う、……真に唾棄すべき根性！　……だが、クララよ、わたしの、いとしいクララよ」

と、老富豪は、今度は、少し優しい口調で、猶《なお》も、死の床にして云うのだった。

「ねえ、お前は、……お前だけはそんな、過去千年間の、真に恥ず可き人間どもとは違う筈だねえ、そうだとも！　お前こそは、正義を愛するものだ！　お前は潔白だ！　お前はだ！　お前は女神だ、正直だ！　お前はサンタ・マリアだ！……」

「あら！　そんなに、お床から乗り出してらしちゃア駄目よ」

「ああ、クララ！　お前は誓ってくれるねえ！　お前は必らず、必らずわしが死んだなら、……もう直ぐだ……、この『復活の霊液』を、わしの身体に塗って呉れるね、きっと塗って呉れるな！　お前に限って違背はあるまいな、クララ！　誓ってくれ！」

正直の処、若いクララ・メロン夫人に取っては、此の不思議な中世の伝説は未だよく腑《ふ》に落ちなかった。だが、あまりにも良人が一所懸命なので、今死んでゆこうと云う者に気をもませるでもないと、こう、きっぱりと受合った。

「ええ、ええ、あたし、あんたのおっしゃる通りに致しますわ。必らず、その『復活の霊液』

とやらを、あなたのお身体に塗って差上げますわ！」

「そうか！　有難う、有難うよ、クララ、……では、いいかい、確く守って呉れ！　娓《くど》いようだが……、誓って呉れ、お前のケンタッキイのお袋にかけて！……」

そうして、此の魔法の小壜、『復活の霊液』を愛妻に手渡しすると、一代の豪商、ジョージ・メロン氏の魂は神に召された。

さて、それからきっちり一時間程すると、此の、未だ当年二十二にしかならない、美しい、うら若き寡婦、クララは、未だに半信半疑ながら、とも角、亡き良人との最後の誓を果そうと、かの小壜を手に、人々をすっかり遠去けて、自分一人少し気味の悪いのを我慢して、死せるメロン氏の亡骸に近づいた。

「……とうとう死んじゃッた。さよなら、……そんなに、きらいでもなかった、おじいちゃん……」

と、前身はブロードウェイのネオン・サインに彩られた踊り子のクララは、うっかり、一人になると、お里訛りを出してこう呟いた。そして、一寸、首を縮めると舌を出した。

「じゃア、あんたがあんなに云ってたおまじないをして上げようね。地獄で気にされて居ても困るからねえ。……ふふ、何処のジプシイにだまされて、体《てい》よく買わされちゃッたんだか知らないが、あんたも大概お人好しさ。けどねえ、あたいはその、あんたのお人好しなところが好きだったのさ、それだけなのさ。……じゃアと。最初、どこに塗って上げようかねえ……そうさ、唇にでも塗るとしようよ、一番思い出の多い、なアんてね、けども一番しつッこかった此の唇にね、……ま、冷たい！　亡者ッてもの冷たいねえ、好かないもんさ。……あらア⁉……ま⁉　あんたア……あんたまだ死んだんじゃ無いの⁉　え？　ジョージ！　動いてる……、生きてる……、ク、クチ、ビ、ルだけ……⁉」

クララは暫時、立像の様に動かなかった。魔法の小壜、『復活の霊液』を手に、極度の恐怖と驚愕とで、口を開け、瞳をパチッと大きくしながら、もう真青で、いや、その顔色は一辺に血を引いた……。

「本当だ！　本当だ！　本、当、だ、わ」

そして、――次にクララは、死せる老富豪の信と愛とを一身に集めていた、此の、若い美しい寡婦は、何を思い直したものか、あわててその小壜に確《かた》く栓をしたものだ。栓をするとそれから、此の部屋には初めから誰も居ないのは判っている癖に、まるで、誰かに見咎められるのを恐れるような仕ぐさで、万引でもする時のように、素早く、それを、胸の奥深くしまい込んで了うと、今、その唇だけが、新な生命の喜びに息づいている死んだメロン氏の顔に、手早に白布を掛けて、さて、おもむろに次の部屋に控えている人々に声をかけるのだった。「もう、ようござんしてよ、這入っても、お別れはすんだわ。……それからね」そうしてクララは更に人々に、そのか細い指で、髪が一房ぐるりと渦を巻いて垂れ下る額を支えながら、少しばかり鬱陶《うっとう》しそうな様子と声で云うのだった。「あたしね、何だか頭痛がして堪らないから、何処か他の静かなお部屋で少し休ませて頂載な……」……とまあ云った様な解《わけ》で（と此処で、これが少し古風なお芝居なら、さしづめ『仮面の作者』とでも名乗る粋な身なりの男が現われて、幕前、こんな風に一席弁ずると云った具合)、「さて、満場の淑女及び紳士諸君! 既に前二回の話でも充分お分りの様に(と此処で左手を上げて自分の背後を指し)未だに此の、世界に二つとない貴重の宝、霊験いやちこなる『復活の霊液』は、遂に、唯一人の死せる人間をも、その二十歳の肉体と青春とをもって蘇らせたことがないと云う、甚だ妙な事に立至っているので厶《ござ》います。が、それと云うのが、つまりは、メロン氏の言葉ではありませぬが、人間の利己心、自分が生き返ろうと云う慾望、死者への背信に基くものたるや明《あきら》かであります。それで、と此処で少し、意地の悪い空想を巡らすことをお許し願いますと、此の霊液はうっかりすると、かくして猶今日より幾世の末迄も、千年万年は愚なこと、此の我々の地球があの月の様な天体と化し去るの日迄、次から次へと人手を『無事』に渡ってゆくのでは無いかと考えられます。皆、死人を裏切っては自分が使おう、又その次の者が自分が用いよう、と云う様に。そうして、又更に空想の翼を拡げますならば、その揚句は、この『復活の霊液』は、恐らく、地球滅亡最後の日の最後の一人の手に迄伝ってゆく可能性が充分にございますッて……。そうしてその時、その最後の人類の一人が早まって猫婆《ねこばば》しなければよいものの、若し、うっかり、例の『俺が使おう』根性を出しましたなら?……嗚呼、止んぬる哉《かな》ですな。此の絶大の魔力ある、世にも貴重な『復活の霊液』は遂に一人の死者をも蘇らせること無く、徒《いたず》らに空しく、無用の長物となってその運命を終らなければなりませぬから! と、しますれば、此の『復活の霊液』の人間に取っての真の価値如何は、ひとえに、その人類最後の一人の意志、及びその運用如何にのみ懸る、と云う事も強《あなが》ちに過言ではございりますまい。そして此の霊液が、その霊液たるの所以を、充分に発揮出来るの秋《とき》は、その最後の人類より、直ぐの一足先に死ぬ人間に於て初めて見られるもの、と、か様に考えられまする。ハハハハ！　……それにしても先の長いこと！　先ずそれ迄は、此の霊液は唯々、無用に人手を転々して行くに止《とど》まりましょう。嗚呼！　さぞやさぞかの千年の昔、此の『復活の霊液』を練金術師センジボギウス先生に手渡した悪魔は、此の人間共の愚な利己心に、もう横手を打って、かんらかんらと大口開けて笑いこけてでござりましょうて……」

斬るということ

江戸時代生き残りの古老たちが、その過去の見聞を各自が語った中に、武士が人を斬った話が、数えて五ツばかりある。

その一ツは、れっきとした佐竹侯の家来で百石取り、岡部菊外《きくがい》という侍で、人を斬るのが三度の飯よりも好き、平素、新刀《あらみ》を手に入れると、七人まで斬ってみなくては、本当の斬れ味はわからないものだ、と云っていたという、辻斬りの常習犯だった。

それで、柄《つか》巻師へ、取っかえ引っかえ刀を持ちこんだ。それというのは、血糊で柄が腐ってしまうからだった。

生涯、どのくらい人を斬ったものか。

これが、ある晩、下谷《したや》、摩利支天《まりしてん》横丁、松坂屋の土蔵の裏で、按摩《あんま》を斬った時、うっかり斬りそこねて、按摩が、

「やァ、目の見えぬ者を斬ったなァ！　祟るぞォ！」

と、断末魔の声を振り絞って叫んだ。

この声が耳に残り、さすがの辻斬り菊外、病みついて死に果てたという。

その二ツは、藩名は出ていないが、これも然るべき大名の家臣が三人、下谷広小路の雁鍋《がんなべ》で一杯やった後、つい興に任せて、小塚原《こづかっぱら》の獄門首を見に出かけた。

その帰り、水戸街道で千住《せんじゅ》の遊廓を、ぞめいているうち、馬子に突き当り、水戸様御用と書いた相手の提灯を消してしまった。

この馬子が、千住の鬼熊という力自慢の、ならず者で「御用の字が目に入らねえか、目くされ侍、とんちき侍」と、口汚く罵ってからんできた。酒手を出させる気なのだ。止むを得ず問屋場へ訴え出ると、「以後気を付けるよう」ということで、一応片は付いたわけだが、鬼熊は承知せず、ますますからんできた。で、三人の侍は、いきなり相手を突き倒すと逃げ出したのだが、中の一人が、運悪く袋小路へ追い詰められ、力自慢に組伏せられてしまった。

それで、侍の方も、もうこれまでと、下から脇差で鬼熊の腹を突き上げた。そこへ、仲間の侍が駈けつけてきて、背後から、もう一度斬り下げた。

理由は、ともかく、人ひとり殺したのだから、侍ふたりは一散に闇へ遁れ、道灌山《どうかんやま》下の小川で血を洗ったのだが、衣類の血痕は容易に落ちない。そこで、板橋まで行くと古着屋で衣装を変え、やっと翌朝帰宅した。

背後から斬った刀は、備前、横山祐貞《すけさだ》のものだったが、刃先きが欠けたという。

その三ツは、勤番者の若侍が、やはり千住あたりへ遊びにいった時の話である。

上野山下から辻駕籠へ乗ったところが、三輪《みのわ》の辺で人足が、酒手を、ねだり出した。黙っていると駕籠を路ばたへドスンと下ろし、駕籠舁《かき》二人は、火打鎌とホクチを取り出し、悠々と煙草を吸い出した。いつになったら担ぎ出すのかわからない。

かっと腹を立てた若侍は、駕籠から出て、一刀の鞘を払うと、「酒手を取らすぞ。さ、延べ金だ」と、古風なことを云って振りかぶったので、駕籠舁ふたりは、わッと逃げてしまった。

それで止せばよかったのに、若気の至り、傍の川へ駕籠を、ポンと蹴こんで、溜飲を下げ、それから大万《おおよろず》という店へ登楼したところが間もなく、「今の侍を出せ」とばかり、人足どもが五六十人、店の前へ押しかけてきたものだ。

店の者は青くなる。話を聞いた主人が、これはお逃げになったが、よろしいというので裏口から、そっと抜け出した。

ところが、通りで人足どもに見つかり、バラバラと近寄ってきたので、脅しのつもりで刀を抜き、峯打ちをする気だったのが、手もとが狂って、のっけに来た奴の頭を、三日月なりに削いでしまった。

「人殺し！」

人足どもも崩れだったが、侍の方も無我夢中、どこを、どう逃げ廻ったか、ともかく、その夜は逃げ切った。——この人は、その後長のおいとまになったという。

その四は、これは侍からの話ではなく、斬られそうになった町人の側からの体験談。

文久年間のことで、夜も十二時近く、知人を訪れた帰り、ホロ酔い機嫌で、その人が四谷の大通りを帰ってくると、うしろから石をコツンと蹴ってよこす者がある。振り返って見ると侍が三人。

「こらッ、無礼な奴だ、石を足蹴に致し居ったな！」

「ど、どう致しまして。素町人の分際で左様な無礼を働くわけがございません」

「黙れ、この方の足に当ったぞ」

もうこの時は、ひとりが襟首を捉え、ひとりは手を押さえこんでいる。——試し斬りだな、と思うと同時に気が遠くなった。

すると、耳のあたりで、「君、危いから手をどけ給え、手が邪魔だ」

この早口の言葉、つまり、ひとりが斬ろうとするのだが襟首を押さえている侍の手が邪魔になるから、というわけなのだ。

その一刹那を、その人は捕えた。

襟首の手が離れた瞬間、渾心の勇気と力を出して、斬ろうとする前の侍に突き当り、抜きかけた相手の刀を、ひったくり、担ぐが早いか夢中で駈け出した。追ってくる。

お堀端を高力《こうりき》松の下から市ヶ谷八幡まで逃げのび、どぶの下へもぐりこみ、じっと夜が明けるまで息を殺し、やっと助かった。

その五は……。

幕府の御徒《おかち》で、二百五十俵取り、その折り未だ三十前の黒川清伍郎が、下谷練塀《ねりべい》小路の自宅へ帰る途中で、向う柳原のあたりを急いでいる時だった。

慶応と年号の変った年の十一月末の、もう十時を廻った時分か。

丁度、医学館の横丁を歩いていたところ、突然、これというわけもなく、異状な不安を激しく感じた。

物騒な話ばかりを聞かされる、その頃の江戸である。

清伍郎は、不安に襲われると共に、自然わが腰の一刀を強く意識した。右手が、我知らず刀の柄へかかる。

その時だった。

掛け声ひとつ発するのでもなく、さっと背後から斬りかけられた。——ほとんど一秒の何分の一かの短時間なのだろうが、清伍郎が、あらかじめ、不安感に備える気構えを取っていたことは運がよかった。

一瞬、軀を躱《か》わすと、反射的に刀を抜いて盲討ちに背後を、薙《な》ぐように斬っ払った。

と、手応えと共に、

「うッ！」

という呻き声を聞いた。

見ると、侍がひとり、がくりと膝を突き、一旦は刀を杖によりかかったが堪えられず、引きこまれるように地べたへ、顔から先きへ前のめりに崩れた。

清伍郎は、自分が斬ったものの、こわくなって、直ぐ立ち去ろうとしたのだが、好奇心が働いて、一歩近寄り、闇を透して、よく見定めると、相手は宗十郎頭巾に面体を包み、羽織、袴の武士である。

何者だろう？　遺趣遺恨かと思ったが、自分には全然心当りがない。ついでに、その顔を改める気になって更に一足、近寄って、かがもうとした時だった。

「見ましたぜ」

びっくりして後しざりすると、続けて、

「あんたの仕業だったンだね、この界隈の辻斬りッてえなア」

と、闇が動いた感じで、ひとり。

「辻斬りだと？　違う、違う！　わしではない。斬られそうになったから斬り返したまでだ。間違えるな！」

と、清伍郎が、慌てて弁解すると、

「そいつァ通らない」

せせら笑うという語調で、冷やかに、

「おとなしく、お縄を頂戴していただきやしょう」

「えッ？」

ひるんで、途端に清伍郎は、駈け出していた。只もう、駈けた……。

その夜から、よほどのことがない限り、清伍郎は外出しなくなった。岡ッ引きに目を付けられているということが、なんとも重苦しい負い目になった。自分は辻斬りではない、という弁明が、どうしても立ちそうにない気がするのだった。辻斬りではないが、人ひとり斬り殺したことは事実なのだ。

そのうち御一新となり、幕府は瓦解、今までのことは御破算になったようなものの、清伍郎は、やはり、気になって仕方がないのだった。

「この自分を辻斬りだと信じている人間が一人居る。なんとかして、この冤《えん》を雪《そそ》ぎたいものだ」

と、絶えず思い続け、気が晴ばれとしないのだ。生涯の重荷になってしまった。

明治六七年の頃から、清伍郎は、朝野新聞の前身、公文通報という新聞に勤める身になった。

その或日、刷り上がった新聞束を受け取りにきた男と、ぱったり、顔が会ったのだが、

「旦那、お久しぶりですね」

と、声をかけられた。その声調で、はッとした。

びっくりして相手を見直した。五十前後の年ごろで、眼の、ぎょろっとした、頬骨の高い色黒の男だった。その顔には、まるで見覚えがなかったが、その声は、忘れようとて忘れられない、あの夜のものだった。

「ヘッヘッへ、あの節は、どうも……」

男は、新聞束を包《かか》えこむと、一礼して出ていった。呼びとめようとしたが、何故か、言葉が出なかった。

相手の態度、口調から、「ヘン、知ってるンだぞ。うまく、白ばっくれて立ち廻っているようだが、この辻斬りの人殺しめ」

というような底意が、ありありと感じられたからだった。

清伍郎の苦悩は、その日から更に新しく募った。

ところが、この元岡ッ引きは、それっきりで新聞社に姿を見せなくなった。恐る恐る、その現在の身もとを調べてみると、中山良助という新聞雑誌類の仲買人で、住居は、神田連雀町だとわかった。ついに、一月ばかり経った後、勇を鼓して自分から訪ねていった。絶対に辻斬りではない、ということを、なんとしてでも、はっきり納得して貰いたい、という悲願からだった。

それが、行ってみると、あれから良助は、脚気《かっけ》が、ひどくなって、半月ほど前に弟のところに引きとられた。草加の在だという。

はてな、これは会わない方がいいということではないのか？　今さら、あの一件は正当防衛だったと力説することは、却って藪蛇になるのではないか？

清伍郎は散々迷った末に、覚悟をきめると出かけていった。そして、ようやく尋ね当ててみると、その日が、良助の初七日だと聞かされた。

助かった！　腰が抜けた感じだった。

その折り、良助の弟が、こんな話をした。

「ご一新前に、お手先きだった兄が、向う柳原で辻斬りを働いた侍を見たが、その侍が自分を見た目付きの恐ろしさというものは、今に忘れない。翌日、すぐお役ご免を願い出た。なにしろ、今度、見つかったら命がないという気がして……」

蒸発

「おや？」

とは思ったのだが、難波屋の番頭、彦兵衛は、真逆《まさか》と強く打ち消して、そのまま歩いていったが、どうも気になった。

立ちどまって思案していたが、もう一度戻って、よく見とどけようと引っ返した。

三月中旬のよく晴れた日の午過ぎである。京都、建仁寺の土塀が続く通りで、片側は崖や竹藪で、その坂なり道の正面に、わりに近ぢかと八坂の塔が見える。

戻ってきた彦兵衛は、その土塀の日だまりに、あぐらをかいて腕を組み、頭をうしろへ寄せかけて眠っている男の前にくると、立ちどまり、中腰になって、つくづく、穴のあくほど、その顔を見つめた。

着物は二枚重ねているようだが、元の色は何だったかわからぬほどに褪せて、肘のあたりは大きく裂け、膝から先きは千切れて、のれんのようだ。帯は荒縄である。もとより、はだしだ。

その前に、どんぶり鉢が一つ。中に、おじやのようなものが、ごみと一緒に浮く。

「乞食だ」

これは、誰の目にも乞食でしかない。

だが、うん、と大きく我から頷くと、彦兵衛は、勇を鼓して、しらみが歩いている乞食の肩を軽く突くと声をかけた。

「もし、若旦那さま、若旦那さま！」

「う、うむ……」

うたた寝だったか、相手はすぐ目を開けたが、目やにの溜った視線は定かではない。

「お見忘れでございますか。手前、彦兵衛でございます」

「覚えているよ」

「ああ、やっぱり若旦那さまで。けれど、この体は、これアまア、どうしたというわけでございます？　いえ、お話は、そのゥ後に致すとしまして、ともかく、さっそく手前とお店へ戻りましょう」

一所懸命に、

「大旦那さまが、どんなにお喜びになることでございましょう。あれから、もう十年近くにもなります。毎日、若旦那さまのことを、おっしゃらぬ日とてはございません。もしや、どこかで亡くなったのではないか、という人がありましても、いや、生きてる、必ず生きてる。そのうち倅《せがれ》は、きっと戻ってくるとおっしゃって……」

「彦どん」

「へえ?」

「死ンだことにしてくれ。嘉兵衛はもう、この世に居ない者と諦めてくれ」

「えッ? 何を申されます。ここに、こうして、ちゃンと若旦那は……」

「別の人間だ。見る通り、若旦那などという代物ではないよ」

「いえ、そんな……?」

彦兵衛は一瞬、もしや人違いかと疑ったが、顋の黒子《ほくろ》と云い長い睫《まつげ》と云い……

「さ、お店に戻りましょう。お話はそれからということに……」

と、相手の手を取り引き立てようとしたのだ。おだやかに払って、嘉兵衛は、

「頼む。勝手にさせて置いてくれ」

「へえ? 戻りたくないとおっしゃる?」

「そうだ。帰りたければ自分から戻る。勘当されたというものではないからな。だが、帰る気がないからだ」

「何故でございますか。あんな立派な、京でも五本の指に数えられる大分限者の若旦那さまが、どうして又、こんな……早く申せばおこもさんなどに……」

「この方が、楽しいからだよ」

「えッ?」

目を、ぱちくりして番頭は、

「これが、あの、楽しい?」

「なってみないとわからぬものだ。おれはなア、しょうことなしに乞食になったのではない。持ち物を、みんな捨ててみたら、こんなことになったまでだ」

「何故、お捨てになったので?」

「ものの、はずみだ。それが、それからそれへとなっただけだ」

「すると、そのウ……?」

彦兵衛は、なんとか納得のいく解釈を下したいと、

「よく世間で申しますように、世を厭《いと》う、はかなむという、つまりお坊さんのようなお気持になり、それで……」

「違うよ。おれは世を厭わない。この世は楽しいよ。無上に楽しい。だから、こうして楽しがって生きている。手ぶらで居ると、なんとも、いいものだ」

「ははア。と、まア悟りを開いたとでも申すような?」

「知らないな、悟りということは。お前も知っての通り、おれは極道者、ついぞ坊さんのお説教など聞いたことはなし、もとより、お経など見たこともない」

「へえ」

いよいよ、わからなくなって彦兵衛は、

「すると、どういうことなので、若旦那のおこもさん修行は? 何の為で?」

「修行ではない。何のためでもない。こうしている、このままが栄耀栄華なのだ。のびのびと、

とても気が楽なのだ」

「わかりませんなア、まるで」

番頭は遂に匙を投げた。──狂人ではないようだ。偏人、奇人という類なのだ、と、自分なりに判断した。

「なアに、気随気儘、それだけのことだ。では別れよう」

嘉兵衛は立ち上がると、どんぶり鉢を取り上げ、中のものを、ぐっぐっとうまそうに啜《すす》りこむと、すたすた歩き出した。

頭を上げ胸を張り、大股に、自信に充ちた堂々たる歩きぶりだった。

* * *

この難波屋というのは、前述したように、当時（寛文年間）聞こえた富商だった。

次ぎに、古記から引いてみると──

「……難波屋十右衛門と云富者有り。様々なる奢侈《しゃし》を尽《つくし》けるが、町人にては面白からずとて聖護院《しょうごいん》へ用金多く差上げ、家来分になり、峯入りの供をしたり。歴々の士の如く供人多く召連れ、目を驚す計也《ばかりなり》。箇様《かよう》の事共、其の風俗を乱し世の害となる事故、其の過怠に、宇治橋の掛直しを申付られしに、早速、普請出来し、擬宝珠《ぎぼし》に己が姓名を大に彫付て、名聞を喜びし。此の入用金、難波屋一ケ月の利金にも及ばざりしと也」

この十右衛門の総領息子が嘉兵衛なのだ。何が不足で、乞食になったのか、と怪しむのは、番頭彦兵衛ひとりではあるまい。

その晩年、嘉兵衛は、京都近傍のある寺の寺付き乞食になっていた。

嘉兵衛は、ある時、寺の和尚に、こんな意味のことを語ったそうである。

「……その日も例のように、女どもや取巻を大勢連れて、東山あたりへ花見に行った。そのうち、ふと気が付くと、自分は、ひとりだけになっていて、あたりには誰もいない。

その時、ふっと、いたずら心が起こった。隠れてやろう。さぞ、みんなは心配して大騒ぎするだろう。そうしたら、思いもよらぬところから顔を出して驚かせてやろう。

これは、趣向だ。

そして、ちょっと隠れているうち、果して連中は大騒ぎになり、八方に手分けして探し初めた。見つかりそうになると場所を変えていく。次第に遠く離れる。そのうち日が暮れてしまった。

人びとは、諦めて、又明日のことにしようと帰ってしまった。そうなると、自分も今さら出憎くなって、ままよと一夜を山で明かしたが、児供ではないから家へ戻って道に迷ったでは済まない。

なにか、うまい口実はないかと考え、神かくしに会ったことにしようと思いついた。だが、それには、昨日の今日では拙いから、五六日経ってから出ていこう。

それで、鞍馬山の方へ行ったのだが、その途中で、木の下で昼寝をしている乞食を見たものだ。

今でも、よく覚えているが、その寝顔のいいこと！　あんな底抜けに気楽な人間の顔というものは見たことがない。

ああ、羨しいな、と思って、これは次手《ついで》に二三日の間、乞食をしてみようか、と酔狂な料簡を出した。

古着屋で、衣類や持ち物を売って、ボロを買った。わざわざ、よごして乞食を初めた。厭になったら、すぐ止められるのだ。うちへ帰って神かくしに会ったと、何か尤もらしいことを並べればいいだけだ。だから、乞食を初めても、すこしも苦にならない。貰いがあろうと、なかろうと、どうでもよい。

ところが、日数が経つにつれて、何とも妙な塩梅《あんばい》だが、乞食でいることが楽しくなってきた。無責任の気楽さであろう。

世間で云う、乞食三日すれば止められぬ、という意味とは違うかもしれないが、自分は止められなくなった。取ることと、やることに気を使わず、第一、用心するということが全然、必要ないのだ。見栄もいらない。

初めのうちは、折々、ひもじいこともあったが、それにも何時《いつ》か馴れた。二三日食わずとも差支えないものだ。必ず、食えるだけのことはあるものだと知った。

一年経ち、二年経ち……うちへ帰って、又あの暮らしを初めようとは考えなくなってしまった……」

嘉兵衛は長生したそうである。

哀れ

一

深酒をすると、とかく度忘れする癖があって、この話もその癖の為らしいと思うのですが、又、そうでもないような節もあり……

その年の六月十六日のことでした。あるパーティに出てその後飲み回り、泥酔して帰った翌日、もう午近くなって起きた時、ふっと思い出したことがありました。「夏代が死にそうだって話だよ」と、聞かされたことです。未だ宿酔《ふつかよい》の重い頭ながら、すぐ見舞いにいかなければと思ったのですが、さア、これが、その家を、まるで知らないのです。では教えてくれた人に訊ねようとしたところが、その人が誰だったか、どうしても、思い出せない。

心を落ちつけて、昨日のパーティで会った人びとを順々に追ってみたのですが、その多くは、やア、やアの程度ですこし長話をした覚えのあるのは、ふたりしか浮かんできません。劇評家の坂本氏と、噺家の小円治だけです。

で、さっそく坂本氏に電話をかけると「夏代？　知らないなア……芸者だって？　いよいよ知らないよ。昭和十八、九年ごろ？　その時分なら、おれは兵隊で、ずっと満州に居たよ……」

次ぎに、小円治に電話すると「さア、夏代ねえさんでござンすか、夏代さんとねえ……へえ、十年この方、音沙汰なしで……それじゃアもう、まるっきし知りませんねえ」という返事です。「そうかい」と答えたところ、私のその声が、よくよく途方に暮れていたとみえ、半分は慰める気か、小円治は「そう言えば、坂本先生が紹介なさってた人が居ましたよ、パーティで。なんでも巴町の骨董屋さんとか……」

はっと、初めてその時、記憶が甦ったものです。私が古い道具などが好きなので、坂本氏が引き合わせてくれたのです。さっそく、その日、初対面も同様な相手なので手土産を調えると出かけました。

行ってみると、江山堂は思いのほか小体《こてい》な店で、主人は好都合にも店先きに、ちんまりと坐りこんで夕刊を読んでいました。つるッ禿げ、顎の張った、もう六十を越したと見える年寄りです。

来意を告げると、ひどく当惑して、夏代などという名の女性は全然心当りはない。それに第一、自分は御覧のように至って野暮天で芸者遊びということをしたことがない。仲間うちの宴会で、たまにお目にかかるぐらいなものだ。そんな粋筋の話を自分と結びつけるということが、そもそも妙だ……

うまいお茶をご馳走になっただけで、空しく戻りました。もうこれで、手掛かりは、まるで失くなった……。一体、誰が私に、「夏代が死にそうだ」と、告げたのだろう？　その二、三日、私は、もどかしさで一杯でした。

二

ところが、それから十日ばかり経って、暑中見舞のハガキを刷らせようと、去年もらった人びとの分を、めくっているうち、「あッ！」と思わず口走ってしまいました。そのなかに、小林なつ、と細いペン字で書いた一通を見つけたからです。官製ハガキでしたが住所は書いてあります。大磯でした。

「妙だなア？」

実は、私には、このハガキに見覚えがないのです。今まで手にした記憶が全然ありません。あれこれ考えた末、例の自分の癖だなと解釈しました。つまり、前にも言ったようなわけで、夜遅く泥酔して帰宅し、留守中の郵便物を酔眼で、ざっと見て、他の暑中見舞のハガキと一緒に引出しへ突っこんだきりなのでしょう。間に挟まって、そのままになってしまっていたのです。

それは、ともかく、私は取るものも取りあえずと言った気持で、すぐ大磯へ出かけました。着いた時は、もう夕方でした。

その家は、すぐにわかりました。鴫《しぎ》立つ沢の古跡の近くで、漁師町の匂いの強い、ごみごみと狭くるしく家の立てこんだ、細い路が傾斜して曲りくねる、その一隅でした。

家の入口のわきに、ただ一本、立葵《たちあおい》の花が紅く濃く咲き誇っていたのを覚えています。

訪れると、四十前後の小柄な細君が出てきて、私が、小林さんは居ますか、と、訊きますと、去年の秋、東京へ移ったと言うのです。行った先きはわかるかと訊ねると、奥へ立って暫くしてから、何かの受け取りのクシャクシャになったのを持ってくると、その裏に鉛筆書きに記した住所を、見せてくれました。阿佐ケ谷二丁目××番地、内藤方。

聞くと、夏代はその前の年から、この家の二階を借り、たったひとりで住んで居たと言います。では、その二階を見せてはもらえないかと頼みますと、今、空いているからと心易く案内してくれました。

六畳と三畳の二部屋で、縁側もあり床の間もあり、それに何よりも眺めがよく、眼の下こそ、ごみごみと屋根が重なり合っていますが、坐ると見えるのは空と海だけです。

私は、そこに坐りこみました。そして、去年の秋まで、夏代がこの部屋で暮らしていたのだと思うと、なんとも言いようのない懐しさと恋いしさとが、ひしひしと迫ってきて、思わず小声で、「なつ坊……」と、昔、言い馴れた言葉を口に出してしまったものです。そうすると、いよいよ恋いしさがつのってきて……。

三

この時から十年以上も前になります。戦争になる前の年でした。お酌から一本になったばかりの芸者、夏代と知り合い、お互い虫が好いたとでも言うのでしょう、いきなり夢中になりました。

私は、女房にして一生暮らす気、相手も、そのつもりでした。それが、その年の四月からだったと覚えていますがこういう商売が全面的に廃止されました。その折、落籍してくれと言われたんですが、その時分、未だ三十そこそこの私には、そんな大金の出どころがありません。とうとう夏代は、ひとの物になりました。

もっとも、ふた月ばかり、その、どさくさにまぎれて、私と夏代のふたりは、五反田のアパートの四畳半で、世を忍んで水入らずの暮らしをしたのですが、それが一生の思い出となりました。

それから空襲、疎開、終戦、闇市……ふたりは、この激流に押しやられて、別れ別れ、自来、おかしいほど、ぷつりと夏代の消息は絶えてしまったのです。

「なつ坊……」

五反田時代の折のように、私は、夏代も亦《また》眺めていた、この海を――ようやく暮れなずむ初夏の海を見ながら、又小声でその名を呼んでみたりしたのです。

そこへ、小柄な妻君が、お茶を運んでくると共に、蜜柑箱の小さいような木作りの箱を持ってきて、差し出しました。

「実は、丁度いい折だと思いますんでお願いしますが、この箱を、小林さんへとどけては下さいませんか」と、話すには、去年の秋に、夏代は東京へ移る時、これを、すこしの間でいいから、あずかって置いてくれ、落着いたら直ぐ取りにくるから、と言って置いてったのだそうです。けれど、今日になっても取りにこないし、そう何時《いつ》までも、あずかっているのも何だから、私に持っていってはくれまいか、と言うのです。

　もとより、承知して、それから、もうすっかり暗くなった大磯から東京へ引っ返すと、その足で、阿佐ケ谷の内藤さんのうちへ行ったのですが、そこは、私も以前二、三度会ったことのある夏代の伯母のところでした。

「まア、しイさん！」

　これも、昔、芸者だった伯母は、私の顔を見るや否や、

「会いたがっていましたよ。それアもう、なっちゃんが！」

「えッ？」

「死にましたよ、先月の十六日に」

　あのパーティの日なのです。誰からとも付かず、夏代が死にそうだよ、と聞かされた、あの日なのです。

　伯母の話ですと、夏代は、ずっと二号暮らしでしたが、最近、軀が悪くなって大磯に転地していたのですが、突然旦那から別れ話が出ました。びっくりして東京へ戻り、手切金のことやら、何やらと揉めているうちに死んだということです。

　そして、「何を入れといたンだろう？」と伯母が、私が運んできた箱を開けて、中のものを拡げたのを見た時「あッ、これア！」と、私は思わず叫んでしまいました。

それは、私が夏代に送った手紙を初めとして、一緒に見た芝居や映画の切符やらプログラム、それから料理屋だの旅館の受け取り、五反田時代の買物や電気代の領収証……。

その時、既にもう四十の半ばを過ぎた私ですが、頰を涙が伝わってくるのを、どうしようもありませんでした。

その帰りしなでした。そんなことを訊きたくはなかったのですが、つい、こう訊ねたのです。

「なっちゃんの旦那ッてのは?」

「おや、ご存じなかったかしら」と、伯母は、こう答えるのでした。「江山堂ッていう骨董屋さんですよ、巴町の」

四

……あれから又、長い歳月が過ぎた今になっても、どうしても未だにわからないこと、それは「夏代が死にそうだよ」と誰が私に知らせたのか、ということの一点です。初対面の江山堂が、自分の妾のことなぞを、いきなり赤の他人である私に話すわけがないことは、その翌日、わざわざ訪ねた私に、白を切ったことからも推察されましょう。

一体、誰が知らせたのだろう?

いや、実は、こんな怪談じみた話よりも、私が今に及んでも猶《なお》、痛恨に堪えないのは、夏代が私に呉れた暑中見舞を、例の悪癖で知らなかったことです。私から何の返事もないので、夏代は、その生涯の恋を諦めたのでしょう。だから、私との記念物を一切、大磯の家に捨ててしまったのです。

……しょんぼりと、病む身で、ひとりぼっちの夏代が、あの海と空とを眺めながら、わが愛と別れる気持を思うと……。

郷愁

一

ぼオ！　という底太い音色の汽笛が鳴ると、船はぐっと速力を落とし、短い桟橋へ、そろそろと近寄って行きます。

甲板から眺めると、右側に海に沿って倉庫が幾つか並び、左の角に青ペンキ塗りの二階建ての古くさい洋館が、ひとつ見えます。それだけで、直ぐの山裾に噛じりつくように屋並が続く海ぞいの片側町でした。背後は盛り上がったような緑の山で、蜜柑畑なのでしょう、黄金色の点々が美しい。

秋の末の、どんよりと曇った夕方でした。その光線のせいか、旅の者には、底の知れない寂しさが湧いてくるのでしたが、もう、ひとつ、人は、こういう所でも生活しているのだと、奇妙な懐しさとでもいうものを、泌《し》みじみと感じとったことでした。

ごつン、と、船が桟橋へ当ったと思うと、渡された歩み板をいちばん先に通っていったのは、オートバイを押す郵便配達でした。続いて、籠を背負った老婆や、自転車を引く学生などと、どれも、このあたり、多島海の島々に住みついている地の人たちであって、よそ者の姿は、ひとりも見当りませんでした。

予定では、船がこの次に寄る、今、目の前のこの島よりは何倍も大きい、観光地としても名のある島で、今夜はそこのホテルと名乗る旅館に行く筈でした。

船は、そこに十五分ぐらいも泊っていたでしょうか。船員が綱を解きはじめます。歩み板を引くのが端に立ちます。……この小さな島とお別れだ、もう生涯に二度とここを訪れることもないだろう、などと無責任な旅行者の感傷に浸っている時でした。

やァ、とか、ちょっと待って、とか大声を挙げて向うから馳けてくる者がありました。作業衣すがたの老人です。乗客でしょう。それを皆が待っています。

そういう折りでした。

なんと言うのか、衝動的とでもいうのでしょうか。咄嗟《とっさ》に手提鞄を取り上げると、「降りますから」と、切符を船員の掌に押しこんで自分は下船してしまった。やっと駆けこんできた作業衣の老人と、歩み板の上で危く、ぶつかるところでした。

まるで、重大な用事を抱えてでもいるような早い足どりで、とっと、と桟橋を渡り、青ペンキの洋館の角までくると、ぼォという汽笛が鳴りました。振り返って見ると、乗ってきた船は、もう岸を離れています。

何か悪いことでもしたかのような気持で、暮れなずむ海上を次第に小さくなる、その船を、放心したように暫く見送っていました。この島に着く船は、今日はこれが最後で、いやでも今夜は、ここで泊るわけです。

夕あかりの海面から、海ぞいの片側町へ視線を移すと、そこは意外なほど暗く、ひっそりと晩秋の宵闇に包まれています。言いようのない冷たい旅愁を全身で感じました。

どこへ行こう。ともかく宿屋を見つけなければならない。この辺より、もうすこし賑やかなところはないのか。

と、左側の丸く曲っていく山裾の方から、赤いネオンの灯が輝いているのに気がつきました。あちらへ行ったら……と、来て見るとシャッターをおろした倉庫が一棟あるだけです。その屋上に、○○組合とネオンが点いているだけのことでした。そして、その先には小幅な川が流れ、橋から向うの海ぞい道の遠くに灯がひとつ。とても、宿屋どころではありません。

しようがない、引っ返そうとして、その橋の袂《たもと》の川べりに、電灯の暗い煙草屋があるので立寄りました。出てきたのは白髪の老婆でしたが、それが妙なことには、「今晩は」と言って、こちらが何も言わないうちに、ホープを一箱差し出したものです。ホープを買おうと思っていたので黙って金を払いました。ホープを買いそうな客とでも思ったのでしょうか。

そして、その店を二、三歩離れた時です。

「おかえんなさい」

と、言われました。すこし前から、そこで待っていた様子です。暗い煙草屋の灯に、女が、ひとり立っていました。

え、誰だろう? こんな島に知り合いはない筈だが、と、見直そうとした時、女は向うを向くと歩き出しました。川ぞいの細い道です。と、すぐ格子戸を開ける音がして、女は戸の脇に身を避けて待っています。

二

入ってしまいました。

外から戸を閉めると女は、ぐるりと左へ横の勝手口へ回ったようです。狭い玄関で、左の襖《ふすま》が開いているので、覗くと、茶の間でしょう、飾台の上に布巾をかけた茶碗小鉢が置かれ、低くつるされた電灯が、しんみりした灯影を暖く投げております。

ままよ、と、上がりこんでいくと、女が丹前を置いて待っていました。着更えを手まめに手伝ってくれます。まるで、もう、女房なのです。それも長年にわたって連れ添った、何も彼もお互いが、よく飲みこんでしまったという動作なのです。今さら改まることは何ひとつないという、あの夫婦生活の平凡な繰り返しです。すこしばかり退屈だが、心は、ともかく休まるという日常茶飯事に、すっぽりと当てはまっていたのでした。

食事が終ると、女は台所で後片付けにかかり、こちらは、時折り斜線が入るテレビを、見るような見ないような目付きで眺めていました。さっきのホープを吸いながら。

そのうち、女は勝手元の戸締りをすると、今度は茶の間で針仕事を始めました。電灯の位置の低い理由がわかりました。その縫っている布地は派手な模様のもので、もとよりもう三十代と見えるこの女自身のものではありません。多分、内職の仕立物なのでしょう。時どき、糸を嚙み切る歯が見えます。

この家は、角の煙草屋と同じ側の川ぞいなので、背後の肘掛窓の下あたりに、だぶり、だぶりという物うい水の音が、侘びしいながら落ち着いた空気を漂わせてくれます。

そして、十時を回った頃でしたか。玄関の向う側になる八畳の座敷にのべられた、硬く重い夜具に横になりました。折おり、遠く船の汽笛の音が聞こえ、それから、何の鳥か、高く鳴く声を耳にしたように思います。

翌朝、目が覚めると、もう朝の支度は、すっかり済んでおりました。

「おはようございます」

と、女は丁寧に挨拶します。筋目正しいと言った感じでした。

朝食を終って、着更えをまた、昨夜のように手伝ってくれると、女から、もうきまりきったこととして、否応なしに玄関へ送り出され綺麗に磨かれた靴を穿いてしまいました。

「はい」

と、出しなに女から渡された物は、まだ手に暖かい風呂敷にくるんだ弁当箱でした。晩秋の冷たい朝の空気に、その、ぬくもりは、親身なうれしいものを与えてくれました。

煙草屋の角まで一緒にくると、女は、

「いってらっしゃい」

と、柔らかな微笑を浮かべて言うのです。

そして、海ぞいの道を、○○組合の倉庫の曲り角まできた時、振り返ると、まだ、小さく女は立っておりました。もう一度、両方とも会釈を交わしたものです。

三

「どこかに勤めているのだ、あの女の良人は。どんなところだろう？」

……女房は内職をしている。あの古びた家は八畳と茶の間の四畳半の二間きりだから、家賃は知れたものだろう。それに、こんな島のことだし。こうして弁当持ちで、朝早くから出て、夕方は五時半過ぎの帰宅とすると、この辺の、いわゆる農協あたりの事務員か……あまり楽な暮らしとは思えないが、といって、それほど、まずしいわけでもなさそうだ……

こんなことを、あれこれ考えながら、いつか、昨日の桟橋まで、来てしまいました。

「ところで、どうしよう、これから？」

夕方五時半までは、外出していなければならないのです。まるで、失職したことを女房に内証にしている哀れな亭主みたいだ、と思わず苦笑しました。

その時、桟橋に着いた船があります。訊くと、ここから××島、▽▽島を経て四国の今治《いまばり》へ行くというので、さっそく乗りました。××島は昨日、行く予定だったのです。

海は、どんよりと雲が低く垂れ、甲板に立つと風が冷いので、入れこみの船室の固い椅子によりかかって、あの女のことを及ぶ限りの空想力を駆って考えてみたりしました。

その島に着くと、この旅行の目当てのひとつだったKという寺へ参りました。天気がよければ、さぞ、よい眺めだろうと思われる場所でした。国宝だという五百年以前の朱塗りの多宝塔があります。

　女が渡してくれた弁当を、港町を見下ろす小さな松林の岡で拡げました。小魚の甘露煮と貝の佃煮と茄子の辛し漬です。食べながら何故か、涙が出たことを告白しましょう。

　それから、あちこちと暇をつぶしてから、丁度五時ごろ、あの島に着く船に乗ったのですが、その頃から、とうとう雨が降り出しました。それに機関の故障とかで船脚が遅くなり、一時間近くはおくれるというのです。妙な不安に襲われました。あの時間を外したら二度と再び、あの女と会うことは出来なくなるのではないか。雨は次第に激しくなり、海は暗く暮色を染めます。

　着いた時は、完全に一時間ほど、おくれていました。いらだって、駆けんばかりの早足で雨の中へ五、六歩行った時、

「あなた」

　声と共に傘を差しかけられました。あの女でした。

「ありがとう」と言ったきり後は言葉が出ませんでした。女の良人は船で通勤していたのか。それはともかく、一時間、女はここで待っていてくれたのか。

　その晩、隣りの煙草屋へ、貰い風呂に行きました。すぐ傍の川を打つ雨の音を聞きながら、暗い裸電球の灯で、五右衛門風呂に浸っていると、佗びしいながら心底からの懐しさが入りまじって、もう、ここから一生離れたくない、という不可解な激情の囚人となってしまいました。

あの女と一生を送ろう。

そして、その夜、寝てからでした。熟睡とまではいかず、うつら、うつらしていると、すすり泣きの声が聞こえるのです。あの女です。床の中で、布団で口を押さえているのですが声が洩れるのです。

どうした、と声をかけようとして踏み止どまりました。自分は赤の他人ではないか。余計な、おせっかいをするンじゃない……。

はっきり目が覚めた時は、もう朝でした。今日は昨日とうって変り、晴ればれとした青空です。身も心も軽くなるような日和です。朝食をすますと、女に見送られ家を出て……。

さて、今日は、どこへ行こうか。

桟橋の船会社の時間表を見上げ、適当なのを探し出すと、待合所のベンチに腰かけ、それから一大決心を思案するのでした。あの女に結婚を申しこもう。何故、自分が亭主扱いを受けるのか、そのわけを訊こう。

その時、事務所の電話が目についたので、東京の妹に電話したのですが、すぐ帰れというのでした。早世した父に代ってわれわれ兄妹を育ててくれた伯父が危篤だというのです。折りも折り、汽笛の音と共に今、出港しようとしている船は、今日尾道へ向う唯一のものです。もう引こうとした歩み板へ、やっと滑りこみました。この島へ降りた時の、あの作業衣の老人のように。

甲板に立って離れいく島を見ていますと、船はあの河口のすぐ傍を通り、意外に近く煙草屋が見え、あの家が見え、そして、あの女が先濯物を竿に通している姿が、小さいが、はっきりと見えるのでした。干しているのは私のシャツです。叫びたい思いで胸が詰まりました。

――すぐ帰ってくるから、待っててくれ！

四

伯父は十日ほど経った後に亡くなり、喪主の私は当分の間、東京を動けず、やっと、瀬戸内海のあの島へ渡れたのは、もう、十二月になってからでした。

だが、もう一度行って見て、あの川の、あの橋の袂に立った時、わが目を疑わずにはいられませんでした。

無いのです。角の煙草屋も隣りも。見るとこのほど取りこわしたらしく、瓦が散らばり土台石や土間の跡が痕《のこ》り、一隅には古材が積み重ねてあります。ふと目に入りました。一本の角材が立っていて、〇〇組合第二倉庫建設地と誌されてありました。

すぐ、赤いネオンの倉庫へ引っ返すと、ライトバンの水洗いをしている、実直そうな中年の男に訊ねました。

「おかねさんは死にましたよ」煙草屋の老婆のことです。半月ほど前で、あの地所は組合のものだと言います。隣りの人は、どうしたのかと訊きますと、いや、あれは元もと一軒のうちで建て増したものだ。隣りではなく間借りだろう。そういえば葬式の時、小まめに手伝っていた女が居たが……婆さんには、これという身寄りもなく、気の毒なほど寂しい葬式でしたよ、と言うのでした。

その後、町役場へ行って訊ねました。結果は同じでした。同居人の届けは出ていない、住民登録もしていなかったのです。あの女の行くえは、ぷつりと切れてしまいました。まだ、この島の、どこかに居るのだろうか。それとも、もう遠くへ去ってしまったか。

長い間、私は、その島の、あの家の跡に佇《たたず》んでおりました。短い冬の日が暮れて、いつか、○○組合の赤いネオンが点くのでした。

……婆さんが死ぬまで、あの女は、あの家に居たのです。私は帰っていけたのです。女は、煙草屋の角で、毎晩、待っていてくれたのです。どんなにか待っていたことか。

けれど、このことは、一体、どうしたというわけのものなのでしょう?

恐らくは偶然と錯覚とが不可解に重なり、それと、もうひとつ、持って生まれた自分の気弱な引っこみ思案とが絡んで……。

それにしても、私は、あの女のあの声を、生涯、忘れることはないでしょう。切ない思いを籠めて……。

「おかえんなさい」

――帰りたい!

解説

星新一

型を破って少し私事を書かせていただく。昭和二十八年ごろのことである。亡父の会社を引きついだはいいが、営業不振と借金の山で、どうしようもなく、整理を他人に一任した。なんとなく世の中がいやになり、現実逃避したい気分だった。

そんなこともあり、空飛ぶ円盤研究会なるものに入会した。いまでこそＵＦＯといえば一種のブームでうんざりするほどだが、当時はそのたぐいを話題にしたら常人あつかいされなかった。会長は荒井さんといい、会誌や事務など一切をひとりでやっており、本業は貸本屋で、私はよくそこへ行って円盤について話しあった。

探偵小説専門誌、旧『宝石』を読むようになったのも、そのころである。推理小説がまだ市民権を得ていない時期であった。それに時たまのる城さんの作品に心をひかれた。こんな小説もあったのかという思いだった。城さんの作品をまとめた『怪奇製造人』という本のあることを知り、それを読みたくてならなくなった。発行所の宝石社に電話をしたが、絶版で在庫はないという。しかし、あきらめきれない。

しようがない。荒井さんのところへ行って円盤の新情報でも聞いて、気ばらしをするか。そして、話しながらふと貸本の棚をみると、そこに『怪奇製造人』があるではないか。その時のことは、きのうのことのように、あざやかに思い出せる。ふしぎとしか、いいようがない。

そのうち、円盤の会員のなかからSF同人誌を出そうとの動きが起り、私もそれに参加し、作品を持ちこむことになった。最初の一作を除き、いずれも短い作品であった。あきらかに城さんの影響を受けている。城さんの亜流と評されるのを覚悟の上で書いた。そのうち作品が江戸川乱歩さんの編集による『宝石』に転載され、作家を業とするようになった。もし円盤の会がなく『怪奇製造人』にめぐりあうことがなかったら、私の今日はどうなっていたかわからない。

翻訳誌『エラリー・クイーンズ・ミステリ・マガジン』の編集長の都筑さんがショート・ショートの呼称と、外国の作品の紹介に力を入れたのも、そのころである。おかげで多くの掌編を読めたが、それらにくらべて城さんのが少しも劣らないことを知らされた。

荒井さんには、その後ずっと会っていない。そのうち、なにかのことで会った時「荒井さんが、五反田から品川への道の右側に店を移した時のことだけどさ」と私が言い、そして「そんなとこで商売をしたことなんかないよ」との答がかえってきたら……。

それこそ、城さんの作品の世界である。生きてきたこと、生きていることの不確実性とでもいったものがそこにある。じわっとしたぶきみさがある。実作者の体験からいえば、あっという結末をつけるのは第三者が想像するほどむずかしいことではない。しかし、じわっとしたぶきみさとなると、技法でできるものではなく、内部からにじみ出てくるものがなければ書けないのだ。

本書に収録の「光彩ある絶望」など、そのいい例といえるだろう。えたいのしれない深淵をのぞかせられたという印象が、あとあとまで残るのである。こういった作品の解説ぐらいむずかしいことはない。本質に迫ろうとすればするほど、それが遠ざかってゆくような感じがする。世の中の出来事は、すべてそうなのかもしれない。それに、城さんの作品の狙いもそこにあるのだ。

そもそも、城さんの作品は、解説を必要とするような晦渋なものではない。シュールな感じの「大いなる者の戯れ」とポーに触発された「ユラリゥム」には、とっつきにくさを感じる人もあるかもしれないが、他の作品はどれも読みやすく、読者はたちまちのうちに異様なミステリアスな宇宙へとさそいこまれてしまう。この二作は、そのあとゆっくりと再読すべきである。本書のなかで一段と異色なのは「斬ること」ではないかと思う。城さんの作風のはばの広さを示しており、この名人芸にはただただ感心させられる。

いまさら書くまでもないことだが、城さんは「若さま侍捕物手帖」の作者としてあまりに有名であり、長編の推理小説もある。さらに城左門の名で詩人としても高名である。そして、私が作家になったころの宝石社の社長でもあった。本来なら、そこまで含めて論じるべきなのだろうが、とても私の手にはおえない。しかし、そんなことはどうでもいいのかもしれない。

作品がすばらしければ、それでいいのだ。本書によって城さんに魅せられ、かつての私のごとく、もっと読みたいと街をうろつく人があらわれるのではなかろうか。

Ⅱ　その他の短篇

今様百物語

一　白桔梗

お精霊様を送って七日、七月末の或る晩、桔便《ききよう》の白さに葩《はな》が露ばむ頃、そうだねえ、何でもあれは十一時を過ぎていたかしら。天の河が冴え冴えしている野路《のみち》を私は散歩から戻って来ると、庭の柴折戸《しおりど》から奥の座敷の方へ廻って行った。家の者は誰も居ない。私が二晩留守居をする事になった二晩目だ。私は直ぐには部屋へ這入《はい》らず、縁先に腰を下ろすと葉裏にすだく虫の声を、聞くとも無く聞いて居た。風が涼しく樹立《こだち》を揺がす。

ヂャーン!!

おや！　だが空にはそれらしい色も見えず銀河が冷たいばかり。けれども今のは確に半鐘《はんしよう》である。何処か火事があると見える。何処だろう？　夜更けの為《せい》か少し薄ら寒い。

部屋には蚊帳《かや》が青白く釣ってある。その裾が夜半《よわ》の風にゆれて蒼い。だがその次に、私はその蚊帳の裡《うち》に女が居るのに気付いた。白っぽい浴衣《ゆかた》を着て、団扇《うちわ》をゆっくり、ぱたりぱたりと使っている。

「おしんさんかい？」

おしんさん丈が何時《いっ》かひとり帰って居たのか知ら？　だが私のその問いに答えるかの如く、更けた夜の冷え冷えとした空気をふるわせて半鐘が又鳴った。

ヂャーン!!

「火事ですわね」

蚊帳の裡でその女がこう静かに言う。だが私はその声音《こわね》を一辺も聞いたことの無いのに気付いた。誰だろう？　私は振返ると蚊帳の中を凝視《じっ》と窺った。

細面の、眉の美くしい、だが痩せた女だ。団扇を物倦《ものう》げに使っている白っぽい姿が明瞭《はっきり》見えた。

「誰？　おしんさんじゃないの？」

答える代りに、その女は薄笑いした様であった……。

「それで？」

私は、一緒に縁側に腰掛け乍ら、かう話の語《ことば》を切った相手にその後を促した。だが返事をしない。見ると其処には誰も居ない。何処へ相手は行ったのだろう？　だがその時私は思い出した。あの友達は今夜は来られないと云って断状《ことわり》をよこした事を。

私は思わず立上った。相手は初めから此処には居ない筈なのだ。

では誰があの話をして行ったのだろう？

後《うしろ》の部屋には蚊帳が釣られてある。青白く。それに私は今夜留番《とまりばん》である。又、あの話の中のおしんさんと云う名は、私の若い時に死んだ叔母の名だ。

？　若しかしたら、あれは話では無くして、今迄此処にあった事ではなかったろうか？

二　影

夜、階段を上って来る時に、私は此処のアパートメントの娘に擦れ違った。大変青白い顔をして居たのに気付いた。だがその儘、私が部屋へ這入って見ると、花瓶に白い花を生けている女《ひと》が居た。それがたった今のあの娘だった。

「君、今階段を下りて行きはしなかった？」

「いいえ」

卓上電燈のシェードの絹の故《せい》か、仄《ほの》青く娘の顔が浮んで見えた。

私はねくたいを、大きな姿見に向って結んで居た。漸《ようや》く気に入る様に結び終ったので振返えると、娘が其処に立って居た。

「お手紙が……」

「え？　うん……で君、先刻《さっき》から此処に立っていたのかい？」

「ええ、ねくたいを結んでおいでになる間ずっと……」

大きな姿見である。私が気付かなかったのか知ら？


帰って来ると扉口にぼんやり立って居た娘が、

「明日から一時間、御出勤がおそくなるんでしょう？」

と言った。私は何気なくうん、と答えた。だが、部屋へ這入って気付いた。私が明日から一時間遅くなるのは、今日初めて言い渡された事だ。あの娘は誰にああ早く聞いたのだろう？


暮れ方、街の四辻であの娘と出会った。それで家迄一緒に歩いて来た。すると娘の母親が私に挨拶してから、今迄の続きの様な口調で娘に向って言った。

「出窓に植木鉢を並べ終ったのなら、直ぐ台所に来ておくれ」

私は驚ろいて玄関脇の出窓を見た。見馴れない花が三鉢ちゃんと其処に置いてある。


私が放心しているのか、どうか？　私は気になるので間もなく、そのアパートメントから引移った。

三　山路

月夜、山路。片側は絶壁、片側は急傾斜の山腹。路を囲んで秋草が深い。絶壁の下は恐ろしい迄の急湍《きゆうたん》、その響が烈しく強く、だが此の世ならずのものと轟《とどろ》く。

その細い、二人並んでは通行出来ぬ路を、順々に四人の人間が歩いて行く。話をし乍ら後の者は、前の者の月影を踏み乍ら。

前から第三番目の男

私はその話が大層面白かったので、思い切り大きな声を出して笑いこけた。だが余り興に乗って笑ったので、思わず足場を踏み外してふらふらとした。そして、危くも片方の絶壁から落ちようとして、辛くも踏止まった。

「うわ、あぶなかった、あぶなかった」

と、未だその笑う心持に阿《おも》ねる気持から、こう私は気軽に呟やいたのである。そして、一寸《ちよっ》と私は変に思った。本来ならば後の奴が、私の今の様子と言葉に、何とか相鎚打つ筈である。冷やかしと友情の半ばした様な口調で。それが何とも言わない。どうしたんだろう？　おかしな奴だ。何とか言ってもよさそうなものだが。私は不意と振返った。

「おや？」

居ないのである。今し方迄、後から従って来た四番目の奴が居ないのである。

道にでもはぐれたのか知ら？

けれどもその山路は深閑としてそれらしい影も見えぬ。途端に私は、奴が居なくなった事を知った。

奴は居なくなったんだ!!

もう私は振返らなかった。押し黙った儘、唯夢中になって、前の者の脊を凝視《みつ》め乍らその山路を歩いて行った……

前から第二番目の男

私は何しろ一人でしゃべって居た。それで今度は聞き手の役に廻ろうと、口をつぐむと急に深閑として、渓流の轟きと樹立をゆする風とが身に染みて響いて来た。

「おい、又大層黙ったもんだね……」

それから後を促す様な気持で振返った。

「おや？」

それが居ないのである。たった今し方迄、後から尾《つ》いてきていた筈の二人の影も形も見えないのである。あるのは唯《ただ》秋草でおおわれた山路に、恐ろしい迄の月の光が降り灑《そそ》いでいるばかりだ。

どうしたんだろう？

だが、そう怪しむと同時に、私は二人が居なくなって了ったのだと云う事を、明瞭《はっきり》と知った。

二人とも居なくなったんだ‼

もう私は振返らなかった。急に押し黙ると唯夢中に、前の者の脊を凝視めた儘、その山路を歩いて行った。

前から第一番目の男

どうしたのだろう？　誰も話をしない。気を付ければ足音さえもしない様だ。又馬鹿に静かになったものだ。

「話し疲れたのかね？」

揶揄する様にこう言うと、私は振返った。

「おや？」

居ないのである。たった今し方迄、後から尾いて来て居た筈の三人共に皆居ない。何処か脇道でもしたのだろうか？　否左側は絶壁で右は熊笹の生い茂った山腹、此の路では擦れ違うのさえ容易では無い。

ではどうしたのだろう？

途端に、私はその月光の蒼白さの裡に、溶け込まされた様な、真青な恐怖が何時か、ひっそりと忍び寄って居るのを明瞭と知った。

そうだ。皆居なくなったんだ‼

同時に私は、全身に込み上げて来る恐怖を感じて立竦んだ。次に、非常な、懸命な速さで滅多矢鱈にその山路を、唯馳けに、馳け出して行ったのであった……

月夜。山路。片側は絶壁。片側は急傾斜の山腹。路を囲んで秋草が深い。絶壁の下は恐ろしい迄の急湍。その響が烈しく強くだが此の世ならずのものと轟く。

その細い、二人並んでは通行出来ぬ路を、順々に……いや誰も人は歩いては居ない。

シャンプオオル氏事件の顚末

一

　三年程以前、私は所謂南洋の多島海を、或る自分の興味から旅行したことがある。猛夏と酷暑と土人と、甘味比す可くも無い珍果と、天を摩する椰子林《やし》と檳榔樹《びんろうじゅ》と、鸚鵡《おうむ》と、野猿と植民政策との地方を、ヘルメットを冠り籐の洋杖《ケーン》を打振り乍《なが》ら、彷徨したことがある。此の話はそうした私の旅行が殆ど終を告げようとした時に初まるのである。

　私はその最終の時バタビヤの都会《まち》に居た。其処から新嘉坡《シンガポール》への便船を待合す為。さて、その翌日に船が出帆しようとする前の晩であった。

　晩餐をすませたホテルの客達は、楽しく芝生《ローン》の歓談に涼を趁《お》って居た。透き通る様な夜空にはきらきらと輝く群星が多い。それに方々に吊るされた支那提灯《チャイナランターン》の彩《いろ》が、美しく樹々の間を点綴している。そうした夕の一時であった。

　私も夫等《それら》の人々に交って芝生の卓子《ていぶる》に席を取ると、悠然《ゆっくり》と煙草をくゆらしながら聞くともなくバンドの奏するワルツを聞いていた。独り旅の何とない哀愁に浸って居た。

「君、お暇ですか?」

見れば今日午前中、一緒に撞球《たま》をついたシャンプオオル氏である。氏は三月程以前此の地方へ商用で出掛けて来て、それが終ったので、矢張私と同様に、明日出帆する便船を待って居た一仏蘭西《フランス》人である。

「ええ、もうまるで……」

すると、シャンプオオル氏はそれには答えずに、私の向側に席を取ると、無言の儘一所《ままひとつところ》を凝視し初めた。その態度が私には少し意外であった。と云うのは、今日午前中に撞球をついた時の氏とはまるで別人の様に見えたからである。羅典《ラテン》人種らしい快活さを失なって、思いなしか、支那提灯の薄光に照らし出された横顔は非常に蒼白い。

「どうかなさったのですか?」

「え? いやどうもしませんがね」

低い慄《ふる》えを帯びた声で答えると、又黙って了った。折々、おびやかされた様に右の肩越しに後の方を見るが、殆ど見ると同時に瞳を伏せて了う。

だがどうしたのだろう? 此の変り様は。然し氏の方から何も言い出さない内に、うるさく聞き糾《ただ》すのは礼を失すると、私も黙ってざわめいて居る人々を見廻しては、又シャンプオオル氏の蒼白い顔を見守って居た。

「君、君は知りませんか?」

「何をです？」

「僕の丁度右後になる所のずっと露台《バルコン》の方へ寄った樹の下、提灯が二つ下がって居る下です。其処に居る一人切りの婦人を」

「どの人？　ああ……」

教えられた通り眼を向ければ、誰も相手無しに唯《ただ》一人卓子に凭《よ》っている女が居る。夜の光線と、真上にある支那提灯の光線との交錯の裡に、その顔は怪しく浮び上っていた。狐の様に鼻の高い頬の痩せた女である。

「あの人が？」

「お解りになりましたか？」

「で、あの人が何か……」

氏は直《すぐ》と答えなかった。暫らく私の顔を見つめて居る。その眼には極度の不安と疑懼《ぎく》とを表わし、暗い影がそれを包んでいた。軈《やが》て氏は、思い余った様に鋭い、だが低い口調で私にこう話し掛けた。

「あなたは、僕の云う事を聞いてくれますか？」

シャンプオオル氏が、此れから如何なる事を言うのか解らないが、私にはその時、最早制御する事の出来無い好奇心が湧き起って居た。けれどもシャンプオオル氏は、直には初めなかった。時々そして、今の女を盗視する。気取られぬ様に。それから黙想する。その様な事を繰返してから氏は重く口を切った。

「私が此れからお話し申上るのは甚だ辻褄の合わ無い事なのです。私自身にさえも、此れが一体何の事やら、少しも解らぬのです。唯《ただ》解って居ることと云えば、私自身が言い様も無い不快な憂鬱と、どうにもならない……重苦しい押え付けられる様な、全然自身の自由を無理矢理に奪われた様な、それは精神的にも肉体的にもです。苦悩、影の様な……その代りその効果は確固たる……苦悩を休み無く覚えると云うこと丈です。それ丈で、その余の事は少しも解らないのです。即《すなわち》何故であるか、何の為であるか、どうなるのか、と云う様な事は、（氏は此の時急に声を落とした）その様な苦悩、影の様な理由の解らぬ苦悩が私に起る時は、そうです、決まっている、今あなたが御覧になった婦人に会った時に限られているのです。あの婦人に、そうですとも、そしてどう云う理由か、あの婦人は私にその苦悩を与えんが為に、始終私の後に、悪魔の呪咀《のろい》の様に執念《しつこ》く付いて廻るのです……

　いや、唯こう目茶目茶にお話してもお解りにはならんでしょう。初めからお話しましょう。聞いて下さいますね。

　一番最初、私があの婦人に会ったのは錫蘭島《セイロン》カンデーのペラヘオの祭礼の当日でした。象だの車だのの上に、異様な飾物をした群が町を練り歩くのですから、それを見ようと見物は中々に多かったものです。その為、町の通りはその雑閙《ざつとう》さで容易に歩くことも、不可能な程だった位です。大部分の群衆は土人でしたが、中にはちらほら白人も見出せました。私は、その珍奇《めずら》しさに気を取られて暫らくの間、同じ所に立ち止まった儘それを眺めて居ました。そして、その時初めて気付いたのです。矢張私と同様にその行列を見ている一人の女を。日傘をかざして私の左隣に立っていたのです。それを、全く私は何の気無しに、その婦人の顔をちらりと見たのですが、見たその刹那、私は思わず、その第一印象で、恰《あたか》も三斗の冷水を、頭から浴びせかけられた様に、ぞっ！と、心身共に或る一種の恐怖と驚愕とを烈しく感じたのでした。素《もと》より、私は直に視線を他へ外らせましたが、では、――何故其時、私はそんな感覚を受けたのか、顔の表情か、それとも他に何か？と、あなたは質問なさるでしょう。処が、それを、私は今もって如何《どう》とも解釈の付け様がないのです。何故か？それは今迄の私の此の経験を通じて一度も釈明された事はないのです。そして何しろ、その第一印象に於て、その瞬間私は堪え忍ばれない不安さを感じたのです。で直にもその婦人から離れて了おうとしましたが、それが今云う群衆で身動きも出来ないのです。それでそうある儘、その行列が終る迄、私は身体中に伝わる畏懼とも何とも付かないものを烈しく感じ乍ら、その婦人と立並んでいたのです。

第一回はそれで終です。私はその日、ホテルに帰ってからも、その二三日は、悪夢の恐ろしい連続に魘《うな》され通しでした。

さて、その次が、矢張商売用で一月後にペナンに参って、彼処《あすこ》の蛇寺観音《スネークテンプル》に参詣した時です。私が内部を見物し終って外へ出ると、其処の中庭にぼんやりと立っている婦人がいたのです。別段意にも介せず、傍へ近よって行ったのでしたが、私の足音に気付いてか振返って私を見ると、極めて無雑作な調子で婦人がこう言ったものでした。

――蛇――

御承知でしょうがあの蛇寺観音は、名の通り非常に蛇が多く居る所です。その蛇が今、緑色に斑点のある不気味な、何十匹と云う奴が窓の上框《うえがまち》からぶらさがっていたのです。恐らくその婦人もそれを指差して言ったのでしょうが、私はその言葉の響にすっかり驚かされて了いました。否《いや》、その言葉よりもその女《ひと》にです。その女こそ、過ぐる日カンデーのペラヘオ祭の日に邂逅したあの婦人であったじゃありませんか？　とそう気付くと同時に私は、急に返事所では無くくらくらと恐怖の募り過ぎた余りの眩暈《めまい》の様なものを強く感じたのでした。だがその婦人は前同様に、私に向ってにやりと微笑んだ様な、確かに微笑んだ様な表情をして、ゆっくり立去って行ったのです。だが残された私は、その声と表情との不思議な暗鬱な感情を背負わされて、息苦しくさえなり乍ら、その場に立竦んでいたのでした。

さて、第三回目は…………、未だもっと私はこうして会ったのです。約束も何もした訳でも無いのに不思議と…………それから、約二週間程後、ニュージイランドの、オークランドの都市《まち》ででした。その時は、私は単に婦人と街衢《まち》で擦れ違った丈でした。だがその擦違い様、私がハッと気付いて振返ると、あの婦人も亦《また》振返って、立止まった儘、じっと私を凝視《みつ》めているじゃありませんか。実際、私はその時、その恐怖す可き執拗な視線を受けた時、何とも云えない厭な、名状す可からざる不安定な、暗い重苦しさを感じて、自分乍ら自分の態度をどう所置してよいか解らぬ程でしたが、直ぐと気を取直すと、くるりと振向いてさっさと歩き出して、其処から懸命に逃れました。余程来たなと思って、又私が振向いて見ると、その婦人は、矢張、同じ所に立止った儘、凝視していたものです。とうとう私は駈け出して了いました――。

その次が、よござんすか、君、聞いてて下さい。その次の第四回目は、濠洲の、タウンスビイルの都市《まち》でした。私は其処へ着いてから五日目の晩、或る知人の誘を受けて芝居の切符を買ったのです。所がその当夜になると、その人に急な所用が出来て止むを得ず余り気は進みませんでしたが、私独りで劇場へ出掛けたのでした。給仕女に導れて席に着くや否や、来方が遅いのでしたろう。直ぐ暗くなって劇が初まりました。そしてその一幕がすんで私が何気無く隣席を見た時、私は腹立たしい程の驚愕に捕われて了いました。例の不気味なあの婦人が、恰《まる》で私と約束でもしたかの様に其処に座っているのです。私は自分自身をさえ疑いました。私は急に後頭部がずきずきと痛くなるのを感じました。もうどうにもこうにも私には我慢が出来兼ねました。そうして非常な不安を覚えるのです。私は帰ろうとして立上ったのです。すると烈しく私の苦悩と恐怖との綾《あや》織りで足を捕えられたかの様に、眩暈を感じ乍ら頽《くず》れる様に又その場へ座って了いました。と、どうでしょう、その私が恐れて居た隣席の婦人が如何にも馴々しくこう私に言ったものです。

「まあ、どうかなさいましたの？」

途端に、私は以前ペナンの、蛇寺観音で婦人が言った、「蛇――」と云う不気味極まる言葉を憶い出したのです。私の身体は思わず戦慄を感じました。その儘、私は両手で頭を抱いてつっ伏して了いました。すると婦人が、ああ今思ってもぞっとします。自分の手で私の頭を撫で初めたのです。

「困りましたわね。お頭《つむり》が余程痛みますんですか」

私には、何故婦人がそんな馴々しい調子で言うのか些《すこ》しも解りません。いや、それ以上に、そんな事を言い乍ら、私の頭を撫でたりするのが、思っても見て下さい、私にはもう堪らなく恐ろしかったのです。私はその手を払いのけようとしましたが、一杯の恐怖と畏縮とにおびえ切っている私にはそうする力さえも無かったのです。私は恐怖で胴震いし乍ら、縮込《ちぢこま》っていました。

「本当に困りましたわね。あの此れが終りましたら、御一緒に御宅へ御送り申上げましょう」

その次に、婦人が尚も馴々しくこう言ったのです。飛んでも無い！　一緒になんぞ！　此の婦人と一緒になんぞ帰って堪るものか。で、私は、全身の勇気を奮い起すと、脱兎の様にその、婦人の手の下をかいくぐって一散に、出口を指して飛び出して了ったのでした。

その次が此のバタビヤです。全く、此れは第五回目です。それも僅かな日日《ひにち》の中で、場所は広過ぎる程の所で。此の分では、私は例えアメリカへ逃げようと、南極へ逃げようともこの婦人の目から遁れる事は出来そうにもありません。そして会えば会う度毎に、苦悩と、恐怖は募って行くばかりなのです。所で何故であるかと云うその理由は又更に不明なのです。それに又、どうしてあの女は私の行く先と云えば、必らずやって来るのでしょう？」

シャンプオオル氏は、こう語り終ると、私の顔を空虚《うつろ》な瞳で凝視めた。

「そうですね。だがそれは貴殿《あなた》の様にお考えになるから不思議なのじゃないでしょうか。私には別に不思議とは思われませんが……」

「何故です？　それは、その君の考え様と云うのは？」

「私には貴殿が何故、そのようにあの婦人を恐怖なさるのか、それは分りませんがね。四五度会ったと云う事はそう考える程の事では無いと思いますがね。私の考えでは、余程念の入った偶然だろうと思いますが、そして婦人の方もよくあなたとお会《あい》するので、又、旅先の事でもあるので、遂《つい》、親しい言葉を掛ける気になった、と云う様な事ではないでしょうか?」

「違います。その偶然ではあるまいか……と云う事は私も最初思い付いた事です。だが此れはどう考えても、偶然では断じて無いのです。私はよく旅行をする男です。ですから度々同じ人に、妙な所で出会わす経験は此れ迄沢山持って居りました。ですが、此度のはその会う気持、つまりあの婦人との会い工合と云うものは、決して従来の様な、それ等に似たものではありません。それに今一つは、殆んど先入感的に私を襲って来るあの疑懼です。あれは全体何に起因するものでしょう。それがお解りになりますか。そうして私にはそれが畏ろしいのです。私は非常に唯物論的な人間で、心霊的現象には一顧をさえ与えなかった男です。それ丈に尚、私は今度の事が恐ろしく、私の平生の唯物論は根底から破壊されて了いました。私には、何だか或る呪が掛っている様な気がしてなりません」

「呪? そんな……」

「いや、そうです。呪です。何かこう見えない糸の様なものが、超自然的に私を絞めつけて来る様です。……それに次第と、重苦しい此の運命の為に、理由の不可解である為に一層と、私は前へ突んのめる様な気になって、恐怖の為に生命を絶たれそうです。一体何故こうも私を苦しめるのでしょう?」

シャンプオオル氏は烈しく頭の毛をかきむしった。

「私は無性に恐ろしい。あの女は何を私にするのだ？　ああ、私は恰で、地獄への坂路を登って行く様な、息苦しさと切なさを感じる」

私はふっと振向いた。華やかな支那提灯の下に、矢張その謎の婦人は、青白く、唯一人で先刻の椅子に倚《よ》って居た。

二

襲雨の来た後、海は涼しかった。壮厳な日没時も過ぎた。此の地方の航海中、一番心地よい時である。水平線の果の方からは未だ遠雷が折々聞えて来る。その海波を、白銀に跳《おど》って飛魚が見える。私は涼風を身体一杯に受けて甲板に彳《たたず》んで居た。仰げば透通る様に青く美くしい大空には、眼の痛い程の星の光が輝く、バタビヤを発った最後の晩である。

「君、僕はもう一刻も生きて居る様な気がしない」

途切れ途切れに、いきなり私の後へ来た人がこう言った。見ればシャンプオオル氏で、凄い程真青な顔をして唇を歪め、額に油汗さえ滲ませて居る。

「どうしたんですか？　一体」

「あの、あの例の婦人が矢張り、又矢張此の船に乗っているんだ！」

「そうですか、でも今度のことは私は偶然だろうと思いますがね」

「いや、もう僕には冷静だとか、奇遇だとかいっては居られないのだ。そんな論議よりも、僕が烈しい、絶大な恐怖を感じていると云う事が先なのだ。ね、君、此の恐怖感ばかりは理窟でも何でも無い、斯《か》くある僕の動かされない存在なんだ。それが否定なんぞ出来るものか。それにあの婦人は僕の隣室に居るのだ。考えても見給え、隣に、僕はもう堪らない。まるで生きてる気がしない」

「そう昂奮しても……」

「いや昂奮ではない。それと見えぬ不気味さに唯おびえきっている丈だ」

「隣りは困りましたね。……ではこうしたら好いでしょう。もし貴殿さえ構わなければ私の部屋へ移られたら？」

「それは御迷惑でしょう」

「いや少しも」

「よござんすか？」

「よろしゅう厶《ござ》いますとも」

私は、余りシャンプオオル氏が恐怖しているのが、私自身にさえ痛々しく感ぜられるので、事務長に移る事を断って置いた。

「あ！」

船室《キャビン》への通路で、シャンプオオル氏はこう小声で、だが、鋭く叫ぶとよろよろとして、倒れかかり、私の右手をしっかりと握った。その手は、私さえも驚愕した程冷たかった。血の気が無かった。

「今、君、今擦れ違って行った女はあの婦人ですよ。僕の直ぐ此の脇を、少し触れていった程

「……」

思わず振返った。そして私は、甲板への出口の所に立って此方《こちら》を見て居る昨夜の、マリー・ロオランサンの絵の様に青白い顔の婦人を見た。気の故《せい》か、私は婦人を見た刹那、何処か現実味の稀薄さを感じてひやりとした。或いは、夜になっていた為かも知れぬ。

船室へ這入《はい》ってからも未だ、シャンプオオル氏は落ち着かなかった。絶えず扉口を注意しては腰を椅子から浮かして居た。そうした様子を見ると、私迄今にも何か予想す可からざるものが迫って来るかの様に思われて、気が怪しく揺らいでいるようだ。未だ早いとは思い乍らも、私は氏を安心させる為に錠を下した。そして何かと気をまぎらせようとしたが、氏の恐怖感を減退させる事は出来なかった。何を話しても氏は頓珍漢な答をして、離魂病患者の様に放心している。

そうして、漸《や》っと私が氏をなだめすかす様にして寝《しん》に就かせたのは、最早十時を大分過ぎた頃である。

夜中、ふっと眼が覚めた。誰か烈しく扉を叩く、時計を見ると十二時少し前である。

「お這入り」

「シャンプオオル氏はいらっしゃいますか?」

這入るなり、こうせき込んで言ったのは事務長で、続いて二三名の船員がついて来た。

「シャンプオオル氏?」

そして私は下の寝台を窺って驚ろいた。

「おいでありませんか？　では矢張りあれはシャンプオオルさんだった」

「どうかしたのですか？」

「ええ。飛んでもない事です。あの方は投身されたのです。たった今」

「え？　矢張りそうでしたか」

私は深い衝動《ショック》を受けた。と同時に、こうなってゆくのが至当の様にも思われた。

「で、あなたはお知合の様ですが、何か氏の死因を御存じでしょうか？」

「いや少しも知りません」

私は言葉を濁した。あの奇怪な物語をした所で到底信ぜられるものでは無い。

「深いお知合でも？」

「いいや只ホテルの相客、と云う丈でした」

事務長は異常な事件に当惑した様に呟いた。

「そうですか。……どうも飛んだ事です。理由が更に解りません。……」

私は暫時《しばらく》呆然として居た。シャンプオオル氏の死……私は甲板へ足を運んだ。

美くしい月夜である。団々たる月輪が、大きく清らかに澄んで中空に美くしい月夜だ。海も澄んで美くしく輝いて居る。だが、私の頭は混乱していた。シャンプオオル氏が話した不思議な、奇怪な物語と氏がおびえて居たあの恐怖、それ等が何であるのか、そうして氏の今行った結末、私には更に理解の方法が無かった。全てが茫《ぼう》とした謎である。漠々たる他の世界の消息を探《もと》めるよりも、此等の事を解くのは至難である。

その時、私は甲板の欄干にもたれて海を眺めている女の人に気付いた。此の夜更けに、どんな人だろう？　婦人は、すると私が近寄ったのを知ると振返った。私は一目、その婦人の顔を見て、何故か恐怖を覚えた。その女《ひと》は、シャンプオオル氏が死んだ程恐怖していたあの婦人であったのだ。私は一寸《ちょっと》、目礼すると直ぐに踵《きびす》を返して足早に、何と云う事なしに離れて了い度くなって其場を立去ろうとした。

「もし、あの失礼で御座いますが……」

私は自分の恐怖を押えて振返った。だがシャンプオオル氏程には怖れなかった。

「はっ、私ですか？」

「ええ、御呼び止め致して……」

月の光で見ると、婦人は一層青白い。

「あの、あなたは今投身なさいましたシャンプオオルさんとお友達なのでムいましょう」

「いや、友達と云う程の……その単にホテルで一緒に撞球《たま》を突いた、と云う丈の事で」

私は明言を避けた。私は渦中に、自分が巻き込まれるのを好まなかった。

「おや、左様でムいますか。けれど私はあの方とはそれは妙な、変な事があったのでムいます。それを私一人きりで胸に入れて置きますのが恐ろしい様な気がしてなりません故、どなたか、シャンプオオルさんのお友達へでもそれをお話し申したいのでムいますけれども……あなたは聞いては下さいませんでしょうか？」

私の考えた謎は漸《ようや》く解けようとしている。不思議さがその衣《かつぎ》を取ろうとして居る。私は決心した。

「ええ、伺いましょう」

「まあ聞いて下さいまして？　難有《ありがと》うムいます。では、全部《すっかり》お話申上ましょう。でも、私の申上ることは、それは変な不思議な事なので、お信じにはなれないかも知れません。けれど私は自分が経て来たことを、在りの儘にお話しするので、少しも嘘なぞは無いので御座いますから、そのお心算《つもり》で聞いて下さいまし。

私は、ニュージイランドのオークランド市に、私の兄が商店を経営しておりますので、其処へ行く傍ら、東洋を旅行する積りで、二月程以前、馬耳塞《マルセーユ》を出帆致したのでした。さて此のお話の最初は、錫蘭島カンデーの、ペラヘオ祭の時から初まるのです。その賑やかな通りで、私は初めてお隣に立って居らした、シャンプオオルさんにお目に掛ったのです。もとより、私はあの方にそれ迄一度だってお目にかかった事はありません。シャンプオオル、と云うお名前も、たった今船の方から伺った計《ばか》りです。その時は別に何も起りませんでした。只、あの方は大層気むずかしい顔をなすって、絶えずそわそわしていらっしゃいました。所がその後、又思わぬ所でお目に掛ったのです。それはペナンの蛇寺観音にお詣りした時です。で、私は二度目の事でしたので、何とか、今は忘れて了いましたが、お話し掛けた様に覚えて居ります。するとどうでしょう。あの方は非常に不愉快相な顔をなさって、私から逃げる様に行って了われたのです。正直の処、私が腹を立てました程不作法に。それが、又、まあ偶然とでも申しましょうか、私が、オークランド市の兄の商店へ着きました翌日、又もあの方に街でお会いしたのです。あんまり、何度もお会いするので、わたくしおかしい程でした。けれどそれより尚おかしいのは、不思議とさえ申してもよい様なのは、あの方の為《な》さり様です。私を一目御覧になると、それはもう悪魔にでもお会いなすった様になって、十字を切らんばかりになさると、大急ぎで私から離れて了われたのです。そしてお仕舞に馳け出されました。何故あの方は私をあんなにお嫌いになったのでしょうか。私には少しも解りません。第一知りもしない方なのですのに。不思議とより外に言い様が御座いません。それが又、恰で二人でお約束でもしたかの様にお会いしたのでした。本当に気味の悪い程。それは、濠洲のタウンスビイルの或る劇場ででした。タウンスビイルには兄の義弟が居りましたので、私、兄と一緒に参ったのでムいます。その劇場で、芝居が初まる間際に、あの方は独りでいらっしゃいました。そして、又そのお座席が、本当に不思議な事には私の直ぐ隣なのでした。さてその一幕が終りますと、あの方は大層頭痛がなさり初めた様でした。頭を抱えてつっ伏して了われたのです。わたくしそれを見ますと、今迄も随分とお会いしますので、何だかお痛わしく、人事では無い様に思われましたので、思い切って言葉をおかけ致しました。けれど何ともお答えにはならず、唯お身体を震わせていらっしゃる計りです。それで余程お悪いのだろうと存じまして、若《も》しおよろしかったら、御一緒に御宅迄御送り致しましょうかと御尋ねしたのです。するとまあ、どうでしょう。あの方は急に飛上る様に立上ると、私には一言の御挨拶も無く馳け出して行って了われたのです。ね、あなたでも、こんなお話をお聞きになれば、随分変だとお思いになりましょう。私もその時ばかりは、もうすっかり驚ろいて了いました。怒るよりも先にどう云う訳であんなことをなさったのだろうと、それが不思議でした。あんまりなお仕打だとお思いになりませんの？　そして又あなたも、御承知のバタビヤの旅館《ホテル》でも御会いしたのです。けれど、相変らずあの方は私をどう云う訳ですか、一生懸命に避けていらっしゃるのでした。それから又此の船でも……そうして今、死んで了われたのです。私には一向に解りません。それに、何ですか、あの方の死なれた原因が私にもあります様に思われ……」

婦人の長い物語は終った。此れに嘘が無いとすれば、謎は依然として謎である。それに私には、婦人がシャンプオオル氏の云う程、恐ろしいとは思えぬ。普通人である。

「それで、シャンプオオルさんが私に何故、あんな態度をなさったのか、あなた御存じでしょうか」

「さあ、それが解らないのです」

暫時《しばらく》黙って居た婦人が、不意に口を切った。

「それから、こんな事は私申上てよいか、どうか存じませんけれど、私はシャンプオオルさんが好きでした。ひょっとしたら、わたくし、あの方に恋をして居たのかも知れません。それを、あの方が何時お会いしてもあんな態度をなさるので私は淋しゅう厶いました」

「は、はあ……」私は思わず自分でも驚くような奇声をあげた。

「それに何故私がシャンプオオルさんが好きかと申しますと、あの方は私を愛して呉れましたなくなった良人《おっと》そっくりの御様子なので……」

「え？　何ですって奥さん、なくなられた御良人そっくりですって？」

「それはもう生写《いきうつ》した程、死にました良人に似ていられました」

そう聞いた刹那、私は烈しい戦慄を感じた。同時に、私はシャンプオオル氏のあの神秘な、絶大な恐怖の原因が、何か解った様な気がした。解った様な気がすると同時に、前にも益して、言う可からざる怪しい恐怖を感じたのであった。

シャンプオオル氏事件の顚末は、大要、斯くの如きものである。

東方見聞

一

「……そうそう、僕は君に、アレキサンドリアから手紙を、二月許《ばか》り上げなかった事があったね。うん、あれには甚だ妙な、一場の譚《ものがたり》があると云うわけなんだ」

紅茶と煙草で、口の裡《うち》がいがらっぽくなって了った頃、三月初めの、温室《むろ》咲きのヒヤシンスの花が懐かしい早春の或る晩、大分長居をした後で、私が例の通り彼に何か面白い話はないものかね、と尋ねた時に、此の男の何時《いつ》もの癖で、碌々《ろくろく》考えもしないで直ぐと、今もこう話し出したのである。私は膝を組み直すと、椅子を少し前へ寄せて、彼の一寸憂鬱そうに見える額と眼の間を、脣《くちびる》を、凝視し始めた。

「……そう、何でも非常に暑い日だったね。僕が、アレキサンドリアで知合になった仏蘭西《フランス》人のブルージュ氏と云う、若い貿易商に訪ずれられた日は。氏は這入《はい》って来て、僕の顔を見るや否や、挨拶もそこそこに、直ぐとこう口を切ったのだ。

「ね、どうだい君、今夜、下町《ダウンタウン》に、アラビヤ人の芝居が開かれるんだそうだ。何でもそれは、大層、東洋的で、珍奇なものだと云う話だが、一つ行って見る気はないかね？」

元より、僕は、退屈で、身体の持扱いにさえ弱って居た位だったから、直《ただち》に賛成して了った。

……さて、長い日が暮れて、涼しい夜になって、二人が晩食後その劇場に這入って行った時には、もう欧洲人達が多数に詰かけて居たものだ。純白な婦人連の衣服が大変に美しく目についた。僕は、一体アラビヤ人なぞがどんな芝居をするものだろうかと、内心では非常に期待して居たにも拘らず、ブルージュ氏には、ねえ、アラビヤ人なんぞに果して芝居が出来るかね？なぞと冷やかすと、いやそれや出来るさ上手なもんさ。と氏は直ぐ言下に受合って、案外乗気であった。で、僕もその熱心に惹かされて、幕の開くのを、じっと待って居た。

軈《やが》て、古風に東洋的な奏楽が起ると間もなく幕が開いた。打見た処、ステージは仲々神秘的であった。と同時に西遊記にでもありそうな、荒唐無稽的なものだった。

先ず、正面に祭壇の様な物が設らえてあって、その上に置かれた壺から、縷々《るる》と紫煙が立昇り、左右には奇怪な相貌の神像が並列してある。その壺の後には、悪鬼羅刹《らせつ》を思わせる様な裸体の彫像が、薄暗く、陰影を形作って安置されて居た。そうして、続いて、銅鑼の様な音と、青銅の太鼓と、アラビヤ風の、幻怪味ある、亡国的哀調を含んだ笛の音《ね》と、半月の様な琴線の音とが奇《あや》しく錯雑して、恰《まる》で冥府で死人を踊らす様に鳴り響いて居た。

そして、そのあいまあい、い、い、まに、或る一定の調子が取れて居ると見えて、その舞台の向って左側に並んで居る女達が、

「ア……ア……」

と、悲痛を極めた様な肉声を放つのであった。紫煙と、その肉声とが、丁度、呪咀《じゆそ》をする儀式の前奏の様に合唱し流れる。

さて、其処に並んで居る女達、それは皆、舞台の上に胡坐《あぐら》をかいて居た。皆で七人許《ばか》りいた。黄金色《きん》をした冠《かぶ》り物を冠り、それから異様に触れ合って音する瓔珞《ようらく》が下り、両手は膝の上に置いて居た。肩から腰の辺迄は紅色の絹布を纏《まと》い、その下には野袴《のばかま》の様で踵《かかと》の処でしめつけた物を穿《は》いて居た。

又、その祭壇には、幾何学的な模様がしてあって、それを横に、鰐《わに》と蛇の合の子の様な獣《けだもの》が彫刻してある。……そう、換言すれば此の舞台を構成している色調は、支那芝居の様に、非常に紅《あか》と黄と青との原始色の多い、プリミティヴなものであった。

東洋風な音楽は未だ続く。僕は少し退屈して来た。で、一体何をするのだい？　ああしてこれから？　とブルージュ氏に訊くと、

「彼処《あすこ》にね、今悪魔が現れて来るのだ。それで、あの七人の女を六人迄殺して了うのだ。それで、あの七人目が即ち神の申し子でその悪魔を退治して了う、と云う筋さ」

と、氏は、低く厳かにこう言った。僕は聞いて少し馬鹿々々しい気がした。然し、何が面白いのか、白人達は依然として、静粛に舞台を見詰めて居た。で、僕は、

「ア……ア……」

を未だ繰返して居る七人の女達の顔を、丹念に端から一人々々凝視し初めた。

最初の女は肥った童顔で、鼻が、取って付けた物の様に乗って居た。次のは一座中、最も熱心に大声上げて歌詞を繰返して居る。どうも好きになれない女であった。三人目のは大分年を取って居た。四人目のは無難、アレキサンドリアの街で壺でも売って居そうな女であった。五人目の女は粗野で蕪雑《ぶざつ》ではある。六人目の女は、その時見たのでは一向に趣の無い、嘘をつく事が好きそうな顔で、取り立てて云う事もなかった。そうして、その七人目のが、可成美しい、此の一座の立役者だけある面持《おももち》を持った女であった。頬がふっくらとして、伊太利亜《イタリア》女の様な情熱を持って、鼻の穴と唇とが淫蕩に吊し上がって居た。

こう、僕が精しく女達をひとりひとり一巡した時、急に奇怪な音楽が、妙にこう空寒くふるえ出して来た。と見ると、今、その舞台の下手から、此れは又不愉快な、巨大な、身体に何か刺青《いれずみ》した男が出て来た。

悪魔である。逆に反《そりかえ》った剣《つるぎ》とも槍とも付かない武器を手に持って、裸形《はだか》に近い身なりで頭の毛を大童《おおわらわ》に振り乱して居る。顔は、憤怒の形相凄まじく、とても形容する様な面《かお》付きで白い歯が大層出張って居る。そして、聽て何やら訳の解らぬ、歌の様な文句な様な白《せりふ》を声高に罵り出したものである。その都度《つど》、その不可思議な武器を巧みに振廻して、足をどしんどしんと高らかに踏み鳴らす。

僕は、だがその内、その悪魔を見て居ることが不愉快な気持になって了った。で、視線を例の七人目の、妖婦的魅力ある女に移した。そして、その淫靡な唇を凝視して居た時、僕は何気なく、ふっと何かの拍子で、隣、六人目の女に視線を外らせた。

すると、どうだ‼　その女が、凝《じ》っと僕を凝視《みつ》めて居るじゃないか！　正直の処、僕は一寸妙な気持に襲われて、急いで眼を伏せた。そして一寸眼を置いてから、恐る恐る二度眼を上げて見ると、此れはどうだ‼　矢張先程と同じく女は僕を凝視めて居るのだ。と同時に、僕は竦《ぞっ》然とした。何故その時僕が竦然としたかは解らない。だが僕は、非常な恐怖を覚えたのは事実だ。汗が、背後を急速に滑って行く。僕は恐ろしくなった。

アラビヤの女などに近づきは無い。その時急に僕の頭に、「アラビヤの魔《エンチヤントメント・オブ・アラビヤ》」と云う言葉が閃《ひら》めいた。それは、思いたったらその人を思いの儘《まま》にせずには置かない、と云う一種の催眠術の様な呪《のろい》だ。

！　此れは厭な事だ‼　何だ、あの女を見るものか‼　僕は内心の動揺と恐怖狼狽を押し付けて直《ただち》に悪魔の方へ視線を向けた。と急に音楽の調子が速まって、その裸形の様な男は、いきなり一番目の肥った女の手を取って、そして二人で暫時《しばらく》踊の様な仕草を演ずると下手に這入って行った。

然るに、その他の六人の女は、その間何事も起らなかったかの様に、平然と胡坐をかいた儘で、

「ア………ア………」

を繰返して居たのである。そして、僕は、少し許り落ち着いて来たのであった。

二

「然し、そう、幾分沈まった気になって来ると、所謂、こわい物見たさ、と云う好奇心の過剰、とでも云った様な気持に誘われ来て、僕は又、そっと例の六人目の女を、動作は気取られない様な臆病なものだが気持は以前よりもずっと大胆に、確《しっ》かりと凝視め直したのだった。よく見ると、顔立は一見平凡な、淡《うす》い印象しか残さないものだけれど、その瞳に、否脣にかな?……うん、何処かと云って的確にそれとは明示するに難《むずかし》い、ある素晴らしい媚《こび》を持って居た。そうさ、云って見れば非常に個性的な蠱惑《こわく》さ。一般的なものではない。それ丈風変りなね。

　そうして、僕が、そうとその蠱惑の彩《いろどり》に可なり烈しい愛着?を感じ出した時には、すでに早、僕は丁度蛇に見込まれた蛙の様に温和《おと》なしく、ふるえ乍《なが》ら、恐怖を知り乍ら、その儘視線を他人から借りた物でもある様に動かさずに凝視、否釘付けにされて居た時だった。換言すれば、動かされないで凝視めさせられて了って居たのだった。その女の、恠《あや》しい瞳孔の黒い精の囚《とりこ》となって自由にさせられて居たのだ。否僕の心が、魂の奥底が、その瞳の妖しい綾《あや》にぐんぐんと引ずり込まれて居たのだ。

　その内、僕は女が、その瞳で自分に何かを語って居る様な気勢を感じた。気勢である。だが僕には、アラビヤ女の謎を、情痴を、解する事は出来なかった。

　出来なかったが、然し、僕は完全にその妖術に捕われて了って居たのだ。恐ろしい妖嬈《ようぎょう》な魔法に全然捕われて了って居たのだ。そして、……その時には最早、僕の頭の裡では全然何も彼も消え失せて、唯《ただ》、それ等を全部蔽い蓋《かぶ》せる、女のその脣が、唇が、頰が、光りがあったのみであった。そして又不思議なことに、そうして居れば居る程、次第に、その女の全てが、僕の瞳、心の瞳心《どうしん》の裡に段々と大きく拡がって来たことだ。恰で波紋の様に!!

「……そうして、遂には、うん……。その顔全体が僕の瞳の直ぐ前へ迫って来たのだ。そして僕は、己《おのれ》と、自分の身体全体の神経が、己れの命令を聞かないのだ、と云うことを知った。事実、踠《もが》くことも、声さえ立てる事も出来なくなって了ったのだ。

そしてその結局、漸次加速度に大きくなって行った女の顔が、僕の顔とぴたと合って了った!! と思われた時に、その刹那《せつな》、僕の眼には、唯、真紅《まつか》な……真紅な、その紅《あか》さ丈が映ったのであった。否、それに溺れ込んで居た丈であった。瞳も心も全て。

すると、次に、その真紅の暗闇の裡に、幾つもの小さい女の顔が重なり合い巡り合って現われ、又それ等が口々に、「ア……ア……」を繰返して歌い初めたのだ。

僕はそれに、何故か堪えられなくなった。苦しくなった。僕は烈しい眩暈《めまい》を感じた。疼痛をさえ感じた。それで遂に、僕は、

「あ!!」

と叫んだ。

「おい！　どうしたんだ!!　全体！　頭でも痛くなったのかね?」

この僕の叫び声を耳にすると、隣席に居たブルージュ氏が、驚いて、よろよろと倒れ掛った僕を支えて呉れ乍ら親切にこう言って呉れた。之《こ》れで、僕は初めて我に還った。

眼をしっかりと据えて見れば、芝居は何時か終ったと見えて、幕が静に垂れて来る処であった。

「うん……で芝居はもう終ったのかい?」僕は吻《ほ》っと吐息をし乍ら尋ねた。

「うん、気持が悪くなったんだね。随分蒼い顔をして居るぜ。何しろ今夜は蒸し暑いからねえ」

氏は未だよろよろする僕を介抱し乍ら、こう言い足した。僕は、半ば失神した様な気持を抱いて、足を踏みしめて氏と共に席を立って劇場を出たのだ。

とだ、その、劇場から一歩外へ出て冷気にひやりと触れた瞬間! 急に、僕はあのアラビヤ人に見詰められて居た間中、感じて居た快感を思い浮べたのであった。快感? そう苦痛を絶した快感だったのである!

丁度、云って見れば、足の裏を柔かい羽毛で撫《な》でられる時の様な、又は女と寝室に愛撫し合う様な、又は阿片に依って得る夢幻の歓楽の空想の様な、又はモルヒネを注射して得る感覚の様な、又は南亜米利加《アメリカ》の土人が一生の快事として賞美すると云う草の葉、それを噛めば乱舞を初め歌を歌い、宛然《まるで》、狂人と等しき状態に堕ち入ると云う様な、凡《およ》そ、此の地上に存在するこうした不自然な、身体に非常な害毒を与える快感と等しき、否或はそれ等よりも以上と思われた、より以上に身体的に精神的に起って来る、快感なのであったのだ。

実に、僕は外に出た瞬間! それをはっきりと思い浮べたのである。恐怖苦痛なぞと云う副作用を全然忘れ去って、唯々《ただただ》、その快感、痙攣的な歓喜のみが、奔流の様に油然《ゆうぜん》と僕の心に湧き上って来たのである。

「そうそう、ブルージュ君、僕、一寸用事を思い出したから此処で失礼する」

そして、それを思い浮べると共に、僕は恰でそれに魅《つ》かれて了った様に、親切な、善良な友を無礼にもそこに置いた儘、又、くるりと踵《きびす》を巡らすと、最前の劇場の中へと取って返したのであった。そして先ず、名前を知ろうと、プログラムを拡げた。

――ランジカ、それが六人目の女の名前であった。それを見ると、僕は恰で、見えぬ糸にでも引き寄せられる者かの様に、楽屋に這入って行った。

「君、ランジカと云う女の部屋は何処なんだい？」

すると、其処に居た頭へターバンを巻いた男が、うるさそうに僕を見上げて如何にも無愛想に言った。

「突き当ってから左側の二番目」

僕はそれを訊くと、金も与えず、言われた通りにその部屋の前へ来た。僕の両足は、その時は、丁度、雲の上か水の上をでも歩く者の様にふわふわして居た。心臓が妙に押さえ付けられる様になって、唯、自分の身体許りがギシギシと音を立てて、骸骨の様に動いて居た。

うん……低い天井から垂れ下って居る電気も又廊下も、僕には丁度他界の様に茫《ぼう》として映った。

さて今、僕はその部屋の前に来た。その中には恠異《かいい》なアラビヤ女のランジカが居るのだ。僕は強い酒類をしたたか飲んだ男の様に、又は背骨を持たぬ人間の様に、ふらふらし乍ら案内を乞うた。

扉を叩いた。

三

「…………僕は扉を敲《たた》いた。それに応じて扉は直ぐ開かれた。打見た処、中は八畳位いな部屋で、左寄りの壁に寄せて稍《やや》大きい榻《とう》のような土耳古《トルコ》長椅子が置いてあって、それに、その女、ランジカが東洋風な驕慢と卑屈さとを見せて横わって居るより外には、誰も又居なかった。それに化粧鏡と、衣装、洋燈《らんぷ》の光り、その外に変った物とてはなかった。否唯、素的に変って居たのは、その女ランジカ彼女自身であった。紫の羅綾《うすもの》を纏って、首飾り艶《あで》やかに寝そべって居る、彼女自身であったのである。

そう…………、女の顔は今でもよく、覚えている。アラビヤ人らしい黄褐色な顔で、だが何処となく溢れる様な妖情的な鬼気、否変則に発達した肥満から来る不自然な生命力、と云う様なもので充《み》ちて居て、丸く脹れ上って居る頬には、その癖、死人を思わせる様な緑青の様な色彩を浮べ…………そうだ、何と云っていいか、僕は、その顔を見直せば見直す度毎に、異なった印象と気持を受けたのだった。それ程一概に如何とは云われない面立《おもだち》を女は持って居た。

僕は、女を抱き上げた。

「お前、ランジカと云うのだろう?」

何故か僕の声はふるえて居た。すると、女は無言で微《かす》かに頷《うなず》いた。

「俺はお前が好きなのだ」

だが女は、僕の半ばうわ言《ごと》の様な言葉を、解ってか解らずか、冷笑する様なまなざしで受け答えたのみであった。

僕はいきなり女の両頰を手の中に挟むと、脣を付けた。だが何と云う熱情的な、炎の様な、それは気持を含んだ脣であったろう。その時、僕はそうと感じた時に、アラビヤ女が舌を持って居ないことに気付いた。舌を？

「おい、お前は舌を持ってないんだね？　舌を？」

僕は思わずこう叫んだのだった。だが女は矢張、僕の狼狽さに引きかえて、静に、暗く、けれども意味の捕捉し難い微笑を以ってそれに答えたのみであった。

舌の無い女？　僕はそう知った時、ふっと、ある記憶を呼び起された。土耳古の王宮では、その美くしい寵姫達の内で、万一不義を働いたものがあると、罪の報いとしてその舌を切り取ると云うことを…………。

「お前、ターキーの女かい？」

僕は、まじまじと女の顔を見詰め乍ら、再度こう訊ねた。すると女は、その言葉を聞くと、一寸淫乱な微笑を浮べて頷いた。と共に、突然、その、唯もう肉丈で出来上っている様な身体を、腫《は》れぼったく重いふくよかな胸を僕に倒し掛けて来た。僕は、女の、……そう丁度、狐とジャスミンとの香を交ぜ合わせた様な、鼻を突くばかりの鉛白《おしろい》の流れと、むせる様な……沈丁《ちんちょう》花《げ》の香を思わせる毛髪の香料とに会って烈しく眩惑されて了った。

僕は、殆ど制御心を失なって、その肉を、生きている肉をしっかりと抱きしめた。むっちりと持上って居るアラビヤ女の乳首が、怪《あや》しい妖艶な感触を持って僕の心に触れて、僕は自分の……………だが、左様、その次の刹那には、僕はもう昏倒を、乍《しかしなが》然《ら》、自分の意識が何処かに居て凝視して居る、不思議な昏倒を感じてそれへ惑溺して行ったのであった。

うん、僕の頭脳を初め他のあらゆる神経系が、即ち精神的作用を司る全ての物が、その不可解な錯雑と眩暈との裡に惑溺して行って、丁度、それ等凡てをあげての大旋廻に陥ち入って行ったのであった。そうだ……。

紫、黄、赤、白、青、そしてその他そう云った様々の色調が、狂い廻る奔馬の様に急速度に眼界に、否、心に現れて来ては消え、消えては現れ出したのであった。両側も上下も縦横も唯そうした燃え上りでもするかの様な奇怪な迷宮の裡を、僕の心は、魂は夢中になってぐんぐん駈け出したのだ。そして、その駈け出してゆく様に感ぜられる速度が、次第にどんどんと速められて行ったのだ。

……そう、だが、僕の或る意識、僕を見守って居る自分の一箇所は、その癖、そうした瞬間に於ても、猶且つ、明瞭にそのアラビヤ女を見て居たのだ。知って居たのだ。そうしてそうした儘、つまり二つの僕の押し詰められた感情が急速に働き乍ら進んで居たのだった。

うん、云って見れば、僕の心持が女の不可解な心の作用の中で、女の為に弄《もてあそ》ばれて居たのだ。だが、そうと、僕の今一つの理性が手出しをせずにその様を知った時が、僕は自分が自分の全て、個性、それに別離を告げた時だと云うことを悟った。即《すなわち》、全てが混一体となって了ったのだったと云うことを。と同時に、僕は非常に痙攣的な、例の快感が湧き起って来たのをはっきりと知った。全ての意識、即僕が真紅な空気の裡を突進して行って、その突進してゆく気持に附随して絶対的な快楽が伴って来て、……うん、僕の全てがそのものの中に、唯もう性無性と転廻し出して行ったのだ、と云うことを。

「記憶して居る限りでは、換言すれば僕の理性が健全であった内に於て知ったことは此れ丈なのだ。それ以後の事は、全然僕には記憶が無い。どうなって、どうされたのか？

唯、甚だ現実味のあるのはその終局だ。即僕が、持って居た全てを、衣服も時計指輪の類迄をも剝奪されて、汚ないアレキサンドリアの下町の安宿で目覚めたと云うことだ。ハハハ‼

いや馬鹿気た話さ。だが、僕は真実思うのだ。あの、アラビヤ女が僕に示した快楽《けらく》と云うものは、此の後の美人局《もたせ》じみたからくりなぞとは比較にならない、別種の、真に怪しい妖術であろうと。いやあったと‼

そうじゃないか！」

そうして、彼は漸《や》っと、こうその長い何か面白い話にその結果を付けたのであった。私は黙した儘、彼の不可解な経験を静に反復して居た。

「処がね」

すると、一旦結末を付けた彼が、又暫時《しばらく》の後に、一寸悪戯《いたずら》そうに脣を歪め乍ら、こう話の後を切り出したのである。

「その事があってから三週間許りの後、僕は用事で亜剌比亜《アラビア》のアデンの街へ行った。紅海が印度洋へ出ようとする処の港だがね。そして、何でもそれは着いてから二日目の夜だった。出掛け先から船へ帰る時に、――船が積荷関係で一週間許り碇泊して居たので、僕は船室を宿屋代りに使用して居たのだが――つい路を間違えて了って、変な、石造作りの土着人の住む街へ迷い込んで了ったのだ。

……そう、それは今から考えると浪曼《ロマンテイケル》的な経験だった。だがその時は、知らぬ他国で夜路が解らないのだから、いい加減心配して了ったが。全く、オー、ヘンリイの言い草じゃ無いが、ロオマンスにアドベンチュアーは付き物さ。ハハハ、それはまあ、それとして僕は路に迷って了ったのだ。そうそう何遍かぐるぐるとその狭い石段の様な街路をさまよって居たのだ。すると、一寸薄暗い小路に来掛った時に、僕はふっと物に蹶《けつま》づいて、危く倒れそうになった。

何だろう？　此れは？

見るとそれは人間だった。しかも女であった。僕は蹲《かが》むと抱き起そうとしたが、その時手に、にちゃりといきなり触れたものがある。それが、それが血だったのだ。血さ。

殺されて居たんだね。僕は思わず驚いて立上った。が、又例の好奇心が手伝って、近くに人の居ないのを知るとその顔を見ようとした。そして驚いた。お察しだろうがそれがランジカなのさ。……それでそうと知ったその時には或る意味で全く僕は感慨無量な気がした。それで、暫く死体を見守っていた後に僕は何か記念になるものでもないかと思って、あんまりよくない事だが女の左手にさして居た、月長石《ムーンストン》の付いた指輪を抜取るとその場を立去って了ったのだった。何故僕がその時そんな気持になったかと云うと、不知不識《しらずしらず》の裡に僕は女に愛着を、恋と云うか、それを感じて居たんだね。

うん、ハハハハ!!」

「成程、それでその月長石《ムーンストン》の指輪は今でもお持ちかい?」

「指輪? そう、それがね、未だ話があるんだが、その後になると、記念として取っては来たものの、どうも見る度に幾分の恐怖に似た感じを新《あら》にさせられるんでね。終《つい》には見るのが厭になって了ったのだ。で、とうとうそれを僕は帰る時に、船の上から、月の美くしい晩を選んで、印度洋の海の中へ投げ込んで了ったのだよ。ハハハハ! ランジカと、彼女の冥福を祈り乍らね。ハハハハ!!」

「ランジカの、ハハハハ!!」

で、私達は、もう此の後の終りは無いであろう結末が付いた時に、出来る丈大きな声で哄笑したのであった。哄笑を。実は私は、或は彼もそうなのか、こう大きな声で元気に笑い出したと云うのは、そうしないでいると、何故か落着けない、換言すれば薄い恐怖を此の譚《ものがたり》から感じたものだから。恐怖を。

恐怖? いや、それは夜が更け過ぎた為らしい。ランジカは死んで、指輪は印度洋に投げ込んで了ったのだ。それ丈のことだ。

神ぞ知食《しろしめ》す

黄昏《たそがれ》どき、陰気な影に降り灑《そそ》ぐ小糠《こぬか》雨が、落葉に侘びた街路をそれとなく濡らす、或る初冬の薄ら冷い夕方、私は何時《いつ》もの様にそうした一時を、とある珈琲店《キャッフェ》の一隅に座を占めて煙草を吸うと、曇った牕玻璃《まどがらす》の外に流れる哀愁を染々《しみじみ》と見守って居た。それに、何と云うことなく店内は白々しくがらんとして、私の外に客は居らず、思いなしか紅のシェードに包まれた電燈迄もが、唯淋しくしょんぼりとして見えた。日が暮れる、日が暮れる、こうして日が暮れるのだ。

ひとり、客が這入《はい》って来た。見た処、中脊の、頬の憔《こ》けた、そうだ、その全体に甚だしい憔悴の影を宿した男である。瞳の光は弱って居る。いや、その瞳の光は弱って居るかも知れないが力はある。だがそれも、取って置きの最後の力だ。彼は一寸《ちょっ》と狼狽した様な態度で、扉口に立った儘《まま》店内を臆病そうに一巡すると、惶《あわ》て私の前方の机に後向きに座を占めた。余り自分の顔や姿を、他人に見られるのを好まないらしい。それに、その動作には落着もない。狩場の獣の様だ。知ら無い他人をじろじろと見るのは随分非礼であるとは考え乍《なが》ら、だが私は何と無く興味が引かれるので、そのがっしりした船乗に見る様な肩を、落剝の影濃いその姿をじっと凝視《みつ》めて居た。粗野な、許される言葉であるならば見すぼらしい恰好である。

その男は、その身体に不似合な小声で次に酒を註文すると、一息にあおった後、両手で顳顬《こめかみ》を支えると、その儘最早微塵も動こうとはしなかった。宛然《まるで》その場へ作り付けられた物かの様に。

珈琲店は、そうして矢張静かであった。客は誰も這入って来なかった。思いなしか華やかな紅のシェードに包まれた電燈迄もが、唯淋しくしょんぼりとして見え、そうだ、日は最早暮れ切って、小糠《こぬか》雨に濡れた街路を行く自動車の車頭光《ヘッドライト》が、牕玻璃に輝やいて過ぎ去るばかりだ。

「お客さん……」

不意に、今迄彫像の様にじっとして動かなかったその男が、振り返り様私に向うと、こう低い声で呼び掛けた。

「え?」

「御迷惑でなかったら?」男は低い、だが力の籠った声で、こう続ける。そう云う顔は悲壮に見えた。

「あっしは唄を一つ歌わして貰いたいんだが?」

「唄を?」

「ええ、唄なんで。それも極《ご》くつまらねえ唄なんで」

別に断る理由は無い。それに私が驚ろいたことは、彼のそう私に頼む口調が、顔色が、それ等が世にも稀に見る真剣な、思い迫ったものであったことだ。だがどう云う訳で唄なぞを？

「え、かまいません。おやんなさい」

「あぁよござんすか。何、そう長いことやろうてんじゃありません。だからほんの一寸との間、少しの間だけ辛棒して下されやいいんで……」

彼はこう如何にも嬉しそうに、私に答えると、その緊張した顔に鳥渡《ちょっと》微笑を浮べて、軽く首を下げた。それから両膝を椅子の上に持上げて合わせると、それを両手でしっかり抱えて、ゆっくりと身体全体を揺すぶり乍ら調子を取初めた。そうして、彼は唄を歌い初めたのである。

お月様が窓からのぞく
坊やは寝たかえ　いとしや坊や
何処かで啼《な》くのは夜鳴鳥
母さん恋いしと泣いじゃくる

子守歌!?!　子守歌だ。酒や女の唄ではなく子守唄を？

そう歌う彼の半面には、暗い半生の宿命に疲れ切った色が漂い、その膝を抱えた手の指は荒く骨張って居た。私は、その男のがくりと高い鼻が映す影を凝視《みつ》め乍ら、だが今、彼がこう歌い出した時にその全ての後天的な人生の虚飾をも被い蓋《かぶ》せ得る、彼の清純なる童心の輝きが微に浮んで来たのを認めた。

いえ、いえ寝たかえ、いとし坊や
咲いた花さえ寝むるもの
ぐるぐる廻るは犬の子ばかり
母さん恋いしと泣いじゃくる

鄙《ひな》びた節廻し、単純な繰返し、だが、それが、それが齎《もたら》す以上の複雑さが、よく此れ以外に又とあろうか？　いや、こんな理論などはどうでもよい。下らぬことだ。要は歌って居る彼の眼の色を、揺籃を揺する様な気持で揺するその身体付を見ることだ。寔《まこと》に、我等人間達には、こんな時もあるものなのだ。

二度程繰返すと彼は止めて了った。

「お客さん、よく聞いて下すった。有難う……」

そして、こう礼を言った彼は、又ぐるりと元の様に向きを変えると次に、耐えられない様に烈しく咽《むせ》び泣きを初めた。何か、それも小声で呟き乍ら……

いきなり、珈琲店の扉が荒々しく、開かれた。雨に濡れた傘をすぼめて、雨外套《レインコート》を纏った客がひとり這入って来たのだ。だが、その客は、今一目、其処に低首《うつむ》いて咽び泣きをしている男を見ると、釘付けにされた様に驚異の瞳を瞠《みは》って立止った。

「おい!!　君は、君はこんな所になぞどうして？」

男は、そう自分に呼び掛けられた時、烈しく身震いし乍ら、何物かを避ける様な態度で新来の客を見上げたが、

「ああ、お前か……」と言った切り、だが幾分安慰した様な面持をして、直ぐに又低首いて了った。けれども客は惶《あわ》だしくその傍へ倚《よ》ると、尚も性急にこう語を次いだ。

「全体、こんな所に居てどうするんだ？　それに何だって又こんな場所へなぞ？……」

然し、男はその問いに、唯自嘲的な薄笑いを浮べた儘で、外に何とも返事をしなかった。そして、影暗く寂しく立上った。

「早くどうかしなけれや……」

「うん……だが俺はねえ、今此処で唄を歌ったんだ。昔の歌をね。唯それ丈だよ」

そうして彼は、恰《まる》で故郷を追われた者の様に、扉口の方へ蹌踉《そうろう》として進んだ。だが今一度、扉を押し開けた時に、彼は振返ると私に向って言葉を掛けた。

「客人、あたしの唄を、よく聞いて下すった。有難う……。みんな、あばよ……あばよ……」

そして次に言った。「左様ならよ……」

そう云う彼の、空虚な響のする声は、小糠雨に濡れた冷たい夜の街衢《ちまた》へ、街燈の青白い光と交じって、ひっそり消えて行った。

「だが全体、あの人はどうした人なんですか？　此処で子守唄を歌ってきましたが？」

私は新来の客に向ってこう訊ねた。

「子守唄を？　へえそうですか。実はね、あいつは死刑囚なんですよ」

「死刑囚？」

「ええ、それが何でも二日前に、破獄したと云うことを聞きましたがね……こんな所に居るなんて」

「破獄を？　で又どうした訳で死刑になんぞ？」

「いや、その精しい理由は私もよく知りませんがね。あいつは親殺しなんです」

死人に口なし

今将《まさ》に墓穴に這入《はい》ろうという間際に、その想像力が急に目覚めた人間の胸中に一寸《ちょっ》と入って見たが可《よ》い。
――ジョセフ・コンラッド――

土耳古《トルコ》煙草を悠然《ゆっくり》と薫《くゆ》らし乍《なが》ら、私は珈琲のほろ苦い匂と舌触りとをこよなく懐しんで居た。その紫青色の童話《メルヘン》めいた莨《たばこ》の煙と、仄暖い湯気との裡に、綾《あや》なす様に、私は派手な衣装を身に纏《まと》って、和やかに、だが多分に淫《みだ》りがましく微笑んで居る踊子の伊達《だて》な姿を見た。それは、壁に下げられた招牌絵《ポスター》に描かれてある劇場の広告である。けばけばしく華麗なのだが、それにしても亦《また》、あの踊子は近頃めきめきと売出して来たものだ。芸は左程でも無い様だが……。

私はふっと視線を外らせた。玻璃扉《がらすまど》を透《とお》して見る、冷たい彩《いろ》に黄昏《たそが》れた中庭の噴水《ふきあげ》の飛沫《しぶき》が、その傍の彫刻が、夜となる神秘な沈黙に浸って蒼黒く影取られて居る。

処はTホテルの客間《サロン》、その客間から食堂へ通う中途の庭よりの場所に置かれた椅子に倚《よ》って、私は先程からこうした小閑を楽しんでいたのだ。今日は十二月の、それも聖主降誕祭に近い木曜日。ああ、今年ももうクリスマスだ。

遽《あわ》てて、私は消えかかった煙草を強く吸い込んだ。見れば街路は恐ろしく寒いらしい。正面の廻転扉から窺われる行人の姿は、まるで無慈悲な朔風《きたかぜ》の鞭に逐われてゆくものの様だ。等しく前屈みになって急いでいる。その舗道を寒々と、街燈の斜光が影を投げる。その影の裡にかさこそとうら寂しい音をたてて街路樹の落葉が渦を巻くのが映る。うら侘《わ》びしいものに私の心に映る。

然し、此処は暖かである。この煙草と珈琲と……。電燈さえ時々は少し霞《かす》んで見える程である。折々は、間遠に、食堂で奏する晩餐時の管弦楽の、フリュートの高鳴りさえも聞えて来る。私は又、為す事も無くぼんやりと頬杖を突くと、煙草管《パイプ》を銜《くわ》えて、見るとも無しに今の華麗で浮薄な、M――座付の若い踊子の絵姿を見上げた……。

――あいつは来て居ませんか?

――いいえ、先週からずっとお見えになりませんが。

――先週から?

――はい。

「おや?」と、私は耳を傾けた。何だか、何処かで聞いたことのある様な声である。私は思わず、声のする方を向いた。その、声の持主は、今帳場で、支配人と話して居る男であった。脊の高い、いや寧《むし》ろひょろ長い、地味な服を着た……。

――そう、来て居ませんか。

だが、軈《やが》て彼は、そう落胆した様な口調で投出す様に呟くと、ふらり、ふらりと踏むその足元も定かならず、帳場を離れて私の椅子近くへ歩んで来た。

だが！　まあこれは何と云う男であろう！　私は正面から彼を今一目見た時に、実にこう驚嘆せずには居られなかったのである。云って見れば、たった今し方墓穴から出て来た、ラザアルその儘《まま》とでも云う姿である。恰《まる》で幽霊としか受取れぬその青白い貌《かお》、影の濃い、黒々としたその様子、それは決して生ある者とは思われぬ。そうして、左様、全体として甚だしく感ずる処は、それが現わす極度の憔悴であった。

骸骨！　そうだ。生きて居る骸骨を私は今まざまざと見たのだ。

すると、彼は、私と一つ置いた椅子に席を占めると、恰度私とは真向にその疲労し切った五体を椅子に投げ掛けた。文字通り、崩れる様に投げ掛けたのである。それから何故か絶えず細かく慄える手で忙しそうに気短かにかくしを探ると、煙草を取出して銜えるのだ。だが、銜えたもののその痙攣《ひきつ》れる唇は煙草を満足には銜えさせなかった。すると彼は、それに直ぐ火を付けるのでは無く、二三度神経質に煙草を噛切ると、その儘左手にぎゅっと握りつぶして、それからほっと、切ない吐息を洩らした。

私は凝《じっ》然と見て居ると、その乱れた頭髪が否全体に非常に乱れて居る彼の風采が、私には何故か理由不明な、惻々《そくそく》とした怪異のものを強く感じさせたのである。

「おい、マッチを貸して呉れ」

その男は、漸々自分の心持が幾分か静まったと思われた時、通り掛った、給仕にこう言葉を掛けた。然し、今、私は其男がかく給仕に言い付けた声を聞いた時に、ああそうか、と先程から疑問に思って居た謎が、初めて解けたのである。そうだ、彼は私の昔の友達だった。もうそれは十年の余も会わぬ昔の友、S——であったのだ。と云うことを、端《はし》なくも明瞭に思い出したのである。

そうだ、S——じゃないか。余り変り様が烈しいものだから……と、こう考え乍ら、私は何処か恐ろしく面窶《おもやつ》れのした昔の友達の顔を改めて見直した。それにしても随分変ったものだ。

「君、君は失礼だが、S——君じゃなかったか知ら？」

そして、遂に意を決して私が、逡巡し乍らもこう彼に言葉を掛けた時、彼は不自然な位に言葉を掛けられたことを驚ろいた様子をした後、暫時不思議そうに私の顔を見守って居たが、軈て私がそれと解ったものか、

「ああ、君……」

と低い声で答えた切りで、興味無さそうにうつ向いて了った。

だが、急に彼は今迄手に弄して居た半切れの煙草を摑んだ儘になると、凝然と眼を据えてあらぬ方を凝視し初めた。即《すなわち》それは、何か極く僅かな物音をでも、聴き取る様な態度であったが、直ぐと、そうした自分の態度に、彼は気付くや否や、遽てた様子で、恰度それを打消す様に、その何かを聞くまい、とでもするかの様に、両手で自分の耳を押えると、首を深く垂れて、唯《ただ》、小止《こや》みなく慄え出したのである。

私は黙ってS——の様子を注視した。彼は全体どうしたと云うのだろう？　この奇怪な様子

は？　昔から彼はどちらかと云えば憂鬱な性格の男ではあったけれど、斯《か》く迄になるには、何か其処に理由が無くてはならぬ。

突然、声は低いが、性急な調子で、心持、上半身を我々の間の茶卓に乗出すと、S――はこう私に呼び掛けた。

「君！　君！　君！」

「？」

「君、君は死と云う問題に対して、懐疑的な立場を取られるか？　それとも唯物論的にのみ解釈するか？　え？」

「うん、で若《も》しも僕が懐疑的な立場を取るとすれば？」

「そう、そうなら、君は俺の苦悩を幾分了解出来ると云うものだ」

「成程、……では唯物論的なるものに従えば？」

「その反対さ。決っているじゃないか？　俺は唯嘲笑される丈だよ」

「ふん、と云うと、まあ僕にも大概の処は解って来る様だが、君のその様子と言葉とでね。だが、結局、どんなことなんだね？　その君の苦悩と云う奴は？」

「聞く気があるかい？」

「うん、充分ある。一つ、聞こうじゃないか？　え？」

そして、私は張《は》ち切れんばかりの好奇心を押え乍ら、こう相手を促した。するとS――は、だが直ぐとはそれに応じ様とはしないで、左手の甲で自分の額を叩いて居たが、軈て、苦しそうな表情で、圧しつぶされた様な低い晦《くら》い声で口を切った。

「俺はね、実は、毎晩、死人に呼び掛けられて居るんだ‼」

「え？　死人に？」

私は思わず高声で鸚鵡《おうむ》返しに聞き返した。

「死人にだって？」

「うん、死人にさ」

「毎晩？」

「毎晩さ」

「？」

私はまじまじとS——の、そう不思議にも確信を以って答をする顔を凝視《みつ》めた。

「本当にしないか？」

「否、本当にも何にもどうも一寸と……」

「信ぜられない、と云うんだろう？」

「うん、余り……」

「余り。そうさ、余り突拍子も無いからねえ。だが、此れは本当なのだ。……そうだ、これ迄の、経緯《いきさつ》をまあ聞いて見て呉れ。それでその上で、君は君の是非の判断を好みに従って下すがいい。だが、俺の話すことは、この俺に取っては絶対に真実だ。そう、厘毛《りんもう》の掛値無しにね」

俺達三人、俺と弟と妹との三人は、幼少の折、相次で父母を失ったので、父の兄、即ち俺達には伯父に当る人に引取られて、養われる身となったのだ。処で、さて俺は、これからその伯父と云う存在を、君に出来得る限り精しく紹介しなければならない。と云うのは、何故と云うと、その伯父こそが、係って今の俺の、苦悩の最大原因を形作って居る、重要な分子なのだから。

さて、全体その伯父と云う人間は、今考えて見ても、全く恐ろしい迄に徹底した怠け者であったのだ。己れの良心に恥じるとか、乃至《ないし》は世間の聞えが悪いとか、と云う様なことを気にし乍ら、コソコソと怠けていると云う様な、そんな意久地の無い怠け者では絶対に無かった。伯父のその怠け者たるや、大威張りに威張った、痛快な程の怠け振りだったのだ。

幸にして、伯父には少なからぬ財産があった。それで、彼は生きる為めに費す生活的手段を少しも顧慮する必要が無かった。それに、一番の原因は、伯父に少しの根気、克己と云う様な精神、が絶無であったことだ。否、根気所か彼には人間が大概は持っているだろうと思推される好奇心と呼ばれる種類のもの、乃至は反撥性の気質も、そんなものさえ、薬にしたくも持合わせて居なかった。で、財産のあるおかげで毫《ごう》も衣食住の問題に脅かされる心配が無かったのと、性来の懶惰《らんだ》なる精神とが、うまく両々相俟って、此処に、伯父と云う、素晴らしい怠け者を作り上げて了ったのだ。

処で、では如何に彼が怠け者であったか、と云うことを了解出来る為に、俺は伯父の、平素の生活状態に就いて語ろう。

先ず、伯父は朝、否午後一時過ぎなければ目を覚まさんのだが、目を覚ましても、直ぐ床《とこ》から起出ると云うのでは無くて、大概一時間近くも其の裡《なか》でもぐもぐし乍ら、煙草を吸い乍ら、朝刊を五種程も漫然と読む。それから漸《や》っと起上って着替をすますと、今度は風呂に這入る。だが、その風呂が長い。そう、大凡《おおよそ》一時間近くだ。否、だからと云って別段身体を丹念に洗ってると云う分《わけ》じゃ無い。唯、少しぬる過ぎる位いの湯槽《ゆぶね》の裡に、茫然と浸っているのだ。それ丈なのだ。その思い切り長い風呂が終ると今度が飯だ。処が、その飯が又大変だ。と云うのは、何故かと云うと、伯父は驚く可き健啖家であると共に、又美食家でもあるのだ。で、三時過ぎだが、眼の前に堆高《うずたか》く料理を並べさせて他人が見たら午飯だか晩飯だか見当の付か無い時刻外れに唯一人で、いやもう、他で見る眼も壮快を感ずる程によく食う。支那の豪奢な王様だって、こうは食わなかったろうと思う程あらゆる地方の物を限なく食う。その第一回の食うことを終るともう五時近い。伯父は、ひとりでその盛大な饗宴を黙々として終えると、ぶくぶく肥って脂照りのする顔を、赤児《あかご》の様にふくれ上った手でつるつると気持よさそうに撫ぜ乍ら、さて自分の居間に引取る。そして、その贅沢に飾られた部屋の、座り心地の好いアームチェアに腰をどっかりと下すと、お気に入りのブライヤーで、悠然とマイ・ミックスチュアを吸い初める。一度、二度、三度とゆるく煙を吐き出すと、やおら懶《ものう》そうに傍の卓上に在る週刊的な新聞雑誌、及活動演劇に関した、即、主に読む必要の少い、絵の多いものを拡げるのだ。伯父に取っては読むことも亦面倒らしいのだが。その絵の多いものも、唯拡げると云う丈で、どうも、余り見るのでも無いらしいのだ。と云うのは、伯父はそうした姿勢で必らず、何時《いつ》の時にやら、今食べたものが腹の中で消化《こな》されてゆくのを楽しむかの様に、うつらうつらと居寝《いねむ》りを初めるのだから。で大概、家の晩餐時には、いつも八時頃だが、俺達は伯父の居室に行って、彼を呼び起さねばならぬのだから。そして、伯父はそれから晩飯を食うのだが、此れも亦、人一倍に大食いするのだ。全く驚ろく可きことだ。全体、第一回の食うことから四時間とは経《た》って居もしないのに、何もしないで居寝りばかりして居る癖に、まま何処へあれ丈の食物が這入って了うのかと不思議に思う程、能《よ》く食う。そしてその飯が終ると、伯父は相手があろうと無かろうと、一切お構いなしで酒を飲み初めるのだ。伯父はウイスキーが好きで、あればかり飲《や》って居た。そう、時としてはコクテールを作っていることもあったが、そうして、一人で盃を上げている内、時計が十時を報ずると、それこそ、さもそれを待ち兼ねていたものの様に、伯父は寝室に退いて、寝て了うのだった。

うん、此れが怠け者の伯父の一日の生活のアウトラインだ。ねえ、全く呆れ返った生活だ。もうこんなのは生活とは呼ばれない他のものかも知れないが。そうして伯父は一年中、十年一日の如く何がどうなろうと外の事は少しも意に介せず、唯もう、こんな生活を繰返し送って居たのだ。

此の生活様式は、恐らく俺が知っている限りでは、二十年近く続けて居たものに違い無い。それに伯父には一人として交友と云うものが無く、親身と云ったら俺達兄妹だけで、かと云ってそれ等とも滅多に口を利くと云う分では無く、如何なる主義主張の為か妻は娶《めと》らず、その生涯を遂に独身で通して居た。それに道楽と名の付くものは何も無く乗馬や庭いじりをするでは無し、劇場に出向くではなし、女に溺れると云う分では無し、研究をすると云うのでも無し、全体何が面白いのか、他目《よそめ》では実にもうやり切れ無い程の倦怠極まる生活に執着して、毫《ごう》も之れを変えようとはせずに、伯父は自身の幾春秋を空《むな》しく送って居たのだ。

全く、だから或る意味から云えば、伯父が経て来た此の様な生活と云うものは、生命、否、もっと広い意味で生そのものに対して、限無い侮辱を与え、又自身、大きな冒瀆を行うものであるとさえ、言われるに相違あるまいものと思う。

うん、全く、伯父はこの様な人間であったのだ。

此処で、S——は一寸と一息吐いた。それから彼の癖らしく、額を左の甲で苦しそうに叩いて居たが、軈て又、その話を続けた。

それが去年の秋、十月の末頃からだったと思う。その伯父が、どう発心したものか、今迄の生活様式を変え初めたのだ。その動機が何にあったものか、その時には直ぐとは解らなかったが、後になって思い合わせて見ると、伯父は医者からあることを宣告されたらしい。即、伯父は糖尿病にかかっているし、その上心臓も非常に弱って居るから、食物に気を付け、酒類は絶対に摂ってはならぬ。若《も》し養生しなければ、もう生命は一年とは続くまい、と云う様なことをね。全く、これは当り前の話さね。伯父の様な豚でも養う様な、唯食って飲んでいる人間が、こんな病にかからぬとならば、かからぬ方が、寧《むし》ろ余程不思議な位だ。だがその本人となって見れば、矢張そんな病を持ったことは、甚だ業腹で悲しむに足ることだったに違いない。伯父はそれからと云うもの、非常に悲観し初めた。

――俺は、どうしたって死ぬなんて考えられん。誰が死ぬもんか。と、口癖の様に呟き初めた。それでは養生をでも初めたかと思うとそうでは無く、食う方は矢張以前と同様で、唯、誰が死ぬもんかと言っている。

そう、全くこの死を嫌う気持が、伯父の様な生活をしている人間の場合には、一寸と変に聞えるかも知れないが、少し考えて見れば、それは少しも変では無いことだ。伯父は成程要も無い生活をして居る。が、そんな懶い生活をする程、余計人生に執着がある分では無かろうか？即、最も肉体的に晏如《あんじょ》とした人間として、肉体的安易さをのみ冀《こいねが》った本能の意志する儘に委ねた人間に取っては、死と云う肉体の休止を一番恐怖するのは、当然なことではないだろうか？

さてだ、その伯父は、そうと自分の死病と死期とを宣告された時から、急に生活様式を変え初めたのだ。と云うのは、伯父が夜更しを初めたことだ。何時もは十時になりさえすれば寝たものを、十一時過ぎても十二時過ぎても、否暁近く迄も起きているのが珍らしくなくなったのだ。全体だが、では何の為の夜更しだろう、これは家族の者、俺達兄妹が一様に疑問にし出したことだ。あの怠け者が何を初めたのだろう。だが、その夜更しが、伯父は読書して費すのだ、と解った時には、俺達は更に一驚した。どうしたことだろう？　死の近寄るのを知って智識を吸収する。朝《あした》に道を聴いて夕《ゆうべ》に死ぬ心算《つもり》なのだろうか？　全く俺達はそんなことを云い合って、伯父のその読書を嘲笑したものだった。そしてその真意が奈辺にあるかを了解するに苦しんだものだった。

すると或晩、その年を越して、翌年、即、今年の一月下浣《すえ》だった。伯父は、もう此頃はそう沢山には食わなくなった晩餐の後で、俺に鳥渡《ちよつと》部屋迄来て呉れと云うのだ。伯父がこんな事を云うのはもう何年にも無いことなので、ま何事だろうと、俺は伯父に尾いて行ったのだが、一足伯父の部屋に這入った時に、俺は甚だしく驚ろかされた。それは、伯父の部屋を所狭き迄に埋めている書籍の山であった。

書籍！　この名前は、今迄の伯父に取っては全く不似合なものであった。それがこの埋積！　聽て、伯父は二人が席に就くと、俺に語ったことはこうだった。

「自分は早晩、それも今年中には死んで了うだろう。いや、それは確なことだ。自分は必ず死ぬよ。然しだね、だが自分には、どうもその死と云う奴が明瞭には了解出来んのだ。死が絶対であると云うのが信じられんのだ。

死とは何だ？　それに対して今の自分は限りなく懐疑的だ。若しも死と云うものが単に肉体的にのみ行われる言葉であるのならば、当然精神は別に存在しなければならん。それも、若し、肉体活動の存在あって初めて精神を云々されるもの、つまり、精神は肉体の影の様なもので、その物質が消失すれば、影も亦消失するものだ、と論ぜられてもどうもそれが、今の自分にピッタリと来ない。自分は、死と云う問題に対して、一つは科学的に、一つは心霊的に幾分研究して見た。だが、どれも自分を満足させては呉れないのだ。それで遂に自分はこう考えたのだ。精神と肉体とは全然別なもので、肉体活動が休止しようとも、猶《なお》精神丈は純粋に存在しているものだ、と。精神《スピリット》は久遠を刹那に止めて存在して居るものだ、と。我々が考える時間的思考は相対の問題であって、純粋に見た場合、個人の精神は永世に渉ってその存在を続けているものだ、とこう自分は考えたのだ。

だから、自分はその次に、例え死と云うものに依って、一旦、肉体が或状態の下で休止をとげようとも、ひょっとすると強い意志を持った人間は、又生き甦えることが有り得るかも知れぬ、と。即、死と云うものは時折人間を訪ずれ、しかも亦、或る期間の後にはその肉体にその精神が戻って甦生する場合があろうも知れぬ、と。うん、俺の考え方は甚だプリミティブなものかも知れぬ。昔のエジプト人が木乃伊《ミイラ》と云うものを作った観念と軌を一つにするかも知れぬ。だが、自分にはそうした観念、エジプト人の信念が全然、荒唐無稽な架空的な考とばかりには受取れぬのだ。それには偉大な根拠があるらしく、つまり甦生する場合が往々にして有るらしく思われるのだ。

馬鹿気ている‼　狂気の沙汰だ！　と恐らく現代の人々は思うだろうが、自分は確《かた》くそうと信ずるのだ。

だが、死、及霊魂の関係をそうと考えると共に、自分は次に非常に心配に、否恐ろしく思われ出したことがある。それは墓場、及棺の問題だ。何故それ等が恐ろしいかと云えば、その墓穴の裡《うち》で、二度、その魂がその肉体に復帰した場合なのだ！

うん、これは、こう想像する丈でも恐怖する話だ！　と云うのはいいか、例え人が甦生した処で、あの重い墓石と丈夫な棺の中から、非常に衰弱し疲れて居る者が、どうしてよく、又と出ることが出来ようぞ！　そうだ、自分が一番恐怖して止まぬことは此事なのだ。墓穴の裡で甦った場合なのだ。しかも、猶恐ろしいのは、此処に在る雑多な報告書にも依る様に、一旦死んで甦る人は心臓の病気、つまり自分の今持っている此の病気に起因することが一番に多いと云うことなのだ。此等の報告の裡には、死んでから何日かの後その棺を発《あば》いて見た時に、甦った死者が棺の蓋を爪の拗《むし》れる迄引掻いていたことや、指輪を抜き取ろうと盗人が死者の指を切った為に、その死人が蘇った話や、又或医者が解剖を行うので、狭心症の為、死んだものと思われた女の裸体に、そのメスを加えた時　急にその女が甦って血みどろになって奇怪な叫声と共にその医者に武者振り付いたことや……、うん、こうして考えた丈でも、恐怖する様な実際の報告が、数多く出ているのだ。

　自分はそれを考えた。そうして、測り知られざる新な恐怖に襲われたのだ。しかも、自分の生命は、已《すで》に一年とは無いのだ。自分はそれを真面目に考え初めざるを得ぬ。そして工夫したのだった。何を？　つまり、墓穴の裡で甦った場合をだ。それを考えに考えたのだ。アメリカの小説家でポオと云う男は、この場合を考慮して、墓穴と棺の中にややこしい仕掛けを作ることを書いているが、あれは決して笑い事ではない。意志の不滅を信ずる者は、誰でも思うことだ。だが、あのポオの遣《や》り方はあまり形《ぎょうぎょう》々しい。自分はあんな真似をしようとは思わぬ。ではどうするのか、と云えば自分が考え出したことは電話だ。電話を棺の中に取り付けて貰いたいことだ。即ち、横臥している屍体の口に電話の送話管を付け、胸の上に感度の鋭敏な呼鈴をピタリと付けて貰いたいのだ。そうして置けば、自分が冷たい墓穴の中で息を吹き返した時、二度その霊魂の来訪を受けた時に、自分は直ぐに呼吸をするに違いないだろうから、電話の呼鈴は鳴り響いて相手に聞える。それから自分は口に付いている送話管に依って、生き返ったことを告げられるのだ。手足を使う必要を省いたのは、多分それ等が衰弱して直ぐには意の儘に用いる事は出来まいと思うからだ。電話は素《もと》より私設だ。

此れが、自分が考えた揚句の工夫なのだ。ハハハ、何と名案だろう……」

そうして伯父は、幾分痩せた顔に淋しそうな笑《えみ》を薄く浮べると、又言うのだった。否、寧ろ今度は懇願するのだった。

「いいか、此れが自分の遺言の全部だ。此れが、お前に与える財産と一緒の物だ。此れ丈を、此の財産なぞはお前はどう費消しようとも恨まないが、電話の件だけが神懸けてお願いしたいことだ。いいか、笑い事だとは思わないで、此れ丈は必らず取り付けて呉れ！」

全く、伯父は真面目に俺にこう頼んだものだった。で、元より俺は引受けた。

「だがな」

そして猶伯父は続けるのだった。

「此の事は、お前達三人丈の、それも願えるならお前丈の秘密にして置いて呉れ。と云うのは、こうしたことは、所謂余り往生際の好い話では無いからな。ハハハ、では、呉々も此の一件は、私設電話の件は頼んだぞ！」と。

此れがその晩、伯父が俺に話したことの概略なのだ。俺は元より、否寧ろそれは本当に偽の無い人間の希《のぞ》みとして快く守ることを約した。

すると、その遺言を聞かされてから約十日程後、今年の十一月初め、伯父は突然、持病の狭心症の為に、恰《ほと》ど誰も知らない程早く死んで了った。で俺は、伯父の生前の意志を守って弟と妹だけを除いては誰にも解らぬ様に伯父の棺中に私設電話を取付け、それを俺の居間の卓子の、人目に付かぬ隅に引いたのであった。

此処迄話すと、S――は又一息吐いてうつ向いた。それから次の話へ、まるで恐る恐るとでも云う様な調子でその後を続け初めたのである……。

伯父の野辺送りを済ませて、俺が其家の主人となった。そう、初七日の晩だった。何や彼やと後片付けで疲れたので少し早い様だが俺はもう寝ようと思って、寝室に退くと、ほっ、とした心持で煙草を吸い初めたのだったが、その時何となく、最初はこう妙な物音が低く鳴っているのに気付いた。で、思わず聴耳を立てた。

だが俺は、多分それが風の強い為、庭の樹々の葉擦れだろう、位に何気なく聞き流して居た。が、急に、どきん!! と、恰度後から誰かにいきなり小突かれた時の様な情態に襲われて、思わず、

「あ!」

と叫んだ。それは俺は急にある事を思い起したからだ。きっと、その時俺の顔は、気味悪く土色になって、歯なぞは合っていなかったろうと思う。

ジジジーン……ジジジーン……

電話！　電話？　しかも、

…………………伯父からの!!?

そしてそうと知った時俺は、唯、腰掛けの両肘を砕けよ、とばかり握り〆めて慄え上って了った丈だ。

伯父から？　墓穴の中から？　亡者から？　多分、君にも経験があることだろうが、誰に限らず、今迄一緒に寝起きしていた家の一員が死んだ後と云うものは、幾ら理性で押え付けて居ても、兎角《とかく》、妙にこう陰気で、何処か惻々《そくそく》と淋しく物悲しいものだ。変に薄気味の悪いものだ。のに、そんな折も折、唯さえ寂しい矢先に、細い微《かす》か な……。

ジジジーン……　と云う墓穴からの電話、隣の居間の卓子上で鳴って居る私設電話の呼鈴、それが俺をどんなに恐怖させたかは、恐らく君も了解出来ようと思う。理性では、何伯父が甦ったかも知れぬ迄のことなのだ、と幾ら考えようと、どうして、突嗟《とっさ》に襲うものは、のっぴきならぬ恐怖だ。どうにもならぬ、幽鬼の跫音《あしおと》だ。

俺は暫らく、その細い、微な電鈴の鳴るのを聞き乍ら、恰度電気に掛けられた者かの様にその場へ居縮んで居た切りだった。どうにも全的な恐怖で、身体の五官が云うことを聞かなかったのだ。

だが、漸々にして立ち上ると、俺は全身の勇気を振い起して、慄えて止まぬ足を踏み〆め踏み〆め、そっと隣の居間へ這入って行った。

見れば、卓子の上のその私設電話の呼鈴は動いて居る。鳴っている。

ジジジーン……と、一定の間を取って、それは鳴って居る。俺は息を呑んだ。

死んだ伯父が息をしているのだ。

俺は、恰で盗人の様に、抜き足差し足してそっと電話に耳を当てた。すると、俺は、糸の様に細い、かすかな、吐切れ途切れの、伯父の声を聴いた。

「生き反ったから……生き反ったから」

ぴりぴりと慄え上って、俺はそこから飛退《とびの》いて了った。

生き反ったから……。伯父は直ぐに来て呉れと云うのだろう。

だが、君もお分りになって呉れるだろうが、どうして、若し此の電話通りとしても、だからと云って直ぐに伯父の墓穴にゆく事が出来よう。夜だ。然も風が吹いて居る。あの野分が吹き荒《すさ》んで居る。そうして伯父の墓はと云えば、郊外のその端れ、あたりに人家も無い山の麓だ。がさがさと風に葉音をたてる雑木林の奥の、暗い暗い新墓《にいはか》だ。枯れたしきみの葉がふるえて居る、未だ真新しい卒堵婆《そとば》の新墓だ。

俺はそうと考え及んだ時、急にぞー!!と自分自身の全部の感覚を失った様になって、何だか眼先が暗くなった様にさえなって、その儘、その部屋を後をも見ずに飛び出して了った。

S――は又此処で言葉を切った。その恐怖を今更の様に回想するかの如く、凝然と一処《ところ》を注視し乍ら、そして今度は少し幾分か今迄よりも早口で、此の不思議な話の結末を急いだのだった。

その翌朝、俺は早速意を決して、伯父の墓へ出向いた。そして墓守りに、棺の裡へ入れてやらねばならぬものが残っているので、開けて呉れと頼んだ。俺の家の墓処は、土の中が石で囲んであって、その石窟の裡に棺を並べて置く丈なので、そう面倒な事は無かった。墓守りは俺の顔を知っているので、怪しみもせずに石窟の扉を開いて呉れた。で、俺は急いで這入ると、墓守りには知れない様に素早く私設電話を断ち切って了ったのだ。

一旦死んだ者は、どうあっても死んだ者だ、とそう口の裡で繰返し乍ら。それから、用をすますと、墓守りに礼を言って後を見ずに急いで引返した。

だが、それ丈のことでは俺の苦悩は終を告げなかったのだ。と云うのは、俺は次第に次の二つの観念に依って烈しく責められ、限り無く不安になって行ったからだ。

二つの恐怖、その一つは、若しも、否、現に呼鈴が鳴り電話が聞えたのだから、例え、その翌日の朝迄それが続かなかったとしても、猶、伯父は一旦は蘇生したに違いないのだとすれば、俺はても無く、伯父を殺害した分《わけ》になるのではないだろうか？　と云うことなのだ、俺は人殺しをやったのじゃあ、あるまいか？　それに、又あんなに墓穴の裡に甦った場合の自分を見出すことを恐怖して居た伯父をその通り恐怖と面と向わせて、遂に殺して了った、と云うことは、ねえ、非常な罪悪ではないだろうか？　だから、と、前々からこんなことにならん様にと苦心して考えた方法を、蘇った場合の手段として予め作って置いたのにも拘らず、然かも、それを使用するのに頼んだ者が顧みて呉れない、注意して呉れない。

　ああ、此れは何と云うことだったろう。伯父の身に取って見れば、うん、此れは実に恐る可きことだ。俺には、生前伯父が繰返し繰返し真面目な面持で話したのを見、知っている丈、尚と、その堪らない恐怖が理解出来て、まるで我事の様な息苦しさをさえ感ずるのだ。

　それから、今一つは純粋な恐怖心だ。或いは幽霊が、即伯父の精神が、所謂執念が、あの電話に凝りかたまって、其処に超自然的な作用を及ぼしたのではあるまいか？　と云うことだ。うん、此れには理由があるのだ。俺は確に電話線を引き千切って来たのだ。それなのにどうだろう。その翌晩も亦、呼鈴が、前の晩よりも微に動くのを見たのだ。うん、君は、あまり恐怖に馳られて印象深く脳裏に映像された為の幻覚じゃないか？　と言いたそうだが、そうなら有難いのだが、絶対にそうで無いのだ。

　俺は、此の眼で確に見たのだから。

　そして俺は此の耳で電鈴の細々しく鳴ったのを又聴いたのだから。

　電話線は確に切れて居る。しかも墓穴からは送話されるのだ。俺は堪らなく恐ろしい。うん、執念と云う奴だ。此の以上二つの恐怖だ。

……そして話は此れでお終《しま》いさ。で又、俺が、君に疑念を抱かせた、此の憔悴した原因さ。

俺は次第に蝕《むしば》まれるのだ、そうして、軈て死ぬだろう。此の二つの恐怖に責められ尽され。

……だが、俺は恐ろしくてならぬ。あの伯父の「生き反ったから……」と云う声が耳に付いて居て……付いて居て……。

そして、こう語り終ると、彼は、恐ろしそうに両手でその両の耳を押えてうつ向いた。それから二三分の後、彼は急に、そわそわとした態度で立上ると、不安な瞳で四辺《あたり》を見廻し乍ら、

「でねえ、俺は何時でも、人の大勢居る場所、居る場所と歩いて居るのだ」

と私に言ってから、その痩せた頰を一寸と痙攣《ひきつ》らせる様にして笑うと、軽く首を下げてその儘、ふらふらと出口の方へ歩み去った。

死人の電話？

好奇心と同情と疑念との交錯した心持で、私は凝然《じっ》と、その生きて居る骸骨の様な彼、S——の後姿を見守り乍ら考えた。

死人の電話、有り得るだろうか？

「おい、大層考え込んじゃったね」

と、いきなり快活な声でこう言い乍ら、ぽんと私の肩を叩いた男があった。

「え？」

振り返って見ると、警視庁に勤めている、K——と云う知合いの刑事である。

「何だ、君か」

「うん、俺さ。だが又非道く考え込んだものだね」

そして、彼は一寸と意地の悪そうな笑い方をし乍ら、私の前に座を占めた。

「何、一寸と、今ね、不思議な……」

「恐ろしい怪談を聞かされてね？　だろうが……」

とこう、K――は私の言葉を引取ると、ニヤニヤ笑い乍ら言った。

「まあそうだが、どうして知ってるんだ？」

「ハハハ、何ね、つい君のその後の椅子に居たんでね、聞くとも無しに仔細を拝聴した分さ。仲々大時代な怪談だからね。はて、恐ろしき執念じゃなあ、てえ奴だね。ハハハ、又それを君迄、いい若い者が本気にして聞いているんだから、ハハハ、いやどうも」

そして、K――は面白そうに高笑いした。私は一寸と不愉快になった。

「本気にするってって……。だが、じゃあ君は頭からあの話を信じないのかね？」

「うん、頭から信じないとも!!」

「へえ、大層自信あり気に答えたが、何か根拠でもあるのかね？」

「そうさ、大有りさ。それに第一、君の様に何でもロマンチックに見たら、それこそ世界中不思議だらけだよ。まあ、もう少し物事は実際的《プラクチカル》に見るんだね、実際的《プラクチカル》に」

「ふん。じゃ君の持札を拝見しようじゃ無いか？　君は全体あの死人の電話をどう考えてるんだね？」

「死人の電話か、成程あれは仲々巧妙だよ。何しろ、当事者以外の君迄担がれて了うんだからね」

とその時、給仕が彼の傍へ来て、お電話ですと告げた。彼は、急いで立上ると、電話を掛けて居たが、すむと、何故か又以前よりも意気軒昂とした様子で話し初めた。

「全て、物事の首尾を窮めようとする場合には、考えて為し得ぬこと、及天変地異の様な事柄は出来得る丈排除しなければ不可《いか》ん。そしてその事物、その物の根本の動きを見ることが、肝要だ」

「それが全体、死人の電話とどう云う関係があるのかね？」

「黙って聞け。それに第一、君は死人の電話、死人の電話と云うが、死人は電話を掛ける必要の無いものだ。又死んで七日もした奴が電話を掛ける道理が無い」

「だって現に……」

「あのＳ――氏は聞いたと云うのだろう。が、それが大笑いさ、あれや嘘だ」

「嘘？」

「そうとも、あれは生きてる奴が掛けたのだ。生きてる奴は電話が掛けられるからな。それに話も出来るし、物も食うし……」

「解った、解った。じゃ誰が掛けたのだ」

「そう、その事を話す前に、一応こう云うことをお耳に入れて置く必要がある。

君も御承知だろうが、あのＳ――氏には弟と妹とが一人宛《ずつ》ある。処でその弟だが、あの大将近頃無闇と金費《づか》いが荒いのだ。そして、その金が何処から出るのかと云えば皆高利なのだ。それで何時でも、大将は、金を借りる度に俺は直ぐ大金持になる。それはもう火を見るより明かだ。と言い触らしているのだ。それが、どうして大金持になるのか一向に当りが付かないのだ。

するど、約一月半ばかり前、多分例の死人が電話を掛けたと云う初七日の晩らしいのだが、俺は一寸と所用があってあのS——氏の家の傍の暗い道を急いで居たのだ。と、俺は何かが、邸内引込みの、架空線をいじっているのを認めたのだ。で、直ぐと商売柄誰何《すいか》すると、家の中の松の樹を伝って、男が一人下りて来たのだが、非常に恐縮し乍ら、いや僕は此の家の者なのだと云うのだ。で、何とも分らないから、一旦一緒に家に這入って家人に立合って貰うと、兄のS——氏が現われて来て、此れは私の弟だと云うのだ。で、疑が晴れた分さ。だが全体、何をして居たのですか？ と尋ねると、ラジオのアンテナが切れて電線にひっ掛ったので直していたのだと云うのだ。でまあその晩はその儘帰ったが、どうも俺には腑《ふ》に落ちなかったんだ。と云うのは全体、あんなに夜遅く、十時頃だったかな、アンテナが切れたからって、わざわざ暗いのに直しに出る奴はあるまいじゃないか？ え？ それでその事がどうも気になって支様《しよう》が無かった。と、偶然だった。今日、その兄のS——氏が、君に今話した死人の電話と云う怪談一席さ。あれを聞くや否や、俺は思わず手を打ったよ。と同時に、一度にあの弟に今迄絡って居た疑問の謎がばらりと解けたのだ。

ねえ。で、大概はまあもうお分りだろうがつまり、あの弟が、突拍子も無い伯父の遺言なるものを利用して、否悪用してだ、神経質の兄貴を、狂気にするか、死なして了うかして、そしてから、伯父の財産をそっくり手に入れようと、こう云う企みなんだ。考えたもんだ。ね、どうだい。解ったか？ え？ その金を何に遣っていたかって？ 弟がかい？ うんそれはね、何とか云う女優に皆入り揚げてるんだそうだ。おう、そのM――座の招牌絵《ポスター》に出ているその女だぜ」

私は思わず、そう云われて、先程見て居た華麗で伊達な踊子の絵姿を見上げた。

「大分綺麗な女だね。ハハハ、処で、今、俺はその弟の奴を引致する手筈を定めたんだよ、電話でね。何、引張って来てはたけば、分なく白状するさ。面目ないが、伯父さんの声色《こわいろ》を使ったのは僕です、とね。ハハハ、どうだい、此れで明瞭になったろう？　何でも、物事はこう云う風に見るもんだぜ。ミスター・ロマンチケル？　ハハハ、死人の電話、いやいい思い付きさ。だが下世話にも云わあね。死人に口なしってね」

K――は好い機嫌でこう語った。だが、

「死人に口なし？」

であろうか知ら……？

と、急に、帳場の電話がけたたましく鳴った。そして、それを応接した給仕が、Kさんお電話です、とどなった。

「ほら、お出でなすった。きっと、取っ捕えた報せだ」

と、彼は、身軽に立上ると、何処か得意そうな様子でこう私に言ってから、急いで、帳場の電話を取上げた。と、すると、急に、

「え？」

と、彼が容易ならぬ叫び声を上げた。私は思わず瞳を瞠《みは》った。

ある。

「死んだ！」

彼は次にこう叫んだ。それから、うん、直ぐ行く、と遽《あわた》だしく言ってから電話を切ったので

「どうしたんだ？」

私は急いで、ただならぬ面持をして煙草入れを取りに戻ったK——に訊ねた。

「え？　うん、大変な事が起ったんだ。どら息子奴《め》！　たった今ね、その弟の野郎が例の此の女優を短銃《ピストル》で射殺して、自分もその場で直ぐ自殺をやったんだ。二人とも即死だそうだ。……うん直ぐ行く」

そして、彼はアタフタと、大切な自分の手掛りが駄目になったことに腹を立てて、飛び出して行った。

自殺を？

私はあまりにも目眩《めまぐる》しい事件の推移に、少し茫然とし乍ら考えた。それから、見るとも無しに、今は最早死んで了った、美しく、華奢《きやしや》な、踊り子の絵姿を見上げた。その絵姿は矢張艶《あで》やかに前通り微笑んで居る。

——だが、全体あの電話の声は果して誰の声であったのだろう？　ひょっとするとK——が言う通りあの自殺した弟からかも知れないし、又S——が言う様に或いは死人からかも知れない。そして、然かもそれはもう分らぬことになった。それは誰にも分らぬことになった。

吸血鬼

『……そこでね、じゃあ二人でひとつ、ナイル河の、うん、ずっと遡った処だ、其処のリュクソオルと云う処に在る、古代の遺蹟、カルナック大神殿と云う奴だの、其処よりも、もっと上流に当る、アスアンの壮大なダム等を見物しよう、と云う事に相談が纏《まとま》った。

何でもあれは、192……年の四月？　だったと思うがな、相棒と云うのは、古くからの友達で、△△物産のアレキサンドリア出張員をしていた佐分利重友……。

——こいつさ、今、街路《とおり》で……さあ、もう二年の余になるか知ら？　久しぶりで会った癖に、言葉ひとつ、挨拶ひとつしないで、君も見た通り妙な態度の儘《まま》、行っちまった男が、……うん、あれが佐分利重友、そうして又、此れから喋る本篇の主人公でもあるのだがね……此の奇怪な事件の……』

初冬の、少し、吹く風にうら寒さを覚えるとは云うものの、飽く迄も碧く、麗かに晴れ渡った或る日の午後。

此処は銀座のとある喫茶店の二階、卓を挟んで、語る相手は、この秋、仏蘭西《フランス》から七年ぶりで帰朝した許《ばか》りの画家中西氏。聴き手はかく云う私。

『……さて、途中は別段、これと云って変った事も無く汽車旅行を続けて、僕達二人はリュクソオルに着いた。カイロを前の日の午後七時に発って、着いたのが翌日の午前。着いてホテルに、……サボオイ・ホテルとか云う家だったが、……僕達の行った頃が季節外れだったので、ホテルは人気《ひとけ》なくガランとしていた。其処に一旦旅装を解くと、午食をすませた後に、直ぐ僕達は案内人を雇って、附近の名所旧蹟を探りに出た。例えば、リュクソオル神殿であるとか、又は驢馬《ろば》に乗って行って見たカルナック大神殿であるとか、……こう云った、つまりおそろしくでかい石で組立てた古代の廃墟をだ。で、そんな物を見物しちまうと、二人共大概汗まみれになって、夕方になってからホテルへ戻ると、……可なり疲れてね、うん、腹も減ってね、……そうそう、その晩、ホテルで食わして呉れた、酸っぱい胡瓜《きゅうり》のサラダは美味かったなあ、今でも憶い出すね、……で腹が出来ると、二人共ひどく伸びのびとした気持になって、漫然と、ホテルの庭園に下りたもんさ……ホテルの庭園は、——

……話は君、これからなんだよ』

(処で此れより以下は此の時中西氏が語った話を私が譚《ものがたり》風に書き綴ったものである)

——此の地方のならわしとして昼と夜との境、あの優しい黄昏と云うものが無い。我々二人が食後の腹消化《ごなし》にと庭園に下りた時に、四辺《あたり》は急に真暗になって了った。すると昼間の太陽に灼熱せられた儘で、一様に灰墨色の彩《いろ》におおわれて、静かな深い沙漠の夜となって了うのだった。見れば庭園の樹立《こだち》の葉はからからに乾き切って、処々に、咲狂う灌木の小花は色取りどりに、熱帯の香高く、乱れていた。そうして、その庭園の切れる処に、ナイルの流れが（此のホテルは河岸に臨んで在った）ほの白く茫《ぼう》と浮んで居た。

此の偉大な悠久の大河は、小波のせせらぎ一つさえたてず、まるで妖婆の呪詛にかかった童話の沼でもあるかの様に、唯《ただ》寂然と静まり返っていた。

振り返れば、はるか西の野の果、その果を限って「諸王の谷」の連丘が物恐ろし気に続いて、仰げば夜天に星は赤く、大きく……。

……我々二人は佇《たたず》んだ儘暫時《ざんじ》無言で居た。此の静寂、此の永劫！　此の時我が心頭を去来した思念は、こう云う観念に対する一種畏怖に近い讃嘆だった。恐らく、佐分利も亦《また》私と同じ感情に捕われて居たのだろう。黙然として、ほの白く浮ぶナイルの流れぬ流れを凝視して居た。

すると、恰度、その時だった。

静かな、静かな沙漠の夜気を縫って、忍び寄るような、ことん、ことんと云う旋律が私の耳朶《じだ》を打ったのである。

「何だろう？」そして、友も亦こう云うと私に近寄って来た。

「河からだ」その音は、ナイル河の流れの上から響いて来た。

「河から？……」

見れば、それは上流の方から極めてゆるやかに下って来る一隻の小舟であった。そしてそれは軈《やが》て、我々二人が彳んでいる石崖の下迄来ると其処に止った。

その小舟は、――小さな帆柱を立てた、ナイルによく浮んでいる種類のものだったが、形はそうだが乗っている人間はそうでなかった。男女を取り交ぜて五人ばかり。そのうち二人は船頭、後の二人は楽手――ひとりは太鼓の様な楽器の打者で、今一人はギターのような弦楽器の弾者である。そして残る一人は女、此れは歌妓である。

つまり、此の舟は一種の門付けなのだ。

だが、私は一目その舟を、いや、その歌妓を見た時、我心の眩然たるを覚えた。……そのアラブの女は、歌妓は、まあ何と云う蠱惑《こわく》を媚態を、魅力をその顔に、いや強ち《あながち》顔ばかりでは無くその姿、その容姿全体に抱含していたことだろう！　そうだ、それは何処か、怪しい迄に妖婉な、放恣な、而し《しか》飽迄現実的な肉感味を湛えたアラブの女である。

とろんと物倦そうな、然し、その裏に激しい情熱を隠したその両の瞳、形の好い、だが幾分は淫らな聯想を思わせる、その鼻の線、分厚《ぶあつ》な、アラブに特有な赤さを呈した、そうしてまあ何と云う放埒な、無節制に波打っているその唇、……少し肥り肉《じし》の両方の肩、その肩から、双《そう》の腕にかけて、豊な、だが少しのたるみも無い線、……黒い布の下に恰《まる》で沙漠の、あるとも見えぬ低い砂丘に見るような、なだらかな素描《デッサン》が続いて、……女は胡座《あぐら》をかいて居た。

そうして、女は唄《うた》を唱っていた。至極、真面目な表情で唱って居た。

その唄は、――私は今でもあの旋律を、あの湛え切れぬ哀調に戦く《おのの》旋律を、悪夢のように思い出す。悪夢のように？　理由もなく心を悲しませる、あの悪夢のように。

その唄は、——それは柔らかな、そして甘ったるい、リフレインの多い、一見、単調な唄であった。だが、それはしかも、単純であり、モノトナスであるが故に、それが帯びる切々嫋々の哀音は、尤も効果的に聴者の心琴を打つのだった。

そして此の唄へ、前述の太鼓の如きものとギターの如きものとの楽器が、二人の男達に依って伴奏されるのであった。先刻、我々二人が耳にしたのは、此の太鼓のぽこん、ぽこんと云う、まるで木片を叩くに似た単一極まる音なのであった。

「お乗りになりましては如何で？」

すると、何時《いつ》の間にか我々二人の背後に来て居た、顔見知りのホテルの給仕長が、こう言葉を掛け、叮嚀にすすめた。

「いいのかい？　乗っても？」

「いえもう、宜しいのかの段では御座いませぬ、彼等はお客様方をお乗せ申して、河を漕ぎ廻りますのが商売で厶《ござ》いまして……」

と、私が未だ、それへ対して乗るとも何とも返答をしない先に、友、佐分利は私に一言も断らないで、もう崖に、河へ向って作られてある鉄製の階段を下り初めた。

「おい、乗るのかい？」

私は慌てて、その後を追い乍らこう声を掛けた。だが、彼はそれへも何とも返事をせずに小舟へ飛乗って了った。

何をあんなに慌てて、……と私は、友の態度を少し妙に思い乍らも、振返って「じゃ乗って来るぜ」と一言、言い置くと給仕長の「ごゆっくり、どうぞ」と云う言葉を聞き流して続いてその小舟に乗り移った。

――『ところがね……』

そして今、此処迄語って来ると、中西氏は不図《ふと》、その語調を変えてこう云うと、二年前の記憶を纏める為か、暫時、無言になった。

――早い冬の日は何時か暮靄の底に沈んでひたひたと、近代都会特有の黄昏の騒音が、此の全てを占めにかかった。

『ところがね……』

氏は顔を上げると、次にかく語り初めた。

『その舟遊びから帰って来ると、佐分利の奴、どうした解《わけ》か、ひどく憂鬱になって了ったんだ。僕が何か云い掛けても、ろくすっぽ返事もせず、肘掛椅子に深く腰を落したなりで、凝然《じっ》と、……こう、まあ思いに耽る、と云う様な恰好になってね、……で、僕も少し心配になったから、どうしたんだ全体？　気持でも悪くなったのか？　と云うと、いや別にどうもしない、気にする事は無いよ、と答えるんだがね……、然し、見た処、どうも様子が変なんだ。が、当人が何とも無いと云う以上、どうしようも無いから、まあ、それはその儘として、その晩は寝ることにした。……少し時間は早かったが、その翌日アスアンのダムを見物しに行く予定だったので……』

……私は不図、浅い眠りから目が覚めた。四辺は漸《ようや》く仄白くなって、沙漠の夜は明けようとしていた。枕頭の時計を見れば午前四時少し前。

寝台を下りて、窓を開くと、清涼の大気が水の様に流れ込んで来る。私は、その儘、庭園を、その先のナイルを、今日も亦相変らず暑いであろう空を眺めた。

偶《と》！

私は庭園を、――植込の脇から此方へ向けて来る一人の奇妙な人を見た。余程その人はどうか……非常に疲労しているのか、又は酔漢《よっぱらい》でもあるのか、乃至《ないし》は脊骨を失いでもしたのか、蹌々踉々と歩を運ぶ、ひとりの男を見た！

それは、両手を肩からぶらんと力無く前へ下げ、首がガクリと折れ曲ったかの様に垂れた、足の両関節が中風病みの様に曲り、……それで、ふらり、と、風に吹かれた首縊《くく》りの様に、一二歩前へ進む。だが直ぐと、全身はその運動に堪え切れぬと見えて、くたくたと他愛なく膝を突いて、続いて、植込脇の芝生の上へ、その全身が頽《たお》れて了うのだった。

倒れると、暫時そうなった儘で居るが、軈て、余程の努力を集中した後に、辛うじてその上半身をむっくりと持上る。持上ると、それから何辺か腰を上げる事に失敗した後に、とも角ふらりと曲りなりにも立直る。立直って、風に吹かれた首縊りの様に、飄々と一二歩前へ出る、と又ぞろ、ぐたりと参って頽れて了う。此れを彼は繰返して居るのだ。

全体何だろう？　どうしたのだろう？

多分これは、疲労困憊の極、ででもあるのか、でなければ酔漢に相違ない。……だが、その時、立直ったその男が、赤子のような動作で、くたッと首を後方へ仰向けた時、そしてその顔を視た時、私は、あッ！　と思わずもこう口走らずには居られなかった。

「佐分利！」

当《まさ》しく、それは佐分利だった。

と知ると私は、何が何やら分《わけ》が解らず、暫らくは愕然として居た儘だったが、次に直ぐ様佐分利だ、佐分利だ、と口の中で連呼すると、その窓を飛び越え、庭を突っ切り、急ぎ、此の奇怪な風態の、我が友佐分利重友の傍へ馳け寄って、又も、芝生の上に倒れた彼の身体を抱き起した。

「佐分利！　佐分利！　確《しっ》かりしろ！」

抱き起して、今、眼の前にまじまじとその顔を見れば、……おお、これはまあ、何と云う変り様であろうぞ！　此れが、たった五六時間前の、昨夜の佐分利重友と同一人だと誰が思おう！　一夜にして、不自然な程、痩せさらばうた此の姿は！

その両の頬はげっそりと、削ぎ取ったかの様に肉が落ち、頬骨が気味悪く突き出し、眼はぽこんと穴があいた様に深く窪み、その裡に白痴のような、空虚な、瞳孔が、……そして開かれた儘の口、血の気の無い唇、いやそれよりも、その顔色は！　まるで、汚損して斑点が出た蠟細工の人形に見る様な、生気と云うものを全然欠いた、蒼白と云わんより土色に成った――それは木乃伊《ミイラ》だった。それは生ける屍の姿だった。

「佐分利！　気が付いたか？　え？　俺だよ、解るかい？」

然し、彼はそれへ何とも答えなかった。答えぬ計りでは無く、ともすればその全身は、ぐったりと支えている私の手から辷《すべ》り落ちそうになった。で、私は抱え直そうと、心持ち身を屈めたのだが、その時、私は又驚く可きものを彼の胸に見た。

「おい？　血じゃないか？　此れやア……」

その、彼のワイシャツの胸部を赤く染めているものは、当しく生々しい血糊であった。もう、固まってはいたが……。

「全体、どうしたんだ、佐分利？」

だが、とも角、一刻も早く、応急の手当を取らなければ不可ないので、私は、何故か全身何処でも触られると、無性に痛がる彼の身体を抱えて、部屋へ運び入れた。


「ドクトル、一体どうしたと云うんでしょうか？　何か、野獣にでも嚙まれたのでは？」

「いや、あれは獣の歯形ではありませんのじゃ、あれはな……」

「とすると？」

けれども医者は、此の初老近い年頃の、人の好さそうな、植民地型の医者は、直ぐ答えようとはせずに、悲しむ可き患者の友達である私の顔を、さも気の毒そうに一瞥すると、白髪の多いその頭を軽く左右に振った。

「とすると、ドクトル、一体何ですか？　僕には他に、どうも考えられないが……」

――事実、今、隣室の寝台に横《よこたわ》って居る佐分利が受けた負傷（？）とでも云うものは、世にも奇怪な症状を呈したもので、私にはそれがどうして起ったものか、皆目見当が付かないのであった。その負傷の原因が。

先程、彼を部屋へ運び入れて、直ぐに人を走らせて医者を呼ぶと、厭がる彼を無理矢理にそれはもう張り付けるようにして、衣服を脱《と》ったのであるが、肌着を取って、裸体にした彼の身体を一目見た時、私は思わず、そのあまりにも凄惨な、残酷《むごた》らしい傷痕に、我が眼をそむけて了ったのであった。

その余りにも凄惨な残酷らしい傷痕……、それは、或いは肩に或いは脊に、また、胸部に二の腕に、乃至腹部にさえも、点々と、所嫌わず印せられている、見た処、無理に、何者かの歯に依って嚙み切ったと覚しい、未だ生々しく血糊の染んでいる、まるで貝の剝身の様な有様を呈した傷痕であった。斑点であった。それはもう見るに堪えぬ……。

そして私は、医者が、そのような正視するに堪えぬ傷を、一つ一つ叮嚀に、それに割合と落着いて手当しているのを、又、浅間しい程に、顔と同様に一夜にして瘦せた、蒼白い骸骨のような、干枯びた木乃伊のような友の身体を、驚愕と云うよりも寧ろ恐怖に近い感情で、見守っていたのだった。

全体、此の傷はどうしたのだろう？　夜、涼みに外へでも出た処を、何か野獣の類にでもやられたのだろうか？　全く、とより他には、私には考えられなかった。……

「此れでお友達で三人目です。私が手懸けた範囲内では……」

聽て、医者が、暫らく黙っていた後に、隣室へ気兼ねするような低声《こごえ》で、こう口を切った。

「三人目？　で、何が……？」

「お話しましょう、全部」

——その医者の話。それに依ると、——

此の地方の土着の人種、それも極く稀《けう》有な事なのだが、土着人中の或る部落民は、世にも奇怪な性癖を有していた。

それは、己等と異った人種の生血を啜《すす》る、と云うこと、之《これ》である。

だが、多分此の事の起りは、彼等種族間に於る、一種の信仰上の儀礼として、その端を発したものであるらしいと云われる。それが、次第に、初めのうちは厭々なのであろうがその血を啜ると云う事に、不思議な快楽を覚えて来て、軈て常習的に、且つ、その部落民一般に、此奇怪な性癖が行き亘って行ったものらしい。尤も、その確な事は未だに分らないが。

で、今でも時々、白人が忽然と行方不明になる。そして大概は、数週間の後に、痩せ切って、木乃伊の如き、しかも多くの場合は死体を路傍にさらす事がある。が中には、半年経っても一年経っても、その死体さえも現われぬ場合もある。元より、その生死の程は不明であるが。

それで、当地の官辺でも捨てては置かれないので、随分と手を尽して、その言語道断の吸血鬼共を探査するのだが、何分にも、こう云う沙漠の中と来ているので、それに相手は土着と来ているしするので、ついぞ此れ迄、その手掛《てがかり》の得られた例がない。人道上の見地よりすれば、甚だ寒心す可き事で、どうにも弱ったことだが、と云って今の処手の付けようが無い、と云うのが現状なのである。

それに、その犠牲者は、そう多くない、と云うことも多少は手伝っている。年に、精々運の悪いのが二三人位、と云う見当である。つまり、佐分利は、その運の悪い、二三人位の、人身御供の一人に上った訳なのだ。

処が、……そして医者はかく語り乍ら、此の時、更に声を落すと、一寸《ちよつと》興味深そうな表情で、次にこんな事を云った。

処が、事実としては甚だ怪しからん所業ではあるけれども、現に、生血を吸われた当人の語る処に依ると、此の生血を吸われると云うことは、必ずしも、他で考える程、苦痛ではなく、否、寧ろ、一種快楽を覚える事だと云う。

全く、その傷痕を見ると何とも酷《むご》たらしいけれど、何も初めから乱暴にガブリと喰い付くのではなく、最初のうちは唇で優しく愛撫しつつ、その中次第に歯を強く当てて、何時かそれとは気付かぬ裡に皮膚を食い千切って、静かに血を啜り初める。すると、そしてだ、此の間のエクスタシイと云うものは、阿片よりもモルヒネよりも素晴らしく心地よい昏迷に誘う、……と、その生血を啜られた当人は語ったと云う。

「だが、どうもあんまり感心された話じゃありませんなあ……人道上怪しからんことで……。ではこれで一旦お暇《いとま》しますが、晩にもう一遍上ります。何分衰弱が非道いですから、呉々もお気を付けになって……」

『それから……』

中西氏は、話を一寸切って、坐り直して又語《ことば》をついだ。

『実は、それからが事なんだ。

その晩、医者がもう一度診察に来て帰った後で、僕が一寸の間佐分利の枕頭を離れていた隙に、あいつ、ホテルをまんまと抜け出して失踪して了ったもんさ、……そして、それっ切りになっちまったんだ。うん、驚いたなあ……、では、佐分利が、どうして失踪したかと云うと……そうそう、その医者がその時うまい事を云ったよ、「吸血鬼の呼び声ですよ、君、だが余程素晴らしい快感があると見える、何しろ、あんなに迄衰弱の甚だしい重病人が歩いて行ったんだからなあ……」ッてね。うん、……で、それから、僕はだからと云って捨てては置かれないから、大騒ぎをやったよ、もううるさい程警察へお百度を踏み、手の及ぶ限りは奔走した。……が、皆駄目だった。それで、……あれでも、僕はリュクソオルに事件後一月も居たかな。うん、若《も》しやの念に駈られてね、が、もう駄目だと知ると、どうにも仕様がないので佐分利を沙漠に見捨てて、万事諦めて、巴里《パリー》のパンションに引上げて了った。……するとだ、僕が家へ帰って、留守中に来た郵便物を調べて見ると、驚くじゃあないか、佐分利からの手紙が来ているんだ。日付けを調べると、未だ僕がリュクソオルで、あいつの為に大騒ぎをやっている最中なんだ。……で、その手紙だが、それにはこんな意味の事が書いてあった……「今度の事でいろいろとお世話をかけてすまなく思っているが心配はしないで呉れ。何故なら自分は今非常に幸福な境遇に居るのだから。御察しの通り、自分は、あの晩君と一緒に舟に乗った、あの時のアラブの女の処に居る。自分は幾分土語が解るから、不自由はまあ無い。自分は此れで、生涯、此の女と共に生きる心算《つもり》だ。全ての現世紀の文明と名誉とを放擲して。本当の処、自分は、あのアラブの女、此の、女神は、充分それ等に匹敵する丈の価値があると考えている」……と言う様なことがね、……うん、そうさ、僕も此れを読んで初めのうちは、可なり驚ろいちまったもんさ、だがね、此れも、その当人が好きだと云うならそれでもいいだろうと諦めた。……そして、僕は、佐分利は未だにあの沙漠の、人の知らない煉瓦の家で、夜毎にあのアラブ女の分厚な唇で、血を啜られ乍ら生きているかも知れないし、又はもう、とっくの昔に血を啜られつくして、死んじまったかも知れない、と考えていたんだ……、『それがさ、処もあろうに、此の銀座でパッタリ出会ったんだ……。驚ろいた、先方も驚ろいてたようだが……、で、僕が、何か云い掛けようとしたら、君も知っての通り、まるで他人行儀で、挨拶一つしないで行っちまった……。生きてるとは思わなかったが、日本へ帰ってるとは、猶思わなかった……』

以上が、中西氏がその日、私に物語った話の全部である。

処が、それから一月程して、中西氏は、急性の肺炎で不意に死んで了った。その画才を世間から惜しまれながら。

その、氏の告別式の日であった。私は、不図、大勢の参会者の中に、佐分利重友氏が来て居るのを見た。佐分利氏は、画家としての中西氏の友達では無いと見えて、参会の画家達の群から離れて、一人ぽつんとして居たが、ふっと、私と視線が会うと、軽く首を下げて近寄って来た。

『いつぞや、銀座で、中西とお二人連れの時、お目に掛ったように思いますが……』

『ええ、覚えてます』

『いや、あの時は失礼しました、何分にも中西が、私の顔を見ると、大層驚ろいて居た様でしたが、直ぐに顔をそむけて、私とは話したくないような素振を示して、行って了ったので、私も取りつく島がなく、その儘別れて了いましたが……』

私は驚ろいて、佐分利氏を凝視した。中西氏も此れと同じ事を云っていたが？……

『全く意外でした。何しろ、私は二年ぶりで中西に会ったんです。それに、それ迄は、相当仲のよい友達だったんですからね……尤も、そうですね、考えて見れば、中西があああした態度に出て、私と話し会うのを避けたがったのには、訳もあることなんです……ええ、中西は私だけが知っている、或る秘密を持っていたのですから……は？　それを話して呉れと云われるんですか？　そうですね、だが、止しましょう。此れはどっちかと云えば、死屍に鞭打つことになりますのでね、……ええ、少し人道上よろしからん事なので、仏になった彼に取っても好ましく無いことでしょうから……』

私は、茫然として了った。そして、充分聞きたい気はあったが、佐分利氏が話したくない様でもあり、それに初対面の事でもあるしするので遠慮して了った。

私はその後、不幸にして佐分利氏と相会う機会を持たない。

書狂

次に語る一篇の譚《ものがたり》は、世の所謂「書痴《しょち》」と呼ばれるの徒の、悲しむ可き、唯《ただ》一概に笑殺し能《あた》わぬ、云うならくは人の世の哀話である。看官《みるひと》、幸に軽々に看過すること勿れと云爾《いう》。

さて、本篇の主人公、彼は――今仮りに彼の代名詞を用ゆ。理由《ことわけ》如何となれば、これは筆者が、せめてもの、「彼」に対する礼儀の然らしめる故である。寔《まこと》に、名は惜しむ可きであろうから。

彼は、既に幼にして、書を愛した。ひとつには、彼の環境が然らしめた為でもある。彼の祖父は、皇漢医学をよくなし、彼の父は大学に国文学を講ずる身であった。彼が七歳にして能く詩経を暗誦《そらんじ》たるの逸話は、強《あなが》ち偶然事ではない。

漸々《やや》長ずるに及んで、父はその子の怜悧を愛し、先ず課するに英語を以てした。然而《しこうし》て後、大学に於ける己が同僚なる、碩学の聞え高き、何某なる一独逸人に依頼し、順次、法語、独語、ラテン語、ギリシヤ語の深遠に及んだ。

その為、齢《よわい》、わずかに二十を数うる時となっては、既に早《はや》、物として知らざるは無く、語として通ぜざるは無きに至ったのである。

神童は、天才と置き換えられた。

彼の驚嘆す可き博覧強記は、彼の前途を力強く約束した。

将来さる可き宇宙の大法則は、彼を俟《ま》って肇《はじ》めて確固たるものがあろう。——これが、凡そ彼を知る程の者の、一疑に及ばず、肯定する彼への期待であった。

何と云う輝やかしい未来であろう！　而《し》かも、彼は、これ等の、世人の讃辞と期待とに些少の頼むところなく、益々、孜孜《しし》としてその学業に専念した。

そうして、更に五年の月日を閲《けみ》した。彼はその時には、博士号を三つ所有する身であった。その学は、洋の東西を極むると共に、又、その深奥を摑んだ。彼はさんすくりっとを解し、四次元世界の可見へいそしんだ。

然しながら、彼は神ではなかった。地上に生き、息吹きする一介の人の子であった。だから、寔に、不都合な事には、この浮世の荒波、無情の風が、彼のみを除外すると云う分《わけ》にはいかなかった。

彼は、祖父を失った翌年、その愛する父を失った。この、相次いで襲来した人の世の不幸は、学問のみがその全部である彼の心へ、然し乍ら、相当の痛手を与えた。

そして、猶、不幸なことは、恒産のなかった彼の一家の財政状態は、勢い、その生活を脅かした。

で、とうとう、万止むを得ず、彼は、滅多に離れたことのなかったその、愛する、壮厳なる、文字通り万巻の書を以って処狭きまでに積み重ねられた書斎より、俗衆《ブルジョワ》のうようよする、無意味な、下らない、厭悪す可き社会へ、――街頭へ出なければならないと云う、寔に、彼に取っては憤怒す可き、又、悲しむ可き事態に立至ったのであった。

で、彼は涙をふるって大学教授になった。

――「学生なんぞと云う、低能児共に、我輩の講演が理解出来るものか？」

彼は、人に会う度に、こう豪語した。

しかも、此の豪語たるや、充分、それに価いしたものだった。何故なら、如何なる人と雖《いえど》も、彼の講義を、初めから終迄、きちンと理解する事は出来なかったのだから。と云うのは、一度《ひとたび》、彼の高遠なる学説の、彼の口をついて出るや、既に洋の東西に渉る彼の学識は縦横無尽に引用され、応用され、或る時は、古希臘《ギリシヤ》の伝説と古代支那の絵画論との併用されるあり、バビロン王朝の言語と共に、近世ドイツ美学の参照あり、と云う風に、凡そ、その処と時代と、又、その言語と思想との、自由自在なる馳駆《ちく》は、――早い話が、彼と同等、或はそれ以上の学識あるものに依ってのみ、初めて理解される処のものであったのだから。

然しながら、彼は生ける国宝的存在であった。人はこぞって彼を讃嘆するに吝《やぶさか》ではなかった。

ところが、たとい、彼が、如何程、その国宝的存在であったにしろ、彼は神ではなかった。彼も亦《また》、地上に生れ、息吹きする、哀れな一介の人の子に過ぎなかった。と云うのは彼が、

(記憶せよ、読者!)此の彼が、恋をしたのである。

恋!

話は、此処から大旋廻する。

さて、彼は恋をした。これは無理ではない話だ。人間である以上、男性である以上、やわ肌のあつき血潮に触れたい、と冀《こいねが》うと云うのは、些少も不思議の事ではない。

では、その相手の女は?

ところが、これが少し拙《まず》かった。と云う分は、此の、一大学者である彼の対照となったものが、話もあろうに純然たる商売人であったのだから。

何と云う奇妙奇天烈な配合であろう?

一方が、アインスタインにも比敵す可き碩学で、その一方が、賤しいつゝ、めの女であるとは、人びとは唯茫然とした。

然しながら、彼は、本心であった。夢中であった。日も夜もなく、思いはひたすら、その女のみに限られ初めた。初めのうちこそは、大きな反省と自責の念が、彼をせめて、せめ抜き、彼は苦悩の転々反側にもだえたのであったが、恋の力は、彼のあらゆる自制心を踏み躙《にじ》ることに容赦はなかった。

だが考えてみれば、これは至極当然のことだ。灰色の、学問と呼び、書物と云う亡霊どもにのみ囲まれて暮らして来た彼に取っては、つまりは、これは初恋だ。

初恋!

なべての人に取っては最も忘れ難いものだ。――ところで、唯、彼が、その女に恋いした、と云うだけなら何でもない。問題はないのだ。が、それが今も云う様に、彼の経済状態は、そんな商売人なぞにかかずり合う余裕はないのだ。では、何処からその金を捻出するか？　道はない。彼はとうとう、その父祖の代から伝わる、彼が生命とも頼む万巻の書籍を、少しずつ売り初め出さなければならなかった。一冊、一冊、涙をぽろぽろと表紙に落しては！……。

そうして、彼の恋にカタストロフが来た。彼が、その本を殆ど売りつくして、結婚して呉れと女に切り出した時、金の切れ目が縁の切れ目、女は商売人らしく彼を振った。可愛想な此学者はどうしたか？　発狂したのである。

がらん、と、何にもない広い部屋だ。

中程に、古風なドイツ式の大きな机が一脚と、その前に同じ好みの椅子一個、四辺の壁には、書籍の並んでいない、天井迄とどきそうな書棚。

その椅子に、頭の毛の真白な老人が一人、少し猫背になって腰掛けている。その前の机の上には、――だが何にも無い。

而かも、それなのに、凝然《じっ》と老人は、少しうつ向いて机の上を睨んでいる。左手で頬を支えながら。そして、時どき、右手を左から右へ、或いは、右から左へ持って行く。

何をしているのだろう？

老人は本を読んでいる「形」をしているのだ。そうだ。その真似をしているのだ。時々は、ふっと眼を上げて、何か思案に耽《ふけ》るかのようだ。そしては又、手を机の上で動かす。これは、本をめくる動作だ。

家人が、老人に食事を告げると、

「一寸待ッて。……切りのいい処まで読んでから」

——此れが、彼の、その後の姿であった。

他の一人

いきなり、和田宗吉は二人になってしまった。

それは又、全体、どう云うきッかけから、乃至《ないし》は又、如何なる理由からか？　と云った様な当然なされる可き此の種の質問に対する説明的事項は、今の処、一切合切、遺憾ながら、あげて此れを神秘の彼方に委ねなければならないが、事態は、唯《ただ》、もう、いきなり、何の次穂もなく、その瞬間迄は確に一人であった筈の和田宗吉が、いや、あろう事かあるまい事か、物の見事に二人になって了った。

「邪《や》、邪！……」

で、最初、和田宗吉は、その今一人の和田宗吉が、忽然と此の世に出現したのを見た時、それは非常な驚ろきに打たれはしたものの、だが、最初のその驚愕の程度と云うものは、云ってみれば、噫《ああ》、此の世は寔《まこと》に広大である。自分と寸分違わぬ、かほど迄によく似通った、共通の趣味とスタイルとを持った人間が猶《なお》他にも居ようとは！　と云った様な、つまり、かかる飽く迄も第三者的立場から見た場合に於る驚愕なのであったのだが、何と！　現象界に於る事実は常に一個人の感慨を絶せるものがあって、それが、つらつらと、改めて仔細に、その似も似たり底《てい》の人物を熟視するに及んで、和田宗吉は、その「似通った」存在は、決して、絶対に「似通った」ではなくして、正真正銘の、自分、此の己、一あって二なきものとのみ彼がその誕生より此の方、堅く信じ切っていた、日月《じつげつ》の存在の如く不動の天下の和田宗吉と、全然「同一」の人物であるのだ、と云うことを、実にもう何とも彼とも云い様の無い複雑極まる感情もろとも、我が眼、我が耳、我が五官の全てを以って、なさけ容赦もあらばこそ、厭応なしに認識しなければならない、と云う戦慄す可き破目にぶつかった時、

「俺だ！　あれは和田宗吉だ！」

と、遂にこう、彼和田宗吉が、悲痛なる抑揚と身振と共に、我と自ら此の事実に、此の恐怖す可き断定を敢然と下さざるを得なかったのである。

見よ！　その新なる和田宗吉は、容貌の相似は云うも更《さら》也、帽子、ネクタイ、ワイシャツの微細なる縞柄から、上着の服地、ズボンの疲《くた》びれさ加減、下っては踵《かかと》の個所が少し外輪に傾斜して磨滅している赤の短靴の末に至る迄、その全ての形態色彩新古のあらゆる角度より見た場合と雖《いえど》も、つまり、頭の天辺から足の爪先迄、一として同じからざるは無しと云う有様だった。止《や》んぬる哉《かな》！

而《し》かもその上、その身振り、手振と、心持ち左肩を落して、陥井と相剋の現実界を外にする、懐手の遊民然と、ぶらりぶらりと歩を運ぶ、その調子から、様子から……。

「俺だ、あれは、俺だ！」

だから、まるで白痴のような表情で、茫然と、古い方の和田宗吉は、その新しい方の和田宗吉を凝視するばかりで、余を又顧る暇を持たなかったと云う。

——これが、一九三二年の、とある秋の日のよく晴れた好ましき午下り。処はと云えば庶民散策の図とでも題したい麗かな東京は銀座大路の四つ角で起った事なのだ。

さても、此の一文の筆者なる私は、実は、此の不幸なる和田宗吉とは年来の知己、非常に親しい、所謂爾汝《じじょ》の間柄なのである。

それが、久しくお互い無沙汰に暮していた或日、彼から一通の消息に接したのだが、読みゆくに従い、私は最初の間は、彼の、多分は悪洒落だろう位いに極く軽くあしらっていた事が、その行文の切々たる、これは決して悪洒落どころでは無いと云うことを知るに及んで、瞠目、加えて暫時は何等為す処を知らず、唯、唖然として了ったものだった。

今、その大要を掻い摘《つま》んで述べれば、既に記した如く、かの銀座街頭に於る分身の後、今もって尚、彼和田宗吉は二人の和田宗吉であることを持続しているのだ、と云う。

その上、彼の手紙が語る一段とまた奇妙な事は、その今一人の和田宗吉は全然、一個の独立人としての自由意志を全然所有せずして、常に、宛《あた》かも影の形に添えるが如く、何時、如何なる処と雖も、彼和田宗吉と不即不離の間に在って、常住、同一起居動作を行い、一糸乱れる事がないのだと言う。つまり、早い話が、鏡裡に於る自己の映像の、現実に一物体として行動する場合と思惟すればよい。

それ故、此の不断の我が眼前に於る、我身自身と些も違わぬ反復、物真似に、真の和田宗吉は煩わしさ以上の恐怖を抱くようになり、何とでもして、此の今一人の招かざる珍客、和田宗吉氏を、ひたすら遠去けようものと、有りとあらゆる努力を以ってしたが、どッこい、その全ては無駄に終って了った。

それで、とうとう彼は、とも角、一種の不可抗力也と一応観念して了って、だが、うっかり不用意に街上へでも現われて、全然同一なる人間が二人歩いている。と云うお話にならない恥ずべき醜体に依って、更に世人の疑惑をより深めることは元より彼が求めざる処なので、つまり此れは己に課せられた業《ごう》であるとすっぱり思い諦めて、それより以後は絶対に外出せず、己がアパートなる一室に、極めて憂鬱なる、今一人の和田宗吉と好ましからざる差向いの、水入らずの共同生活を余儀なくさせられて了ったのであるが、此処に又もや、それ以上の、一大事件が惹起されたと云うのである。

それは、――（以下、彼の手紙を再録するとしよう）

――俺と全然同一の人間が、俺と全然同一の動作を行う。これは能《よ》く吾人の堪え得る事であろうか？　だが今にして思えば此れ位いの程度なら未だまだよかった方だ。事態は更に悪化したのだ。

或日、此の日頃の何時ものように、俺は心底憎い彼奴と一歩も譲らず両々相対峙している内に、何ともはや形容の文字なき憤怒をむらむらッと感じ来ったので、思わず、大喝一声、馬鹿野郎！ と絶叫した。

と、相手が矢張り、吉例に従って、間髪を入れず、異口同音に馬鹿野郎と、その物真似する事の原則に依ってどなったのだが、その途端に、何とまア！ 俺は、今迄の相手方であった方の和田宗吉になって了ったのだ！ そして、たった今迄の俺だった和田宗吉を凝然と睨んでいると云うことに立至った。逆に入れ変ったのだ。

俺は何故かしまッたと思った。

だが、よく心を落着けて考えてみると、此の新しい方の和田宗吉は、俺が今迄想像していたような、極悪非道の悪党でもなければ、薄ッ気味悪がっていた様な、幽霊的な存在でもなく、その居具合は、別に少しも、古い方の和田宗吉と異っては居ないということを発見した。矢張り立派な、名実共に兼ね具わった天下の和田宗吉なのだ。

それで、性来、どっちかと云うと、人にも此れ迄指摘されて来た様に、妥協的な俺は、なんだこれなら、こっちの和田宗吉であっても一向差支えはないな、と思うようになった。

だが、そ、そうなると、此れ迄居た以前の和田宗吉なるものは、そのものには甚だ無慈悲のようだが、どうも邪魔ッ気な存在だ。つまり、此れ迄の、今は俺の居る俺が、俺に取って以前は大変邪魔ッ気であったと同様に。それに、はっきりした処、俺なる和田宗吉は以前の習慣の如く、一人の和田宗吉の存在を以って充分事足りるのだ。敢て二人を必要としないのだ。……とこう考えたので、性来、どっちかと云うと、人にも此れ迄指摘されて来た様に、甚だせっか

ちな性の俺は、その、今迄居た方の和田宗吉に向って、今迄の情誼を考えれば少し無体だとは思ったが、えい、ままよ、と、

「てめえなンぞ消えうせろ！」

と、又もや絶叫した。

今にして思えば、此の行為たるや、甚だ軽卒であるとの譏《そしり》を免かれない。何故なら、俺がそう叫んだ途端に、又もや、俺は向うと入れ変ったのだから。つまり、もとの木阿弥《もくあみ》と化したのだから。

すると、……そして、以下、絶えざる同一感情の繰返しが開始されたのだ。

かくて、此の事あって以後は、一語、俺が口を開いて何か物を云う度毎に、俺は向うへ行ったりこっちへ来たりし初めた。そして、尚と困った事は、その行きつ戻りつを度々重ねている内にとうとう、そのどっちが古い方の和田宗吉なのやら、新しい方の和田宗吉なのやら皆目、見当が付かなくなって了った事、之である。

俺は完全に二人になってしまった。

そうして、それから、俺は、或時は向うの和田宗吉になったり、又、こっちの和田宗吉になったり、と云う、ひどくさっぱりしない気色《きしよく》の悪い生活を初めた訳だが、さて、其処で、俺が喟然《きぜん》として深夜一人思うことには、では全体、此の「俺」とは何であろうか？　如何なる存在であろうか？　と云う一大事だった。そうだ、換言すれば、俺は純粋で一人で居る場合を失ったのだ。何時でも、今一人を意識して存在しているのだった。

俺は憤然とした。俺はどうにかして、形態的にも精神的にも純一無雑の一人の和田宗吉になりたいと切願し初めた。

だが、事実はどうしようもなかった。

かくて俺は、どっち付かずの宙ぶらりんで茫然と、其処に何等の根底なく、唯々、その日その時の風向き次第、偶然の命ずるままに、その時の俺の相手方に廻る方を憎んだり、厭がったり、又その時の俺が仮托すると云うだけの理由で俺の方を愛したり、庇《かば》ったりする様になった。だが本当は両方とも俺の姿に異ならないし、而かも、その両方ともが俺自身ではないようなのだ。

そして結局、純粋の俺はとうとう敵《かな》わなくなって音《ね》を上げて了った。これはそも何たる生活であるか！　と。

俺はもう苦しくなった。俺は此の儘では、早晩、破産するより他はないであろう——。

私は、此の奇怪なる和田宗吉の手紙を読み了るや否や、即刻、彼のアパート指して出掛けた。親友の窮状見るに忍びずと為す赤心の発露と、一つには、此の天下の奇観を見逃がして堪るかと云う、唾棄す可き陋劣なる好奇心とを以って。

その、和田宗吉の部屋へ這入ると、私は先ず挨拶代りにこう云った。

「どうしたデスか！」

其処に、和田宗吉が居た。だが？……

「君、例の、もう一人の和田宗吉氏は何処に居るデスか?」私はぐるりと、余り広くもない部屋を一巡した。

するとその時、その和田宗吉は、すっくと立上ると、私へ向って、私の眼の前へ真直ぐにぐっと手を突き出すと絶叫した。

「此処に居るじアないか!」

そう叫ぶ、彼和田宗吉の両の瞳は、炯々《けいけい》と巨大に、而かも、鬼気に充ちて輝いた。

「呀《あ》!」

脱兎の如く、私はその部屋から後をも見ずに逃れ去った。実に、私の眼前に居たそれ迄の和田宗吉は、そう云った瞬間、彼和田宗吉ではなくして此の私へと化身したからである。

——和田宗吉は、誰にとっても常に二人なのだった。

面白い話

一

「何《なん》か面白い話はないかね？」

「そうだね、何か面白い話はないものかなア……」

此の会話が、その頃の、私と、友達長谷部との二人が、お互い顔を突き合わせる度に、最初のほとんど定《き》り切《ま》った何時《いつ》もの挨拶だった。つまり、世間の人々の「やア、どうしたい」であり、「どうです、景気は」であり「儲《もう》りまッか」に相当する言葉なのだ。全くこの挨拶が示すように私達二人はひどく退屈していた。

そして、吉例の此の遣り取りがすむと、多くの場合、その次に二人の交す言葉も亦《また》、何時も大概定り切っていた。

「ではと、地下室へでも行くデスか……」

「そうね、そんな事になりやすか……」

ところで、その、二人が一口に云う地下室と云うのは、銀座から数寄屋橋《すきや》を新聞街の方に折れた、或る生命保険会社のビルディングの地下階の一隅に在る、椅子の数は五六脚と云うスタンド本位の酒場のことで、其処の主人兼バアテンダア氏と云うのが、甚だ人当りの柔かい御年配の人で、過去に、永らくN・Y・Kの欧洲航路のバアテンダアをやって居たと云う経歴を持っている、その為か、何処か此の酒場《バア》全体に一脈のエキゾティックな感じを覚えると云う、——つまり、此の二人の善良なる有閑酒徒には、大変お気に召した快適な酒場のことなのであった。

——「ねえ、船長《キャプテン》、何かこう面臼い話はねえものかなア……」

そして、其処でも矢張り我々二人はこう、酒台に片肘ついた右手に酒杯《グラス》を持つと、馴れ切った、いっそ憎いとでも云いたい程の身振り手振りでシエカアを扱っている、その船乗上りの主人に（常連が謂う船長《キャプテン》に）これも亦例に依って例の如く、二人の口癖、面白い話はないか？の質問とも乃至《ないし》は愚痴とも受取れる言葉を持ち掛けるのが常だったのだ。

「さア、面白いお話と申しまして、……ございませんなア……」

だが、主人は、何時もの、耳にタコの出来る程聞かされた二人の質問にも拘らず、一度も、又かと云うような表情はしないで、決して相手を外らさない、洗練された物柔かな語調で、こう受け答えるのだった。

「ウン、ねえもンだなア……」

全く、此の応答は、必らず、しなければならない義務かのように、主人と我々との間に一日に一度は、多い時は数度に渉って、繰返されるのが、又、しきたりでもあった。

――さて、この話が起った、その晩（はっきり書くと十月の末だった）も亦、全ては、この通りだった。

今も云った様な、型の如き応酬の後、私と長谷部の二人が、飲む程に酔う程に、二人に取ってはどうでもよい世上のニュースに就いて可笑しい程本気《ムキ》になって、口角酒を飛ばし合っている時、

「あッ、そうそう、申上るのをすっかり忘れて居りました」

と、主人が、我々の酒杯《グラス》に何杯目かのお代りを注いでくれてい乍《なが》ら、急にこう言ったのだった。

「おひる過ぎ、佐田さんがお見えになりまして、お二人様によろしくとのお言《こと》づけでございました」

「佐田さん？……」

「はい、佐田さんでございます。何でも、フランスへお出でになるそうで、もう、一寸《ちよつと》やそっとではお帰りないお心算《つもり》だそうで、お二人様にお会いして行けないのが甚だ残念だと、お前からよくお伝えして置いてくれと、かようお言づけでございました……」

「成程、佐田氏はフランスへ行かれたでアルデスか！　ボン・ボアイヤアジュ！」

大分もう酔いの廻ったらしい長谷部が、いきなり話を横合いから攫《さら》うと、馬鹿々々しい程の大声で云って、今注いで貰ったばかりのグラスを乱暴に差し上げたので、ぽたぽたと惜しいや

つを流し乍ら、景気よく乾杯した。

「ボン・ボアイヤアジュ！」

微笑しながら、寔《まこと》に愛想の好い、人を外らさない主人は、直ぐ長谷部に合わせて、酒杯《グラス》を持つ心算の手付きになって彼に和した。

「だがね、船長《キャプテン》、佐田さんッて人知らないぜ、僕ア……」と、未だそうは酔って居なかった私は訊き返した。

「は？　御存じない？　そんな事ア、ござンすまい、あれは確か、先月、……と覚えて居りますが、何でも、夕景から雨の降り出した晩でございました」

「夕方から雨の降った晩？……」

「はい、左様でございます。こちら様が（と長谷部を指して）幾度も泣けちアなア、畜生、雨なンぞ降りやがッてさ、この靴《キッド》は今日穿《は》き下したばッかりなんだぜ、ッておっしゃッてましたが……」

「あッ！　そうか、あの晩かア……」と二人は一緒に頷いた。

「はい。あの晩でございます」

「けれど、佐田さんッて人は！」と私が訊くと、

「いえ、その時、その隅のテエブルで、お二人様とダイスをなさッてらした、一寸、こうお見掛けした処が外国人のような方でございますよ」

「思い出した。彼氏か！　知っとるです。まさに佐田氏は我々の知己だったと」長谷部が勢よ

く相鎚打った。けれども……

「その人がフランスへ行ったんだね？」

「左様でございます」

「何しに？」

「それが、一口では鳥渡《ちょっと》、……こう申上げましても何でございますが、あの方は、つまりその、大変不幸な仁《かた》でございまして……」

「ほう？」二人とも急に乗り出した。

「早いお話が、あのお方様は、二重国籍者とでも申上げますような仁《ひと》で……」

「二重国籍者？」

「はい。歴然《れっき》とした日本人ではおられながら、この日本には、日本人の親身のお方が一人もおありなさらないんでして……」

「へえ？ ……じア、何処か、外国で育った人なんだね？」

「左様でございます。フランスでございまして、長らくあちらで御教育をお受けなさいました」

「すると、今度はまア、故郷へ帰った、と云う様なもんなんだな、つまり、……」

「ま、そう云う訳でもございますが、あの方には、今も申上げましたように、一口では云えませぬ、いろいろと深い御事情がおあんなさいまして、……はい、何故わたくしが、あの方の事をよく存じて居りますかと申しますと、わたくしが以前、未だ船に居りました当時、よく私の船で、往復なさいましたもので、つい、何かとお話し下さる機会も多うござんしたもんで……」

その晩は、惜しい哉《かな》、それから、後から後からと御常連が立て込んで来たので、我々は此の疑問の人、佐田氏の数奇なる運命に就いては、それ以上を訊く事が出来なかったが？

けれど？

「ねえ、君、僕にはどうしても佐田ッて人が思い出せないンだが」と、私は後で、それなのに長谷部ばかりが知っているとは妙な事だと内心不当に思ってそっと訊ねると、

「俺だッて知らねえよ」と云う、寔に無責任な、意外な返事だ。

「知らない？　だって君はさも知ってるようだったじアないか？」となじると、

「だってさ、ああ云う工合に船長《キャプテン》が、我々二人が佐田氏をよく知ってると思い込んで話すのを、今更、いや、ちっとも知らねえよ、まるで赤の他人だね、とも云えなかろうじアないか？ だから止むを得ず、知ってるようなふりをしたのさ。……佐田さんなンて人、知るもンかね、はなから……。何か船長《キャプテン》の思い違いだね」

「あ、そう云う訳か。……だが、あの、話ッぷりからみると、一寸面白そうな曰《いわ》くのありそうな話じアないか？」

「だからね、俺アさも知ってる様な顔をして、話を訊き出そうとしたのさ」

「成程、そう云う魂胆か。じア、僕も佐田氏の知己になるとしよう」

二

と云うような経緯《いきさつ》の後で、佐田氏のインチキ友人二人が、その後その酒場に行く度に、何も知らない人の好い主人からぽつぽつ少しずつ訊き出した話を綜合すると、今、此処に語ろうとする次の様な伝奇的な一篇の譚が出来上ったのである。

で、その頃は、曾《か》つての、「船長《キャプテン》、何か面白い話はないかね」と云う挨拶の代りに、「船長《キャプテン》、佐田さんの話をお願いする」と云うのが癖になった。

さて、船長《キャプテン》が語った未知の我々の友人、佐田氏の生涯は、——これを要するに、非常にロマンチックなものであると共に、又、稀に見る悲劇的な存在でもあった。

一口に云うと、佐田一雄氏はコスモポリタンであった。氏は純然たる日本人であったが母は、イスパニア人の血を引いたフランス人で、——だから、若かりし頃の彼女は、内に深く南国の情熱を秘め、それを抱《つつ》むにフランスの典雅優麗さを以ってしたとでも云う、まことに比《たぐ》い稀なる美貌の持主で、で、佐田氏の父親が、此の稀世の美女との恋に勝利の杯を上る迄には、もう一通りならぬ苦心が、生命を懸けた恐るべき流血沙汰まで惹き起されたと云う話である。

父の商売は、国際的な宝石売買業で、その本店を和蘭《オランダ》のアムステルダムに持ち、欧洲の各都市は勿論、新大陸から東洋方面にかけて、相当手広く派手に行って居た。で一時は、素晴しい財産が蓄積されたのであったが、好事魔多しとやら、例の欧洲大戦を転機として、彼の運命は次第に下り坂を見せ、何かと思わしくなくなって来た処へ、青天の霹靂《へきれき》とでも云う様に、それ迄も多分はやっていたのだろうが、その時に限って手違いを生じ、莫大な高に上る宝石密輸入の件が一度に曝《ば》れて、脱税やら追徴金やら裁判やら、すったもんだの騒ぎの末、事件が一先ず落着した時には父は完全に無一物になって了った上、可成りの借財迄も背負い込んでいると云う悲惨な状態に逢着したのであった。

巴里《パリイ》で生れ、巴里で教育を受け、何一つ不自由のない豪商の一粒種として、浮世の苦労から遠く育てられた佐田一雄が、アムステルダムの父から思いもかけなかった破産の通知を受け取った時は、彼が後一年で、ソルボンヌの大学を卒業しようと云う年の秋、巴里の街々にマロニエの枯葉が日ましに多くなろうと云う九月もその末に近かった。

しかも、彼の一家を襲った不幸は、未だこれのみには止まらなかった。更に、第二の、悪魔の手が此の一族の上に及んだのだ。

父が自殺したと云う電報である。

この続けざまの悪運には、流石に彼も茫然とした。どうしたらよいのだろう？　全体、これはどうしたと云う事だろう？

ところが、彼は、アムステルダムの家へ帰り、悲嘆の底に泣き暮れている母の涙ながらの物語りと、又父が彼へ宛てた遺言書とを見るに及んで、今一度、愕然とせざるを得なかった。

それは、父をして破産せしめ、自殺せしめた此の不幸の原因が、決して単純な手違いなぞに由来するものではなく、その根底に深く前以って企らまれた、或る人間の動いていると云う一事であった。

或る人間？――実にそれは、二十数年の昔、彼の母を、彼の父と争って敗れた、ドン・Cと呼ぶイスパニア人、一度はお互いの血に迄訴えた事のある当年の仇敵が、恋には命をかけるが習いのカルメンの国のものとは云い乍ら、余りに卑怯な、だが根強い復讐の為なのであった。

復讐された！　よろしい、では自分も亦、復讐してやろう！　そして此の一切が分明された時佐田一雄が母に誓った言葉はこれであった。我が一生を懸けて、その、ドン・Cを破滅させよう！と。

そうして、その日、その時から、冷酷な一個の復讐鬼と化した彼は、後一年で得られるソルボンヌの学位を放擲した。それから、卒業したら、必らず結婚すると誓った、三年越しの恋仲なる彼のいとしいパリジェンヌ、マルガリッタとの恋も亦捨て去った。その時には、既に女の胎内には、彼の六月になる子供が息づいていたのにも拘らず！　そしてその為、あらゆる非難も受けはしたが！

然し、此処に一つ、彼の復讐を遂行するに当って致命的とも云う可き欠陥があった。それは彼のその敵手、ドン・Cなる者の消息が杳《よう》として不明な事であった。辛うじて解っている事と云えば、唯僅かに、今は亡き父が破産を宣告されて、門前、債鬼が群をなして殺到した時に、父のもとに配達された一通の手紙、どうだ！　思い知ったかライバル奴《め》！　と云う悪罵の羅列と、併せて、如何にして父を破産へ導いたかと云う、用意周到な、だが、あくどい裏面のカラクリを記した、ハッキリとドン・Cと署名された手紙一通より他には、又、手掛りとなる可き何物もなかったのである！

だが、彼の決心は牢固として抜く可からざるものがあった。

彼が取った手段と云うのは、その唯一の手掛り、ドン・Cの手紙に記されてある、その裏面のカラクリを調査研究する事から、逆にその人間の足跡を手繰り出してゆくと云う事だった。これは非常な困難の伴う、一見、不可能とさえ思える事だったが、彼は能《よ》くそれに耐えた。

かくして、或時はロンドンに、或時はスタンブールに、又はニューヨークに、シカゴに、乃至はアフリカ、キンバアリイの街に、と云った具合に、相手のドン・Cが綿密なる準備のもとに、父の事業のあらゆる機関を如何によく探り、如何によくこれを逆用したかと云う敵乍ら天晴れな腕前を知り来ると共に、又彼にも次第に、その超人的な努力の効空《むな》しからず、ドン・Cと呼ぶ人間の全貌をも併せ知る事が出来る様になって来たのだ。

実に、或時なぞは、「ああ、ミスタア、ドン・C、あの人なら何でもダアジリンに居るとか訊いたことがありますよ」と云う、ひどく無責任な、この僅な聞込みを頼りに、彼は印度の奥地まで分け行ったことさえある。

父の商売が、此の地球上の全版図に及んで居ただけに、ドン・Cの足跡も亦世界各国に跨《また》がって居た。で勢い、その足跡を追う佐田一雄も亦、全世界の国々を歴訪しなければならないと云う運命を担わされた解《わけ》だ。

——その頃だそうだ、この地下室酒場の主人、船長《キャプテン》が、佐田一雄氏と相識るようになったのは……元来はその母に似て、女とも見まわほしい眉目秀麗な容貌だったのが、大きな運命の打撃に拉《ひし》がれて、長年に渉る旅行の為、色は日に焼けて浅黒く、眉間に深く立皺が二本、年よりずっと老《ふ》けて、何処か猟犬を思わせる鋭さを持ち、沈黙勝ちな唇は何時でもその決心の程を示すかのようにきゅッと一文字に引き緊められ、そして、あの世界中を旅する人によく見る一種特別な人柄の、……「左様でございますね、わたくしなぞにはうまい形容詞の智識がございませんで、はっきりした事は申上げられませんが、全く、あの頃の佐田さんは、何処か、こう、小説の中からたった今抜け出て来た主人公とでも申上るような御風采でございました。はい、……」

三

かくて、言語に絶した苦心惨憺の末、やっとその努力が報いられて、相手のドン・Cは確かに巴里の何処かにひそんでいると云う処迄漕ぎつけた時、(それ迄に彼佐田一雄は八年と云う歳月を費していたのだ!)彼は又もや、二つの、まるで思いがけない大きな悪運にぶつからなければならなかった。

その一つは、最愛の母が死であった。今一歩で生涯を懸けた復讐が遂げられようと云う時に当って此の悲運!

そうして、今一つは、母の死から数えて半年程経った後に、うれしや! 求める当の敵ドン・Cをその住居に突き止めた時に、起ったのだ。

――「お尋ねの、わしがアントニオですが……あんたは誰じゃな? これ迄ついぞ見知らぬ人のようだが？」

と、訊ねられたその老人は、処々、布の擦り切れた安楽椅子に埋ったまま、深く落窪んだ眼窩の奥から、不思議そうな顔付きをしてこう答えると、眼の前に無作法な程に、仁王立ちに突ッ立っている色の黒い、深い苦悩に痛ましい迄に刳《えぐ》られたとでも云う表情をしたその見知らぬ男を、見上げた。巴里によくある中流向きの貸住宅の、その三階、中庭に面した一室である。

その未知の男は直ぐ答えなかった。暫時、凝然と、射すような眼な差《まざ》しで老人を見詰めているままだった。

「何御用なのじゃ？　客人？」老人は重ねてこう促した。

すると、その時、初めて、その男は一足、老人の方へ歩み寄ると、ともすれば昂《たかぶ》りがちな心を殺した低い、だが悲痛な抑揚の加った声で口を切った。

「ドン・C！　命を貰いに来た」

「え？　な、何を云うのじゃ？　……あんたは？」

「わたしは、アムステルダムの佐田の息子だ！」

「あ！　……サ、佐田！　……」

老人は、此の一言でまるでバネ仕掛の人形のように一旦その椅子からピョコンと立上ったが、直ぐ又、意久地なくへたへたとその席に居崩れると、突如として叫んだのだった。

「ヒ、人殺しィ！　人殺しィ！　……」

これには流石の佐田一雄も狼狽した。で、今はこれ迄と思ったのか、ポケットから素早く短銃を取出すと、一発の下に片付けようとした。その一刹那、この悲鳴を聞きつけて、隣室から女が一人飛び出して来たが、矢庭に二人の間に割って這入ると、老人ドン・Cを両手に庇って叫んだ。

「何をするんです！　妾のお父さんに」で、短銃を擬した儘、思わず一足、後へ下った彼は、

「邪魔だ！　どいてろ！　女の出る幕じアない！」と叱咤したが、その時、その女が又、続けてこう叫んだ。

「あ！　あなたは、ムッシュウ、佐田！」

「え？　……おお、おまえは、マルガリッタ！」――

……彼は蹌踉《そうろう》として立戻った。

ドン・Cと名乗る父の敵は、事実はそれ迄は実家に寄りつかず、親類中から指弾されて居た放蕩無頼の徒、名こそ違って居れ、彼の恋人、過去八年間、寸時と雖《いえど》も忘れたことのないマルガリッタの父の名であろうとは！　――これが、大いなる神の摂理なのであった。これが、八年間の彼の努力への報酬であったのだ。

それから、……だが、それからの佐田一雄を語ることはむしろ無慈悲であろう。必らず自分の処へ戻って呉れるものとのみ信じて、未だに独り身で待っているマルガリッタのその父を、又、最早その時八歳になる我が子の祖父に当る人間を、例え如何なる名の下に於こうとも、魂を持たぬ悪魔でない限りは、誰に何事が為し得られよう。

彼は此の世界に一切の希望と光明とを見失った。彼は自分をどうしてよいのか解らなかった。身の置き処が無かった。佐田一雄がその当時、自殺しなかったのは未だしものことかも知れない。

かくて生きながら空しい屍と化した佐田一雄は、這般《しゃはん》の事情一切を記した手紙を恋人マルガリッタへ送って永久のアデュウを告げると共に、暗く空しい心を抱いて、漂然と我が父の国日本へ渡って来た。

けれども、悲しい事には、日本を見る彼の眼は遂に一介の、よそよそしい外国人《エトランゼ》のそれに過ぎなかった。其処には誰一人彼を愛して呉れる者は愚か、知人さえも無く、たまたま船で知り合った此の酒場の主人、船長《キャプテン》だけが唯一の話相手なのだったから。……「お気の毒な方でございましたよ、全く」

そして、こうした、まるで砂を嚙む様な毎日が三年続いた。が、その三年の間、唯一《ただひとつ》、彼を悩まし、又彼を慰めて呉れるものがあった。それは、巴里なる恋人マルガリッタからの手紙である。

――「わたしのところへ帰っていらっしゃい。わたしはすべてを許します、と共に父に代ってすべてをお詫び致します。わたしは今でも昔に変らずあなたを愛して居ります。私達二人の子供アンドレが毎日パパのことを訊ねますので、パパはそのうち必らず戻って来るからと云いきかせて居ります。

父は今ではわたしと一緒に居りません。故里アンダルシアへ戻って、此の余りにも畏しい神の御裁きに、すべてを懺悔の生活に捧げて居ります。許しましょう、許して下さい、神の御名に於て、わたしも、そうして、あなたも」――けれども、彼は帰らなかった。マルガリッタとその子アンドレには死ぬ程会いたかったが、ドン・Cの存在は、亡き父母に対して絶対に許されなかった。

彼は年よりも十以上も老人に見えた。

四

「それが、どうして今度、フランスへ行く気になったンだい?」

毎夜、行く度に少しずつ、まるで夕刊の続き物でも読んでる様な軽い興味と昂奮とに駆られて、シエカアを振る合間合間に船長《キャプテン》から訊いて居た我々二人は、愈々《いよいよ》、話が最後の大詰近くなって来た時にこう訊ねた。

「それがでございます……」――マルガリッタからの一番最近の手紙で、彼女の父(ドン・C)が、我が過《あやま》った所業の故に、此れ以上最愛の娘と孫との不幸を見るにしのびず、遂に自殺して果てた、と通知して来たからである。

「成程、それで佐田さんは、これでもう全てが清算されたので、喜び勇んで、マルガリッタ夫人とアンドレちゃんのもとへ戻ってったと云う寸法なんだね」

「左様でございます。……多分、これからは、佐田さんにも、よい日の目が廻ってくることでございましょう」

「うん、僕達もそうあらん事を祈るね」

そして我々三人は、その夜、シャンパンを特に奢って、不幸なりし佐田氏の健康の為に杯を上げた。

「そのうち何とかあちらからお便りがございますでしょう。……早くッて、この暮れでございましょうか」

主人船長《キャプテン》が佐田よりのフランスからの便りを待つ以上に、我々二人も亦、この数奇なる運命の人佐田氏よりの第一信を待ち望んでいた。

すると、暮れもずっと押し詰った二十日過ぎ、新年を迎える為のあの慌だしい日々の或夜、我々二人は、主人からその待ちに待った佐田さんからの第一信を受け取った。

「今日着きました。……これは、何でも、日本で知り合いになっていただいた、唯二人の日本人に、と云う但書がございますよ」

そして、こんな事を云い乍ら、例の通り寔に愛想のよい、好ましい微笑を浮べて、船長《キャプテン》は一通の封筒を二人に手渡した。

「や、そうかい！」

非常な期待を以って、二人はその封を切って、拡げて、さて読んだのだが……。

一、金〇〇円也
右者《は》面白き話「佐田氏の生涯」創作料金とし請求仕候也

昭和△年十二月

面白い話がお望みの

二人のお客様

作者　船　長

私と長谷部とは唖然として顔を見合せた。道理で佐田さんてえ人を、二人とも知らなかった訳だ。然し、世にも面白い話であるには相違なかった。二人は感嘆して船長《キャプテン》を見ると、彼は何時もと少しも変らず、お客と冗談を交し乍らシエカアを小粋に振っている。

「出そうじアないか」

「勿論」

そして、二人は、担《かつ》がれはしたものの、余りにも、ファインプレイな、鮮やかな手際にすっかり気をよくして、請求高よりも幾分余計な額をその封筒に入れると、云った。

「船長《キャプテン》、こんなかに佐田さんへの二人の返事を入れといたから、御次手《おついで》のときに出しといてくれ給えな」

「君からもよろしくね」

「はい。畏りました。……きっと佐田さんも、お二人様の御返事を御覧になれば、一入《ひとしお》よろこばれることでございましょう」

「？　？　？　……」

船長《キャプテン》は澄して、こんな事を云い添え乍ら、その封筒をポケットに押し込んだ。

此の事以来、我々二人が、尚以上、この船長《キャプテン》に惚れ込んで了ったことは、敢て記すまでもなかろう。

――すると、年が変った一月末の、朝から気重くどんより曇ったひどく底冷えのする日の午後銀座で、私はその四五日珍らしく会わずに居た長谷部にばったり出会わした。と、彼が、何時もの、さもさも退屈そうな調子の例の「何か面白い話はないかなア」の挨拶とは打って代った、不似合な程緊張した様子でこう云ったから私は驚いた。

「ボヤボヤすんな！　又やられたぞ！」

「何だい？」

「見ろ！　これを！」

それは、左のような、例の船長《キャプテン》から二人に宛てた手紙だった。

――前略　乍失礼取急ぎ申述候

小生酒場経営の際は一方ならぬ御引立を蒙り深く御礼申上る次第に御座候

偖《さて》例の小生の作り話佐田氏の生涯中あの大部分は出鱈目の嘘八百乍らも彼のマルガリッタの件のみは事実に有之《これあり》　即ちあれは小生自身の事に候て今更申上るも可笑しき事には候が白状仕ればフランス国パリイ府にマルガリッタと申す未だ小生血気の折深く言い交せし女及びアンドレと申す当年十歳に相成る愚息との御座候也

一旦は小生日本の土となる確《かた》き決心のもとに女に一切の因果を含ませ相別れ申候いしが女の方より度々書面を以て帰り来よと申寄越し加えて小生早くより船乗りと相成候為現在にては日本に一人の肉親一人の知己も無之《これなく》追々老年にも相向候えば一入マルガリッタと愚息との事のみに思いは馳せ向い実は先達中お二人様に話に託《かこ》つけマルガリッタの事をお話し申上るうち愈々係恋止み難く相成候て遂に日本を離るる決心を固め候次第に御座候
意久地無き老人の愚痴には候が御縁あって特別に深きお近付きを賜わり候いしお二人様に事の真相をお伝え致し併せてお二人様の末長き御健康を祈り此処に心からのアディユを申上る次第に御座候　艸々不一——

読み了ってから、二人は感慨無量と云う思い入れでお互い顔を見合せた。……襟もとがひやッとした。見上げると、とうとう、雪になった。

「ボン・ボアイヤアジュ！　船長《キャプテン》！」

長谷部が、何処か寂しそうな、だが心のこもった声で云った。私はその後にこう付け加えた。

「それから、佐田さんも！」

三行広告

「……去年の七月初《はじめ》、丁度今頃、商売と趣味半々位の気持から一つ喫茶店を経営してみようと新聞の三行広告「譲《ゆずる》 喫茶」を物色していると一軒、一寸《ちょっと》よさそうなのが見付かったので下見傍々《かたがた》商売具合をも調べようと客の立て込みそうな夜の八、九時頃を狙って出かけた。場所は省線K駅から十分とある」

女房に先立たれてから兎角不運続きのFが借金に来た折何かの拍子から始めた話だ。

「……処が駅を下りてから十分は愚か廿分経っても更にそれと覚《おぼ》しい家《うち》が見付からぬ。それにあの辺は思いに反して辺鄙《へんぴ》な処で訊こうにも分譲地と新築の文化住宅許《ばか》り、余程止《や》めようかと思ったが折よく車屋が来たのでやっと解ったが、行って見ると成程これは売りに出したくもなろうと云う道路ばかりだだッ広い至って人通りの稀な場所で、気が付けば店には外も内も灯の気がない。もう休業中かと裏へ廻ってみると台所口が開けッ放しで何かざわついている。今晩は、と声を掛けた。と直ぐ婆さんが一人現われたが僕の姿をみるとああやっとおいでなすった、と半分は僕に半分は奥の家人に云う様な口調で云う。で、いえ、僕は、と何か間違いているらしいのを打消そうと慌てて口を切ると、まアまア御挨拶は後にしてどうかお這入《はい》り下さい、お待兼ねだった、と先に立つので、思わず釣込まれ、上ってから来意を云っても遅くはなかろうと台所から茶の間へ這入ると、ぷうンと線香の匂が鼻をついた。これは、と驚ろいて閾際《しきい》に棒立ちの儘《まま》中の様子を見ると床の間へ寄せて白布《しらぬの》を掛けた死骸に線香に蠟燭に花に……それに今の婆さんを入れて三人ほど小暗く坐っている。

……飛んだ処へ来た、と思う瞬間、婆さんが又、さア会ってお上げなさい、随分あんた……のお出でをお待兼ねだったが、とうとう七時……あれは何分だったか知ら、と後《うしろ》の二人を顧《かえり》みた。ぼくは愈々《いよいよ》狼狽して三度言訳をしようと口を開き掛ったが、その時、顔の白布を婆さんが取ったのを見て、その死顔を一目見て、僕は、はッとなった。女だ。それも未だ二十五前だろう。窶《やつ》れては居たが美しい面差しだった。……何時《いつ》か僕は枕元へいざり寄って合掌していた。

だが此の僕の態度が全てを決定して了《しま》ったのだ。つまり僕は此の仏の縁者、それも人もあろうに御亭主の位置を得たのだと云う事を知った。それは段々この婆さんと、此の人は直ぐの隣の人で後の二人は向側の商人達だが、(だから此の臨終の場に一人の肉親も居ない訳だ、可哀想な女さ)で、その三人から訊くともなく訊いた話から察すると、此の死んだ女は御亭主と妾の関係で旦那は一週間に一度位しか来ず、しかも夜分遅く、その為旦那の風貌を精しく知る人がなく、で些《いささ》か似ているらしい僕が折も折とて今夜来たのが間違いの基で旦那と思い誤られて了ったのだ。それと又最近は女は旦那に捨てられた、乃至は捨てられ掛ってたんだと云う事も知った。さてこそ新聞の三行広告とはなったのだろうがそれは、電報を二度も打ちましたよ、最初のは戻って来ましたので、と婆さんが筋違い乍ら僕を怨んだからだ。何でも今日の午前《ひる》、苦しい息の下から女は婆さんに旦那へ電報を頼んだが其れが受取人住所不明で空《むな》しく戻って来たので、女はそうと訊くと、口惜《くや》しい、出鱈目な所なんか教えて、と瀕死の身を悶《もだ》えつつよよと泣き伏したと云う。お気の毒で見ていられなかったと婆さんは暗に僕を責めた。偽旦那は、いろいろとお世話を掛けましてと恐縮するより他なかった。妙な破目さ。すると、十二時を廻ると向側の商人二人は甚だ勝手ですがと云って帰り、続いて隣の婆さんも亦《また》、帰って行った。……参ったね、完全に参ったよ。近親の者の通夜でも一人では心細いのが何しろそれ迄まるで知らない女の死骸と同座するんだから、……暑いのをよい事に方々開けッ拡げたが尚いけない。成可《なるべ》く死体の方は見ずに、外の事を考えたり、いっそ寝ようかと眼をつむったり、……終《しま》いにはやり切れなくなって外へ出た。真暗な、どんよりと曇って空の低い夜だった。……後悔したね、最初きッぱりと用向を述べればこんな事に、と。……誰も居ないのを幸《さいわい》何辺此儘《このまま》ずらかッちまおうかと考えたか知れない。線香と蠟燭とを継ぎ足す為に、外から部屋へ這入る度に、死んだあの女が、むっくりと起き直って、痩せた腕を露《あらわ》に後毛《おくれげ》でも掻き上げてやしないか、と、いい加減ひやひやした。……夏のことで夜明けが早かったからよかったようなものの、若《も》しあれが秋の末ででもあったら……。うん、その翌日、僕は皆ちゃんとしてやったよ、乗り掛った舟だもの、それに唯一の身依りと云うのは此の偽旦那一人切りだからねえ……」

そして一旦、語《ことば》を切った後、彼は幾分、何処か寒そうに見える表情になって続けた。

「じア何故、そんなに迄僕が見ず知らずの女につくしてやったのか、と云うと、……成程、事の行き掛り上仕方がなかったと云うのも大きな原因だが、もう一つは、その女の顔が、その年の三月に死んだ許りの女房とそっくりだったからだ。で、不図《ふと》、思い出したんだが、生前、女房が、自分には腹違いの妹がある筈だが、その母親の身分が卑しいとかで物心つく頃他へやったきりなのがある、と云う。……その女だったのかも知れない……。よく似ていた。実によく」

間接殺人

銀座裏の酒場を四五軒以上飲み歩いて、意識が時折、中断する程の朦朧《もうろう》状態で、何時《いつ》か相棒と別れるとも無く離れて了《しま》い、唯《ただ》一人、京橋から新橋まで見通しの利く、人ッ子一人歩いて居ない表通りへ、ふらりと現われたときは、ふッと見上げた服部《はっとり》の大時計が既に深夜の二時十五分を指している頃でした。

五月末の、雲の低い闇《くら》い晩でした。

帰ろうか？　――然し、綺麗薩張《さっぱ》り円タク代の末迄飲み尽して、確か最後の店の分は借りになっている勘定だったからと、とつおいつ思案しているうち、不図《ふと》思い付いたのは此処から程遠からぬ歌舞伎座裏のKの事務所でした。元より深夜の今時、誰も居る筈はありませんが、事務所の鍵と自分のアパアトの鍵とが合うのだったと云う事です。

よし、あそこへ這入《はい》り込んで一夜の宿を借りよう。明日、Kが出て来たら金を借りると云うてもあるし、とこう思い決めると、一歩は高く一歩は低く、時々、電柱と抱擁したり、円タク氏と過激なる挨拶を交わしたりしながら、やっと目指す事務所へ辿りつきました。鍵を差し込むと、案の定合いますす。助かったと直ぐ階上の応接室に侵入すると、ともすれば、ぐたりと尻餅つきそうな身体乍《なが》ら、それでも感心に上着だけは脱いで、一隅の長椅子へ放り出す様に身体を横《よこた》えました。

と、その時です。ヂリヂリンと云う電話です。うるさいな、何をとまどいしやがって今時無人である筈の事務所へなんぞ……放ッとけ、そのうち諦めるだろうと横着をきめこんでいたのですが、何と、これが止《や》まない。

くそ！　意味ねえぞ、と中ッ腹になって隣の事務室へどたりどたりと中心を取り兼ねる身体を運ぶと、思い切り大きな声で、違うぞ、馬鹿！　と吐鳴《どな》ろうとして受話器を外したのでしたが、

「こらッ！　何故直ぐ出ない！」と云う殆ど嚙みつく様な罵声です。機先を制せられて、私は思わず、はッ、どうもと返事をして了ったのです。すると続けて、大声で、

「キ、貴様の様な奴は、ウ、ウ、犬畜生にも劣る不礼《ぶれい》極まる人非人だぞ！　ヨ、よくも今迄、わしを騙し、馬鹿にし、プ、プ……」

呆気《あっけ》に取られて了いました。電話に出るのが遅いからッて、こうまで昂奮する奴はありません。相手は当方を間違えているのです。これが素面《しらふ》の時だったら直ぐ番号を正して電話を切る処だったでしょうが、何分にも大酔、……ふ、ふ、ひとつ揶揄《からか》ってやろうと悪戯《いたずら》心が起りました。止せばよかったのですが。

「ナ、何を云やがるんだ、夜、夜中寝ぼけやがって！　見損《みそこな》うな、じアねえ聴き損うなッてえンだ！　オタンコなす！」

さア大変です。まるで火に油を注いだ様なもんで。プウと激怒した息使いと共に、

「マ、牧山！　牧山！　貴様ア、俺を誰だと思ってるンだ！　この俺を！」

「知らねえよ」私は益々煽ります。

「ウッ！　牧山！　ヨ、よし、訴える！　訴えてやる！　牢へ叩き込んでやる！　やるとも！やると云ったら俺はやるぞ！」

「どうぞネ」――尤も、私は相手が余り昂奮しているので、それに云う事が非道く荒っぽいので、酔ってはいたものの内心、幾分こわくなって来ました。事が間違いであること、私が誰か全然解らないことは明瞭です。なのに私は相手の気魄《きはく》に圧倒されて妙にぞくぞくッとしたものを覚えたのです。切ッちまおうか？　だが、好奇心がけしかけて、所謂これが、こわいもの見たさ、いえ、聞きたさとでも云うのか？――それに、何故か相手は私の声を疑いません。似ているのか、それとも昂奮しているので解らないのか？

すると相手は、電話の声音では初老近い年配と受取れますが、彼は、幾らか己を制し得たものか、次にやや静かな口調で、

「おい！　お前は俺が未《ま》だ何にも知らんと思って、そう云う不礼な大口を叩くのだろうが、いいか、驚ろくな、家内はもう全てお前との経緯《いきさつ》を白状したンだぞ、今夜！　それでも未だ白《しら》を切る気か？……（あなた）……」

え？――それに今、交って聞えて来たあなたと云う声は、若い女のらしい。一緒に傍《わき》へ立っているものと思われる。それにしても家内との云々とは又何事だろう？　流石《さすが》の私も今度は野次らずに黙って耳を澄ますと、

「どうだ、牧山！　これでも未だ俺を胡魔化《ごまか》せると思ってるのか！　うん？　出来まいな、一言もあるまい、俺が倒れて寝ついたのをよい事にお為ごかしに邸《やしき》へ出入り家内と、家内と……。俺は訴える！（あなた、そんな何も牧山さんだッて）黙れ！　姦婦！　牧山！　貴様ア犬畜生だぞ！　人非人だぞ！」

ハハア、姦通事件なんだな、と神妙に聞いていたのでしたが、終りで又もこう口汚く罵られると、つい私は又悪い了簡《りょうけん》が起って、

「馬鹿野郎！　あんまりしょうなッてえンだ、手前《てめえ》の嬶《かかあ》なんぞ知るかよ、老《おい》ぼれ！」

「ナ、ナ……こ、こいつ、ウッ、プッ」

謝りでもすることか、返答に事をかいて悪口《あっこう》されたので、相手は予想以上に憤怒したらしく、ろくろく口も訊けない位昂奮して、こう意味を為さぬ激言を発していましたが、急に、一声、ウウンと云う何とも云えない唸りと共に、どしん！　と身体の倒れた音が聞え、冠《かぶ》せて、あッ、あなた、あなたと取縋《とりすが》る妻君のおろおろ声、続いて千代、千代、大変だよ、旦那様が、と云う女中をでも呼ぶらしいけたたましい叫び、一寸間を置いて廊下を走る足音、医者を直《せんせい》ぐ、はい、と答える女中の狼狽した声、――私は息を呑んで、全身を耳にして受話器を当てていました。

先刻からの相手の話具合では、彼は脳溢血か何かで一度倒れ、以来寝ついた切りの病人だっ

たと思われます。それが今の酔漢《よっぱらい》との応酬で極度に昂奮し、又倒れたとすれば、これはどうも死んだ様です。死んだ？　とすれば、手は下さないものの私がその加害者と云う事になります。加害者！　殺人！

大変な事をしちゃッた！　私は思わず、背筋から踵《かかと》へかけて、ぞッと硬直しました。

「……牧山さん、うちは死んだわよ……」

女の声、つまり、その不貞の妻が、こう低い声で話しかけて来ました、低い声で。

「……ねえ、とうとう。でも、これでもう二人安心ね、あたし、どうなるかと思ったのよ、今、バレちゃッたンで、でも、……ね、直ぐ来て頂戴、後々の始末や相談や、それにあたし、会いたい、あなた、マーさん、ね、何故だまッてんのサ、ね、……」

何と云う事でしょう！　玄人《くろうと》上りらしい彼女の口調には少しの哀悼の念なく、夫の屍《かばね》の傍でその不義の情人に甘えるとは！　――私は可笑しい程、反撥しました。

「不謹慎な事を云うな、淫売！　それで亭主にすむと思うか」

「え？　牧山さん、あんた……」

「おれは牧山じアない。声で解らないか？」

「あら？」それから暫時、両方共無言。――而《し》かもその無言の何と云う畏ろしさ！

「あんた、誰です？　偉そうな事云って、人殺しのくせに、誰よ、あんた、警察へ」

ガチリと私はいきなり電話を切ると、慄然として立竦《たちすく》みました。それから、何とも云えぬイヤな恐怖に堪えられず、上着を引ッ掴むと追われる様に事務所から飛び出しました。

街は、五月末の事とてもう仄白《ほのじろ》く明けかかっています。私は、トラック計《ばか》り走る昭和通りを新橋の方へ駈ける様に歩きました。

悪夢！　――まさに、そうです。わたしは殺人犯であるのだろうか？　灼き付いた様に耳朶《じだ》に響き残る彼の声音に苛まれ乍ら、人殺し、人殺しと繰返し独言《ひとりごと》していました。

うら表

一

「あッ！」

声は低かったが、語調は、悲痛な響を帯びていた。視線は何物かを追いながら、身体は化石のように硬直した。

「どうしたンです？」

私は驚いて、急にこんな態度を取った、連れの雨宮貝介《あまみやかいすけ》氏を見詰めた。

群集が雑踏する、夕方の新橋駅だった。春めいた、三月中旬で、もう冬外套がすこし荷厄介になった頃である。

「……」

だが、雨宮氏は何とも私には答えようともせず——他人の思惑などには構っていられない、とでもいう真剣な表情で、——むしろ恐怖に襲われていた、と云った方が適切な態度だった。

「どうしたンです、雨宮さん！」

私は、再度、訊ねた。

「又、あいつに会った……」

喘《あえ》ぐように、雨宮氏は呟いた。私に答えるというより、それは独白のような口調だ。私は、氏の視線を追いかけた。だが、雑踏する群集の中から、それを求めることは不可能だった。

雨宮氏は、急に歩き出した。

「誰に会われたンです？」

私は、追いかけながら、訊ねた。だが、矢張り答えようとはせず、重苦しい足どりで、うつ向いて歩いていたが……。

その夜、雨宮貝介氏は、次ぎのようなことを、私に話した。

＊　＊　＊

……もう十年も前になるかなア、国立《くにたち》——今でこそ、省線も停《と》まるし、分譲地が売り立てられたりして、だいぶ開けたが、今から廿年も前の国立の辺りは、まるで、国木田独歩の武蔵野だった。野末の芒《すすき》の穂から月が出、その穂に沈むという、雑木林と一望の原ッぱの景色だった。

ある日、……丁度、今頃、春さきの三月中旬《なかば》、人を訪ねて、新宿から八王子まで汽車で行った帰り、ぽかぽかと生暖い春風に誘れ、所謂ピクニック気分になると、途中下車して当途《あてど》もなく、武蔵野の浅春風景を探り初めたものだ。

歩いて、多分、今云った国立附近なのだろうと思うが……。

櫟林《くぬぎ》を抜けて、灌漑用の小川を渡ると、去年からの、枯れがれになった芒の折れ伏した小高い丘に出た。

そこを、だらだら下ってゆくと、北を、その丘に負って、麓《ふもと》から南へ向けて、その頃としてはモダンな、バンガロウ風な小家が目に付いた。見るからに、何となく好ましい、住み心地のよさそうな家だった。

白ペンキを塗った、隙間の荒い、低い柵を囲《めぐ》らし、玄関を兼ねた手すり付きの幅広いベランダなぞ——一見して、何だか翻訳劇の舞台装置でも見るような構えだった。

だが、見廻すと、あたりには農家は愚か、家らしいものは一軒もない。枯れすすきと、あちこちの雑木林と、広い空と——それだけの寂閑《しんかん》とした場所だ。

「夜なぞは、さぞ淋しいだろう」

こんなことを思いながら、その家の人に怪しまれないように、ぶらぶら近寄ると、形ばかりの門の前まで来た。そして、自然木の門柱に釘づけになった標札を、何の気なしに読んだ。

「雨宮貝介」

世尊寺流の美事な筆蹟だった。

けれど、そんな鑑賞よりも、一読して、僕が、ドキン！　と、したことは云うまでもなかろう。

一字一句も異らない自分と同姓同名の名前なのだ。こんなこともあるものか、と、僕は暫く、感嘆……というのは少し妙だが、何となく片付かない気持ちで、その世尊寺流を見詰め、一語一語、味わうように読み直したものだ。

するとパタン、と音がして、正面の扉《ドア》が開いて、人が一人、出てきた。

今でも、よく覚えている。その人を。

手に雨傘を持っていた。背広に、ダーク・グリーンの外套を纏い、齢の頃は四十近く、見たところ実直そうな紳士だった。やや猫背に、うつ向き加減になって歩く。

「この家の主人かな」

変に思われても、と、僕は、さり気なくその辺を歩いた。だが、その人は、別に僕を怪しむ風もなく、見向きもしないで、その儘《まま》、街道筋の方へ向って行った。

直《じ》き見えなくなった。

「あの人が、この家の主人だとすれば……」

僕は呟いた。

「あの人が、僕と同名の雨宮貝介だ」

何故か、その時、僕は云い表しようのない恐怖に似た感情を覚えた、と告白するのは、奇妙だろうか。

僕は、その砂な恐怖から遁れるように、その家から離れた。出来るだけ早足で遠去かった。振り払うかのように。

すると、何時《いつ》か道を間違えた。

「これア弱ったぞ」

迷うと、ますます解らなく、自信が持てなくなり、中央線の線路の見当がつかなくなってしまった。そして、まごまごするうち、日が暮れてきた。うすら寒くなり、それと共に心細くなってきた。

僕は、無性に歩いた。その時は、空腹感も手伝ってか、このまま遭難するンじゃないかと、馬鹿なことまで考えた。

二時間近くも、ウロウロしたか。僕は、暮靄に包まれた、ほの暗い、はるか野末に、一筋、ボオと火が燃え上っているのを見たものだ。

「何の火だろう？　焚火かしら？」

だが、うれしかった。人が居るに違いないのだから道が訊ける。

目分量で計ってみると、ここから、さして遠いところでは無さそうだ。僕は、勇躍してその火めがけ、一直線に歩き出した。

近寄るに従って、その火は、焚火などという小さなものではないことを知った。

「おや？　これア若《も》しかすると？」

僕は、自《おのず》と歩を早めた。

「火事かもしれンぞ？」

僕の予測は、幸か不幸か適中した。傍へ来て見ると、今しも、家が一軒、今を酣《たけなわ》と燃え盛っていたものだ。火勢は猛烈で、パチパチという弾《は》ぜる音、ガラガラと棟の落ちる音、凄じい有様だ。

「よく焼けるなア！」

だが、僕は今まで、こんな奇怪な火事というものを見たことが無い。

「誰も居ないのかしら?」

そうだ、人が、ひとりもいないのだ。叫んだり、騒ぎ立て走り廻り、消そうとして命懸けで努力したり、悲しみに茫然として佇《たたず》んだり——つまり、こうした火事に必ず附きものの人という存在が、一もないことだった。

人間の居ない、人の家の火事！

火勢に区別はない。だから、不思議に静かな、而《し》かも激しい、何か寂しい眺めだった。

「妙なもンだなア！」

これは妖しい、奇怪な現象だった。僕は、今に誰か人が馳けつけるか、馳けつけるか、と風上に突ッ立ち、たった一人の弥次馬として見物していた。

建て物だけを焼き了《お》わると、火の色は、ぐッと落ち、代りに濛々《もうもう》と煙りが騰《た》ち登り、ちろちろと蛇の舌のように、火足が地上を這っていく……三十分ぐらいだったか。

人は遂に馳けつけなかった。

僕は、近寄ると、焼け残った門柱の標札を見た。

「雨宮貝介」

うっかりしていた。先刻の家だったか？

多分、あの雨傘を持った主人が出て行った後で、火の不始末から起ったのであろう。すると、あの人以外に、家人は居ないらしい。

ところが、そうして、余燼を茫然と見つめているうちに、僕は、何とも云い表し難い、不快な厭な気持に襲れ出した。

「自分の家が焼けた！」

この感情だ。確に錯覚だ。だが、錯覚であるとは明らかに意識しながら、実際的な迫力を以て、我が家が焼けた、という観念が覆いかぶさってくるのだった。僕は因縁《いんねん》とでもいう、運命的なものを感じた、

すると、四辺《あたり》に人一人居ない事も手伝ってか、俄《にわか》に僕は恐ろしくなって来た。本能的な恐怖だった。理窟なしの、唯《ただ》こわい！　という気持だった。僕は矢庭に、後をも見ずに馳け出した。

馳けてくる途中で、間の抜けた、村の龍吐水式ポンプを、えッさ、えッさと押し出してくるのと擦れ違った。

二

雨宮貝介氏は、猶《なお》、語る。

「ところが、奇妙なことが、それから僕の身の上に起ってきたンです。莫迦に不運になり初めたのです。つまり、やること、なすこと、残らずヘマばかりで……一口に云えば自分の家が火事にでも遭ったように、それ以後一年ばかりで、僕は、多くもない財産を、すっかり擦《す》ってし

まうような破目に陥ってしまったのです」
　雨宮氏は、憂鬱そうに眼を寄せて、うつむいた。
「その折、僕は、ふッと、変なことを一つ思い出した。それは、中学校時代からの話なんだが
……あれは確か、三年になった二学期の初めと覚えています、よそから、転校して来た学生が
居て、その名が、僕と同姓同名の雨宮貝介と云ったことを。
　何でも教師が困って、英語の先生なぞは、僕をオールド雨宮。もう一人を、ニュウ雨宮など
と呼んだものです。
　だが、唯之《こ》れだけのことなら、別に取り立てて云うほどのことはないのだが、問題は、その
頭に処ッ禿げの多いニュウ雨宮が加ってからというもの、僕の学業成績が、一学期ごとに、目
に見えて、悪くなってきたことなんです。
　自慢するわけではありませんが、それまで自分は、五十人ほどの級友の中で、何時でも五番
以上の席次を保っていました。組長も、しばしばやった。それが、爾来《じらい》、一学期ごとに、十番
代、二十番代、という風に落ちはじめ、卒業する時なぞは、尻から勘定する方が早い、という
有様でした。
　奇妙なことです。これは可笑しい、と、僕は、五年になった時分、考えたものだ。それに猶、
不思議なことは、その処ッ禿の雨宮貝介は、僕とは反対に、一学期ごとに席次が上がり……五
年生の時の春には組長になったのですから。
　まるで逆だ。それで僕は、これア若しかすると、自分の答案をニュウ雨宮の奴のと間違えて

ものです。

教師が採点しているのじアないか、と、疑い出し、ある時、おそるおそる、主任教師に訊ねたものです。

『自分の不勉強を棚に上げてなんだ！』

ひどく、おこられました。

『おまえの書体と、もう一人の雨宮のとは一目で解るほど違うのだぞ』

成程、その折、見せられた彼の字は、僕の字とは似ても似つかぬ、細い綺麗な書き方でした。けれど、こう証拠を突きつけられては、もう抗う余地はありません。僕は、やはり自分の不勉強のせいなのだな、と、諦めたのですが、――それが、やはり、心の奥底では、釈然としないのでした。そして、とうとう、これは、どうしても、ニュウ雨宮が、僕の才能を吸い取ってしまうのだ、と、いう風に考えたものです」

雨宮氏は、どこか悲し気な表情で、こう語り続けた。

「すると……どうやら私立大学を卒えて、或る製糸会社の入社試験に応じた時です。僕は、幸運なことには、全部、資格に於て、ＯＫで、採用通知のハガキを貰ったので、就職難を叫ばれているその頃としては、まるで、天にも登る気持で、意気揚々と出社したのでした。

ところが、ハガキを差し出した僕の顔を、繁々《しげしげ》と見た後で、庶務課長とやらが、

『これアいかん。同姓同名が居たとは気が付かなかった。どうも寔《まこと》にお気の毒だが、実は採用したのは、もう一人の方の雨宮君だったので……』

恥ずかしいやら情ないやら……泣くにも泣けぬ、とはあの時の気持でしょうねえ。と同時に、

むらむらッと、僕は、もう一人の雨宮貝介を、心から憎むようになりました。不倶戴天の仇と思い初めました」

雨宮氏は、幾分、昂奮して云った。紙巻煙草を、ぎゅッと押しつぶした。

「それ以来、凡そ四五年は、運好く、そのもう一人の雨宮貝介に巡り会わず、自分も何時か忘れていました。それが今から十年ばかり前、武蔵野の一軒家火事を見たばっかりに僕は、その時から、まるで我が家が丸焼けになったと同じ、不運な状況に追い込まれてしまったのです。いいえ、あの一軒家から出て来た、雨傘を持った男は、僕と中学同窓生のニュウ雨宮ではないようでした。尤も、よく顔を見たわけでもなく、それに、中学以来、廿年近くも会っていないので、確なことは云えませんけれど……今から考えると、或は、そうのようにも思えますが……」

雨宮氏は、遠くの方へ視線をやった。それから、話しつづける。

「火事以来の不運は、やっと、この四五年で取返えしがつき、近頃はどうやら立直りました。やれやれと、僕も、ほッと一息つけた処です。

それが、どうです。又、あの不運の主が現われたのです！　先刻、新橋駅で、僕は、その雨宮貝介と、白ペンキで書きつけられた、旅行用の大形トランクを見たのです。下げている男が、中学のニュウ雨宮か、あの一軒家から出て来た、雨傘を持った男か、それはわかりませんでした。僕は、唯もう、白ペンキで書かれた、僕と同姓同名に撃たれてしまったのでした。

又、現れました。あれが、現れるということは、即ち、僕が不運になるということの先きぶれなンです！」

雨宮氏は、額を支えて、うつ向いた。

三

不運をかこつ雨宮貝介氏の友人が、ザックバランに語る。

「ハッハッハッ！　君も、そのてを食ったかねえ。あの話はね、云わば雨宮貝介のおはこでね。少し親しくなると、誰にでも話す話なんンだよ。

実は、雨宮貝介は、今から七八年前、事業の上で思惑が外れ、大失敗をやり、ニッチもサッチも動きが取れず、遂に、苦しまぎれに保険金欲しさから我家へ放火したのだ。だがこれは直ぐ露《ば》れて、何でも二三年くった筈だと思うが……。

すると、彼雨宮は、その後、まるで人柄が変ってしまい……顔形も違ったかと思われるほどで、さて曰《いわ》く、自分は絶対に、放火なぞした覚えはない、無実だ、と云い出したものだ。

そして、本当は、こうなのだ、と、例の武蔵野の一軒家火事を、長々と初めたものなのだが……どういう料簡なのかねえ。

真相が、そうなら、何故、そのことを、裁判の時、云い張らなかったのか？　いや、気の毒といえば、気の毒な身の上だが、どうもひょッとすると、雨宮貝介、少し頭へきたのかも知れない。ハッハッハッ！」

不運をかこつ雨宮貝介氏が、生涯の敵だという同姓同名の雨宮貝介氏の語る。

「ほほウ！ どうも驚きましたな。それアどうも飛んだ迷惑な話で……尤も、そう云われれば、中学生の頃、私と同姓同名の同級生が居たことは覚えて居ります。教師が、オールド、ニュウと分けたことも事実です。けれど、単にそれだけのことでして……。

それ以後、私は、そのオールド氏とは、全然、交《つ》き合いは元より会ったこともありませんよ。それに、第一、その国立とやらいうところは存じませんでね。いいえ、武蔵野ではなく、まるで逆の、千葉県の我孫子《あびこ》の別荘でして。

ええ、一度、火事に会ったことはありました。

誰も家族の者が居らぬ、初冬の頃……十年も前になりますか。出火原因は、多分、放浪の乞食か何かの焚火らしい、と、警察では云っていました。

その別荘ですか？ 何、ごく手軽なもので……バンガロー仕立ての洋館擬《まが》い……何しろ金をかけない家でして、塀なンぞは、白ペンキで胡魔化した柵という、至って安ッぽい代物でした」

不運をかこつ雨宮貝介氏の元お妾をしていたという女が秘かに語る。

「……或日、その頃、わたしが住んで居りましたアパアトの室へ、急に戻ったことがあります。その日、わたしは、芝居を見に行って、夜遅く帰る筈になっていたのでしたが、外出先きで気分が悪くなりましたので。

室へ這入《はい》ろうとした時、誰も居ない筈の部屋から、何か話し声が洩れるのです。で、気味が悪くなりましたから、そッと外へ廻り、窓の脇から、部屋の中を覗きました。

今、思い出しても、ぞッとしますわ。だって、部屋の中に、火鉢を間に、全然、同じ顔の男の人が二人向い合って、何か話しているじアありませんか。

二人とも、わたしの旦那の雨宮貝介なンです。ええ、着ている洋服も同じ柄なら、ネクタイも同じ……もう何から何迄。どっちが今迄の旦那だかわからなくなりました。

わたしが、無理に分れ話を持ち出して、お世話をお断りしましたのは、この、どっちが旦那だか解らないということの為です。

ねえ、いやですわ、あなた……」

不運をかこつ雨宮貝介氏の事件に弁護を依頼された或弁護士の語る。

「雨宮貝介氏が二人居ることは確だ。だが社会的には二人は関係はないようにしているが、実は、どうも知り合いらしい。いや、知り合い以上の仲らしいのだ。

どういうわけで、そんな妙なことをしているのか、というと、二人は、裏面で組んで、同姓同名を奇貨として、いろいろ事業的に企んでいるらしいのだ。つまり、若しか失敗しても、その失敗を、一人のものとして、傷を最小限度に止めるという法なんだ。

二人で、一人として動く利益は、責任の転嫁と、現場不在証明、アリバイの役に立つからなア。

いや、これは、未だ秘密だぜ。わしは確証を握ったわけではない。唯これだけは云える。武蔵野の一軒家火事を話す時は、二人の事業が左前になった時である、と。決して、火事があったから、もう一人の名に巡り合ったから不運になった、というわけではないと。つまり逆なんだ、真相は……」

憂愁の人

一

「……その晩、わたくしが床《とこ》につきましたのは、もうかれこれ十一時近くだったと存じます。良人《おっと》の寝室から呼鈴も鳴りませんし、用もございませんでしたから、……いいえ、わたくし共は、寝室を別にして居りましたから……良人は二階の東南の角の部屋で、わたくしは、廊下を距《へだ》てた向い側の寝室でございます。

階下の戸締りを見廻った後、何時《いつ》ものように二階へ上がりますと、これ迄の習慣通り、良人の寝室の扉を軽く叩いて、おやすみなさいまし、と申しました。内部《なか》から、うん、とか何とかナマ返事がありましたが、これも毎夜のことなので、大して、よく聞きとめるという気持もなく、わたくしは自分の部屋に引き取りました。

はい、わたくし共は、唯今の家は元より、焼けました伊豆のUの屋敷に居りました頃から、ずッと寝室は別々にして居りました。良人は、以前から……結婚する以前から、傍に他の者に居られると、寝られない性質《たち》だもンですから……。

婆やと女中のハルは、十時ごろ寝たと存じます。わたくし共は、Uの屋敷当時から、召使は夜九時半以後は、勝手にさせて置く習慣だもので……。

……寝巻に着更えまして、寝台に横になりますと、直ぐ枕もとの卓上電燈《スタンド》を消してしまいました。本を一時間近くも読むこともございますが、この節は、さっぱり……直《じ》き寝入ったものと存じます。……夜中にふッと眼が覚めました……後から考えますと、何か物音を聴いた為らしい、と思われますけど、その時は、そんな気もしませんでした。それで、寝返りをひとつ打つと、何ということなく、扉の方を見たのでしたが、おや？　と思いました。暗闇の裡《なか》で、何か動いたようなのです。そんな馬鹿なことが、と一旦は強く打ち消したのですが……どうも気になります。それと一緒に、この寝室に、何かが居る、という気配を感じました。

何か、ぞッと致しまして、慌てて枕もとの卓上電燈《スタンド》に手を延ばしました。ところが、いくら捻っても点かないのです。わたくしは、益々、慌て、思わず上半身を、寝台の上に起こしますと、卓上電燈《スタンド》を調べる気だったンですが、その前に、寝台の裾の方、扉に近く、黒々と一人、人が立っているのに気がつきました。

……部屋のカアテンは二重になって居りまして、ほとんど真ッ暗なのですが、わたくしは、朝早く起きます為に、南向きのフランス窓の一枚だけは、薄い紗のカアテンだけにして置きますので、暗いとは云いながら、闇に眼が馴れますと、朧《おぼろ》げながら見えます。この朧な明るさで、わたくしは、その人を見さだめたのです。

誰です?

わたくしは、反射的に叫びました。返事はなく、その黒い人は、一足、そうッとわたくしの方へ近寄るのです。

二度、誰です? と云う勇気が失くなってしまいました。とても怖ろしくなって来て、唇がもつれてしまって……わたくしは、最後の勇気を振うと、枕元の卓子の引出しから短銃を取り出しました。……ずッと前から持って居ります。良人が、外遊中に求めて参りましたもので、小型の……御覧になりましたように、掌《て》の中に這入《はい》ってしまいそうな品です。

その短銃を握ると、近寄る黒い人に向って叫びました。

射つわよ!

しかも、その人は、些《すこ》しも驚く様子がなく、わたくしが、まるで短銃を持っていないかのように、又、そうッと一足、近寄って来たのです。

それで、却って、わたくしの方が、寝台の上で身体を後へずらせて、短銃を突きつけながら叫んだのでした。

ピストル持ってるのよ! ピストルを! 見えないの! 射つわよ!

それでも、その人は近寄って来るのです。いいえ、わたくしの短銃は、小さいながら、闇の中で時折、キラリと鈍《にぶ》く光ったのですから、相手は充分、承知の筈です。わたくしの云うことが威《おど》しではないぐらいなことは、よく解っている筈です。

一間《けん》ほどの近くに来ると、その人は、いきなり両手を高く、大きく上げて、わ、わ、わッというような妙な声を出して、わたくしに摑みかかろうとしました。

夢中でした。わたくし……

眼をつぶって、短銃の引金に力を入れました。自動ですから弾丸《たま》は、ありッたけ発射されて……

う、うッ、という呻《うめ》き声と共に、その人は前のめりに崩れ、寝台の上に伏し、そのままシーツを摑んで引きずりながら、床に倒れてしまいました。

まだ短銃の引金を引いたまま、わたくしは茫然《ぼんやり》として、その倒れた――殺した人を見下ろしていました……。

二

「わたくしが、良人の――比良《ひら》祐介《ゆうすけ》と結婚致しましたのは今から七年前、わたくしが廿三、良人は確か三十五だったと覚えております。

それまで、御承知かも知れませんが、わたくしは堀河みや子という芸名で、T・T映画の女優をしておりました。良人の比良を紹介して下さいましたのは、先年亡くなりました名監督として評判の高い青山さんです。青山さんと良人とは、何でも中学時代の同窓とかいうお話でした。

これは後で知りましたことですが、良人は何かの拍子で、わたくしの映画を見ますと、すっかり堀河みや子に夢中になり、青山さんに橋渡しを、やいやい云って頼んだそうで、結婚しましてからも、よくこのことで、青山さんに冷やかされました。……どうも、おのろけみたいで恐れ入ります。

良人の比良祐介という人は――何と一口に申上げてよろしいやら、ともかく、とても変った人でした。ちょッとあんな人は、世間を見廻しても居《お》らないでしょう。

第一番の特徴は無口ということです。ほとんど口を利きません。うっかりすると、一日中、口を開いたことがない日もあります。むっつりして――まるで能面のように無表情でもありました。

それ故、悲しいのか、うれしいのか、可笑しいのか、まるで見当がつきません。それでいて、行い澄ました坊さんのように、諦めきっているのかと申しますと、これは追々、お話致しますが、飛ンでもない、まるでその正反対なのです。煩悩の鬼でした。現世的で、肉体的でした。変な言葉ですけど、精力旺勢でした。

それから、これは青山さんのお話ですけれど、中学から大学時代、良人はとても秀才だったそうです。語学は英仏独の三ケ国語と、ラテン語とを存じて居りまして、会話など手に入ったものです。これは、ヨーロッパに十年近くも滞在したせいでしょう。良人は大学を出ると直ぐフランスへ出かけ、わたくしと結婚する前年、戻って参りました。

これも、ひょッとすると又、おのろけになるかも知れませんが、良人は背も高く、中々の美男です。顔の色艶が、すこし冴えませんが、広い額と云い高い鼻と云い、それから、考え深そうな静かな眼といい、——本当のところ、青山さんに初めて紹介された時など、わたくしの方が夢中になってしまいました。何という智的な美しさだろう！　自分の貧しい教養を思って、わたくしは全く圧倒されてしまったほどです。

結婚してから、良人はとても愛してくれました。無口という難はありましたが、之《こ》れさえ気にかけなければ、わたくしは、とても幸福でした。精神的には元より、物質的にも。と申しますのは、良人は大変なお金持だったのです。

御両親は良人の廿歳頃《はたち》に相ついで亡くなられ一人ッ子だったので、何をしようとも勝手だったわけです。それですから、十年の余も、外国で、ブラブラしていられたンでしょう。

良人が、外国で——主にフランスだそうですけれど、十年近くも、一体何を研究していたのかと申しますと、これが誰にも解っていないのだそうです。第一、良人は、日本の方々と交際しなかったそうで。

わたくしが、或は、このことを訊きますと、

遊んでたよ。

と、云ったきりで、とりつくしまもない返事でした。ひょッとすると本当に遊んでいたのかも知れません。

けれど、Uの屋敷には、良人が滞欧中に描いた油絵が数枚ございました。風景と裸婦ですが、素人眼のわたくしにも、上手だなアと思える品でした。

又、時々——それこそ一年に何度というくらいピアノを弾くことがございましたが、これも、

とても名手でした。ピアノは、わたくし、すこしお稽古したことがありますので、初歩の善し悪し程度は解るつもりですが、良人の弾き方は玄人《くろうと》はだしでした。

時折、聞かせて頂戴と頼むのですが、良人は中々弾いてくれません。あれだけの腕を持ちながら、ほんとに惜しい、と、わたくしなぞ、人ごとながら残念で残念でたまりませんでした。之れで、ピアノの腕前から察するに、油絵も相当なものなのでしょう。いえ、良人は、あらゆることに相当なものでした。それなのにそれをすこしも活用しようとしないのです。お金があるから、その必要もないわけでしょうが、本当に宝の持ち腐れ……そんな気が致しました。

そして、毎日、何をしているのかと申しますと、何にもしないのです。うつらうつらしているだけなのでした。

三

「良人は、何にもしませんでした。

結婚してから半歳ほど住んで居りました麻布の家を引き払うと、それまで建築していた伊豆のUの屋敷に移りました。

Uは、御承知の通り、I温泉の後で、景色のよい場所です。わたくし共の邸は、そのUも、もっと奥の方――あたりに家など一軒もない寂しい山の中腹でした。

本当に、余程の物好きでない限り、あんな不便な場所に、あんな立派な家など建てようとは思わないでございましょう。

邸は、良人が長い外遊から戻りますと、直ぐ着手したものだそうです。母屋は、イスパニア風の内庭のある、深い柱廊で飾られた、純洋風の建物でした。これと切り離して、別に、純日本風のお茶室が建っていましたが、畳の敷いてある部屋といったら、この四畳半だけでございました。

ここへ、良人は外遊中に買い集めた、美しい家具調度の類を、処狭しとばかりに入れたものです。わたくしは、一切が片づいた時、まるで外国映画の中に居るンじゃないか知らと、よく疑ったものでした。

その屋敷へ参ってから、良人の……さア何と申しましょうか、好み、趣味生活……謂わば気まぐれともいう、自由勝手な、良人一流の生活が始まったのでございます。

さきほども申しましたように、良人は何にもしませんでした。けれど、それは、つまり働くという意味でのことで、自分のこと……云わば、自分を遊ばせる為には、いろんなことを致しました。

いろいろございましたが、この邸には、前々から、そのつもりなのでしたでしょうか、すっかりアラビア風な装飾の部屋が作られてあります。ハレム風のモザイクで飾り、まるでアラビヤン・ナイトの一節を思わせるような部屋でした。

そして、その部屋を使う時は、わたくしに中央アジア風な身なりをさせるのでした。

おまえは女優だったのだから、こういうことは上手だろう。などと申し、これも、外国から持って帰りました衣装を着せるのでございました。ある時は、アラブ女に扮し、ある時はトルコの女に、又は……あのサルタンの閨房のように、わたくしを殆ど裸体にして、傍に侍《はべ》らせるのでした。

良人は、低い、華麗な模様の、あちら出来のトルコの長椅子に寝そべって、ポカンと、モザイクの天井など見つめています。まるで一種のお芝居です。ハイ、本番、という声が、今にもかかりそうな場面です。

それから、又、一部屋は、ロココ趣味というのですか、フランス風な細かい洒落た装飾の室がございました。

これらの部屋を使う時は、良人自身も衣装を付けるのでした。つまり、その部屋に似合いの身なりです。白い毛の鬘《かつら》をかぶり、長い剣を下げ、ぴっちりと脚にくっついたズボンを穿きます。……御想像お出来でしょうね。よくフランスの古い絵にありますような……。わたくしも、やはり、あの絵の貴婦人の姿に扮するのです。

大きなコルセット、長い裾……そして美しい扇子……やはり鬘を付けました。

衣装小道具の類は、みな向うから持って来た品物ばかりですから、部屋の装飾と、ぴたりと息が合うのです。それに、ともかく、わたくしは女優でしたから、一通りは着こなしました。

驚いたのは良人です。何時あんな修行をしたのでしょう。サルタンの姿をする時は、もう本当にサルタンそのものでした。付け髯などつけて、水煙管を吸い、床の上のクッサンなどに腰かけている姿というものは、そっくりそのままのトルコ人です。

又、フランス風なルイ王朝の衣装の時は、そのまま、何々・ド・オルレアン公という貴族になり切って居りました。

ピアノも油絵も玄人の域に達していた良人は、役者も亦《また》、相当なものなのでした。それで時時、わたくしは、
あなたが映画に出られたら素敵だわ！

と、申すのでした。

そんな時、良人は、相変らず、むっつりとして何とも答えません。賞められても、貶《けな》されても、無感動に見えました。いえ、元来良人は、人の云うことを天から問題にしない性質《たち》でした。

四

「今も申しましたように、良人の趣味は、みんな外国風に限るのか、と云いますと、決して、そうでもございません。日本のこともよく知って居りました。

母屋から離れて、四畳半の本格的なお茶室がございます。時々は、もとより和服で、そこで、お茶もたてるのです。

それから、わたくしに芸者のなりをさせまして、お酒を飲まれる折もございました。良人は三味線も上手でした。渋い和服で、竹の柱に軽くよりかかり、小唄なぞを爪弾きしている姿は……又、おのろけになりますが、本当に、ほれぼれしてしまいます。

わたくしは、芸者のなりをして傍に居りまして、そうした良人を見ていますと、これはひょッとしたら、わたくし自身は本当に芸者で、良人はお客なのではないか、という錯覚に襲われ

てなりませんでした。

そして、その頃になりまして、わたくしは良人が、このわたくし、女優を妻にしたことの真意が呑みこめました。つまり、今までもお話ししましたように、良人は、自分を楽しませる者が欲しかったのです。自分の趣味を行う為の道具が欲しかったのです。

こう、解りましたが、わたくしは別に不満にも思いませんでした。それに、こうした生活は、面白うございました。

時々は、わたくしの方から、
どう？　今夜、芸者ごッこしない？　とか又、ポンパヅウル伯爵夫人になりたいわ、などと申すことさえあります。

気が向くと、
よし、と、良人は許してくれました。

こうした、仮装舞踏会のような日や夜が、一週間も続くこともありました。

ところが、そのうち、良人は、こうした遊びにも厭《あ》きて来たのでしょうか。サルタンが憂鬱になりました。オルレアン公が頰杖つくようになりました。

わたくしは、良人の気を引き立てようと、いろいろ手をつくし、わざとお道化《どけ》て見せたりしても、良人は一向に乗っては来ず、却って厭《いと》わしそうに顔を外向《そむ》けました。

どうしたのでしょう？

何が、良人を憂鬱にさせるのでしょう？　わたくしには、すこしも解りませんでした。無口は益々、無口になってしまいました。何を話しかけても、返事はおろか、全然、無表情です。

その頃になりますと、もう余り、例の仮装もしなくなりました。

時折、思い出したように、衣装を付け初めるのですが、中途で、ぷいと止めてしまうことが多くなりました。

どうなさッたの、心配だわ。

と、わたくしが訊ねますと、

いや、

とか何とか、至って不得要領の返事をして、何とも答えてはくれません。わたくしはひとりで、胸を痛めました。けれど返事をしない人からは何ごとも知ることが出来ませんでした。

良人は、朝から晩まで、何ひとつしないようになりました。

見晴らしのよい二階の部屋で、安楽椅子に深々と埋まって、景色を見ているのやら、物を考えておりますのやら、一体、起きているのか、寝ているのか、唯《ただ》そうして、茫然として毎日を送るのでした。

他目《はため》には、随分、退屈だろうと思われるのですが、良人は、その暮らしを変えようとしないのでした。

本も読みません。

これも、外国から持ち帰った夥しい書籍がその為、別に一室、図書室を作ったほどでしたが、わたくしは、良人が、それらの本を読んでいるのを見たことがありませんでした。それでは、唯、体裁に並べてあるのかと云いますと、そうでもなく、以前、一度は読んだことがあるのです。

その証拠には、大概の本の扉に193…年パリイにて、と良人の手蹟で買った日附けが書かれてあり、終りのページには、何か彼にか、長いものは別の紙片まで挟んで、読後感が記されてあるのです。

一度、わたくしは、図書室で、その終りに書いてある読後感が面白く――本文は皆、英仏独ですから、まるで読めませんが――それを読んでおりますと、何時か、良人が這入って来て、後に立っておりました。

あらッ?

わたくし、ちょッと人の秘密を覗きこんでいたような気がして、顔を赤くしますと、良人は、わたくしが開いていた、自分の昔の感想文を肩越しに読みまして、

……無駄だッた。

これだけいうと、さッさと又、部屋を出て行ってしまいました。

無駄だッた……? 何が無駄だッたのでしょうか? わたくしには、その節の良人の言葉の意味がいまだに何とも解釈がつかないのです。

五

「良人には、全然、お友達という者がありませんでした。いいえ、つくろうとしないようでした。

わたくしを紹介して下さいました監督の青山さんは、わたくし共が結婚した翌年の春、亡くなってしまわれ……それ以来、来たお客様というものは一人もありません。ですから、その伊豆のUの屋敷というものは、誰も知らないのです。

詳しく云えば、建てた大工さん達が知っている他には、わたくし達夫婦と、三人の召使だけが知っているだけです。

第一、前にも申しました通り、場所が非常に辺鄙《へんぴ》なところですから、滅多に、人に会うこともございません。それから、一度、わたくしは、良人に、親御さん達のお墓や、ご命日を訊ねたことがありますが、良人は、例に依って、至って詰らなそうな表情をしただけで、何とも答えてくれませんでした。

ですから、あの屋敷の足かけ五年間の暮らしで、良人は、人間としては、わたくしと召使三人より他には会わなかった勘定です。まるで島流しです。

そのうち、戦争が激しくなって、世の中が騒々しくなりました。けれど、良人は呆れるくらい冷淡でした。第一、昔からそうでしたが、新聞というものを読まないのです。元よりラジオなど聞きません。世間というものに対して、まるで無頓着なのです。

そのうち、燈火管制ということが初りました。隣組とか何とか、うるさいことが多くなりましたが、良人は、肺病と云い立てて、一度も出席せず、又、そんな飛び離れた場所に住んでいたので、それでもすみました。

ところが、燈火管制を守らなかったことが大きな不幸を惹き起こしてしまいました。

良人は、電気を消せと云われても、平気で点けたい時には点けていました。わたくしも、こんな山奥の家の一軒ぐらい、と、軽く考えて居りました。それが不可《いけ》なかったのでございます。あの年の二月末、Ｂ29に焼夷弾を落とされまして、Ｕの屋敷は綺麗に焼き払われてしまいました。あのアラビヤン・ナイトの部屋も、ロココ風な宮廷も、あの万巻の書籍も、何一つ余さず灰となってしまいました。わたくし共二人の部屋へは、火の手がやや後になって廻って来たので、ともかく逃げられましたけれど、召使三人の方は、その部屋に最初落ちたらしく、気の毒にも皆逃げ遅れ、焼死してしまいました。

わたくし達の夢は――お伽《とぎ》ばなしの世界は終りました。

けれど、良人は、例に依って全然、無感動無表情で、直ぐ、親の代からある、このＯの別荘へ移って来ました。それから毎日、やはり何にもしないで、Ｕに居りました時と同じように、朝から晩まで椅子に倚《よ》って、唯もうボンヤリして暮らしていました。

わたくしも、何時か、良人のこの流儀に馴れてしまって、もう何とも思わなくなってしまいました。

すると、こんな大事件が起こってしまったのです。わたくしには、さっぱり、わけがわかりません。なるほど、良人は、世間の人々とは大変違って居ります。その違い方は、今迄の話でよくお解りのことと存じます。けれど、良人は、とても、わたくしを愛してくれました。夫婦の情合いという点では、一点の非のうちどころもありません。わたくしは良人を愛すというよりも、寧《むし》ろ尊敬に似た心持で接して来ました。そして、とても幸福でした。

それが……

わたくしのピストルで射殺した者が、その良人であろうとは！　わたくし、何度、何十度、自分の眼を疑ったかわかりません。けれど、あの夜、わたくしの寝室へ、怪しい振舞いで忍びこみ、何度も問いかけたのに返事もせず、遂に、ピストルに倒れた人が、このわたくしの良人だったとは！


解りません。良人は一体、何のつもりで、あんなことをしたのでしょう？　殺されることを予期していたのでしょうか？　それとも、あれも仮装のお芝居のつもりだったのでしょうか？　いいえ、わたくしが、良人を殺す理由は一つもありません。わたくしは今でも、いえいえ、前よりも、もっともっと愛しています」

六

家へ帰って、書斎の椅子に、深く腰掛けると、安本検事は、改めて考え初めた。

「ふむ……」

何となく自問自答する。これは検事の癖である。職掌柄、何時かこんな癖が後天的についたと見える。

良人殺し——一応こんな名で呼ばれている此の、元女優堀河みや子の事件ぐらい、厄介なものはなかった。

女優だけあって美しい容貌だった。特に唇が蠱惑《こわく》的だった。背は日本の女としては、やや高い方で、均斉のとれた身体だった。唯、難点——と云えるかどうか、つまり表情全体が愁《うれ》いの利き過ぎる傾きがあった。成程、愛する良人を誤殺したのだから、深い憂愁に浸っているのは当然だが、それ以外に、もっと前からの憂鬱が漂っているのだ。或は、彼女の良人の憂愁に、同棲するうち知らず知らず同化したのかも知れない。

「あの女の話に従えば……」

検事は、考えた。確かに誤射である。又、一方から云えば正当防衛でもある。深夜、女の寝室に忍び込み、誰何《すいか》されても返答せず、怪しき振舞いに出れば、射殺されても仕方がない。然しだ。

「あの卓上電燈《スタンド》は点いた」

暗いとは云え、長年連れ添った女房の眼なら、これは識別出来そうなものだが？

「つまり……」

と、検事は、足を組みかえると、断案を下すように、呟いた。

妻みや子の供述を信ずれば、それ迄だが、これは、又、別に全然逆に考えても成立つということだった。というのは、夫妻が何か云い争ってその末に射たれた、とも。妻は、良人と知って射ったのだ、とも。

理由は何だろう？

口喧嘩の末？……いやいや、良人祐介は無口だったという。すると？

「保険がある。生命保険が……」

祐介の身体には、二つの会社に莫大な保険金がかかっていた。冷淡に云えば、この保険金欲しさに殺したとも云える。或は、祐介は自殺したのかも知れない。というのは、彼は以前は大金持だったが、Uの屋敷も、東京の本宅も戦災で焼滅し、計算に依ると、財産税も払えるかどうか、というところに追い詰められているという。

「やはり金かな?」

検事は、低く呟いた。

妻のみや子一人だけの話なのだ。彼女の空想、作り話だと片付けられないでもない、全面的に否定も出来る。

「つまり……」

検事は、もう一遍、締めくくりをつけるように、こう呟いた。

話を最も世間並に、散文的に考えれば、薄志弱行の金持の二代目が、戦災で家を失い、財産を焼き、預金は封鎖で使えず、そこへ財産税の重荷が重《かさな》り、――よくあることだ――遂に世を悲しんで自殺した……

「いや……」

検事は、慌てて頭を振った。自殺ではない、生命保険詐取の目的で、妻が夫を射った……。

「ここが難かしい……」

検事は、左の中指で、額を叩きながら、もう一度、考えた。自殺では保険金は取れないのだから、……すると、これは世の中を悲観した良人祐介が、どうせ死ぬなら、他殺として保険金でも取ってやれと考えたのではないかな?　すると、みや子は、自殺幇助罪ということになるが……。

検事は、何を思ったか、不意に椅子から立ち上がった。そして、窓から、暮れかかる初夏の庭を——やっと咲き出した藤の紫の房を見ていたが、低く呟いた。

「近代人……或は、そうかも知れない……みや子に、あれだけの空想力が生れるわけはない……近代の憂愁か」

それから、検事は、みや子が語った中の、良人祐介が云ったという言葉、「無駄だッた」と、わが読後感、ひいては我が学問の跡を否定したとも受取れる——いや、わが生涯をさえも否定した態度を思いだした。

「…………」

検事は、もう一度、左の中指で、わが額を軽く叩いた。

夢見る

一

世の中から置き去りにされた、不遇な大学教授——一口に云えば、そんな感じを受ける人柄でした。

頭髪は薄く、それに白髪が多く、皮膚には黄色く、しみが滲《にじ》み出ています。瘦せているくせに、頰の肉はたるみ、前歯が二本も欠けたままで、無性髯が、疎らに延び——ひょッとすると髯を立てているのかも知れない、と思われました。

年齢の頃は、もう五十は過ぎているに違いありません。

唯《ただ》、こうした、所謂老境の薄汚なさの中で光っているのは、その両の瞳でした。知識を愛した、深い思索と、習慣になった読書癖とが混交して、非世俗的な、幼児のような美しい純粋なものを漂わせ、而《し》かも、漸《ようや》く老いた為か、鋭さを内に包み、静かな諦観の中に、豊な精神生活を営む姿を見せていました。一つの円熟です。

黒い――けれど時代物の、肘などピカピカ光るような背広を着ていました。ネクタイはどういうものか、すこし左の方に曲り、肩には、白く、ふけが散っています。

きッかけは、わたくしが、彼に煙草の火を借りたことからです。

それは、晩春の夕暮れ近くでした。その喫茶店の卓子の花瓶には、チュウリップの剪花が、濃い紅に咲いている頃でした。

ボックス席の、わたくしの前が空いていたので、彼は、ちょッと会釈して、腰を下ろしたものです。珈琲を註文すると、煙草を吸い初めたのですが、わたくしは、彼の指が、非常に長いのに驚いたものでした。

それは、優秀なピアニストの指を思わせました。

店の中を見廻して、それから、これで自分の位置が定った、というような表情になると悠々と煙草を吸い出したのです。

マッチを切らした、わたくしは、その時、彼のライタアの火を借りました。

そして、わたくしが、煙草を、半分ほども吸った時分だったでしょうか。突然、彼が、こんなことを話しかけたものです。

「失礼ですが……」

云いかけて、わたくしの視線に合うと、急に臆病そうに、うつ向いて、それから、ひどく低い声になると、

「あなたは、夢を愛されますか?」

と、云ったものです。

「夢を?……愛す……?」

わたくしは、甚だ戸惑って、彼の言葉を、含味するように繰り返えしました。わたくしがこの場合、狼狽に似た心持になったことは当然でしょう。こんな世の中――食えるとか食えないとか、ストライキとか強盗とか、散文的以上に散文的極る、この時代に、事もあろうに、夢について語り出すとは、実に、何という奇妙な、似つかわしくないことでありましょう。

「あなたは……」

すると、彼は、わたくしの狼狽に構わず、更に、こういうのでした。

「夢を愛される方ですね」

「…………」

わたくしは、ともかく、微笑を以て応じました。幾分、テレ臭い気はしましたが、わたくしは、この感傷的な話題を、拒否する者ではありませんでした。

「空想することは好きな性質《たち》です。子供の時分から……」

「そうでしょう、よくわかります」

相手は、まるで医者が、診断する時のような態度で、こう云いました。そして、猶《なお》、続けて、

「こんな時代には、空想することだけが許された唯一の楽しい世界です。自由を味うことが出来る世界です」

と、こう附け加えました。

わたくしは、全然、同感である、と相槌をうちました。

「あなたは……」

すると、彼は、今度は、間の卓子の上に、その両肘を乗せ、ぐいと顔を近寄せて、まるで大秘密でもささやくかのような口調で、こう云うのでした。

「夢を買う気はありませんか?」

「夢を買う?　ですッて?」

「そうです、美しい夢を楽しまれるお気はありませんか?」

「…………」

わたくしは、もう一度、驚き、慌てたことです。夢について話すことさえ、よい歳をしてと笑われそうなのに、この人は、その夢を買わないか、というのです!

だが、一体、どういうことでしょう、夢を買うとは?

わたくしの疑問を、彼は、既に、それを察したものか、次ぎに、こう補足的に説明しました。

「平和です。それは調和です。一つの完全なものなのです。

それを見、知り、味わうことに依って、心は豊な状態になるのです。喜びです」

けれど、遺憾ながら、わたくしには、彼のこのようにサンボリックな説明では一向に理解出来ませんでした。いや、反対に、益々わけがわからなくなりました。

この落魄《らくはく》の大学教授は、何を語っているのだろう?

その時、わたくしは、全く下等な世俗的な予想を思い巡らしたものです。それは、つまりは、こんなことを云って、一種の怪し気な魔窟に引ッ張って行こうとするのではなかろうか、と。

「その夢は、夢である故に、非現実的なのです。だが、一面に於て、確固として現実的でもあります。又、肉体的な快楽ではありません、が、それは、肉体的にも快楽たり得るのです」

彼は、又、こう説明したのでした。

「そうですか」

依然として、わたくしには、何のことだかその正体が摑めません。漠然とした向うのことです。が、ともかく、今、わたくしが、一寸《ちよつと》、考えたような下等な種類のことではなさそうです。

では、何だろう？

わたくしは俄かに好奇心が起こってまいりました。

「その夢を売っていただけますか？」

小さな声で、こう訊ねました。

「勿論」

彼は的中したぞ、というような会心の笑を浮べると、

「あなたは、必ず、お買いになると思っていましたよ、ハッハッハ」

と、こう上品に哄笑するのでした。

商談は成立しました。その取引額は、高いと云えば高いし、安いと思えば安い、という値段です。夢の値段ですからな。

「ご案内致しましょう」

わたくしは、彼に尾いて、その喫茶店を出ました。

二

日は、とっぷりと暮れていました。

二人は、すぐ省線に乗ると、M駅まで行って降りました。

夕方のラッシアワーなので、云うまでもなく、電車は身動きどころか、息詰りそうな満員です。彼は、わたくしから、五六人向うのところに、その横顔を見せて立っていましたが、そのプロフィルをわたくしは何の気なしに見ていたのですが——何という悲しそうな表情だったことでしょう！

彼は、その位置から、わたくしなぞに、凝視されているとは、露《つゆ》思わないらしく、外に居る時の半ば無意識な、生《き》の顔——気取りも見栄もない顔つきなのです。

疲れた、というよりも絶望した表情です。生きていることに依って感じる、この現実面を信用していない貌《かお》です。周囲を拒否し、軽蔑し、何の期待も希望も持っていない表情でした。

悲しそうだ……。

諦め切った、というのではなく、我々の知らない、非俗的な物を、こっそり頼っているとでもいう、つまり、現実的には、悲しそうな姿なのです。

この悲しい、落魄の大学教授が、見せてくれる夢というのは、一体、どんなことなのだろう？　わたくしは、いろんな空想を描きました。

省線電車を降りると、すぐ、私鉄に乗り換えます。

「この辺を、よく御存じですか？」

彼が、こう訊ねました。

「いいえ、まるで」

わたくしは、正直に答えたものです。この私鉄に乗るのは、実は生れて初めてだ、とも云いました。

「そうですか、それは好都合です」

何故か、彼は、こう云って、ちょッと笑ったものです。

その私鉄を、六ツか七ツめで降りると、それから、我々は、大層、歩いたものです。所謂新市域の、処々、戦災空地のある、町とも村とも区別のつかないところをぐるぐると歩かせられました。

それに、もう、すっかり夜になって居たので、あたりは、ひどく暗く、どちらがどちらやら、初めてのわたくしには、全く見当が付かなくなってしまいました。

そして、初めて、これは道案内をしている彼が、故意に、廻り路をしているのだな、ということに気付きました。つまり、彼の目的を効果あらしめる為には、それが何処であるかを隠す必要があるのでしょう。わたくしは、急に、秘密を感じて、一つの不安を感じました。

道は、坂が多く、度々、上ったり、下ったりします。

「まだ遠いのですか？」

と、訊ねますと、

「いや、もうすぐです」

と、彼は、きまってこう答えました。

そうして、かれこれ、一時間以上も歩いた頃でしょうか。

「こちらへ」

案内されたのは、急な坂の中途を、ちょッと右に切れた家でした。暗い玄関は、洋風のドアです。割りに近くで、犬が一匹、しきりに吠えて居りました。

あたりは、恐ろしいほど、寂然《しん》として居ります。隣家があるのか、ないのか、それさえ見当が付きません。地理不案内の上に、暗いことも手伝ってか、故知らず、わたくしは怪しい気持にならずには居られませんでした。

彼は、鍵を、ガチャガチャ云わせて、扉《ドア》を開けました。

無人と見えます。

彼以外、この家には、人がいないのでしょうか?

「さア、どうぞ」

電燈が点いて、わたくしは、玄関のホールから、左側の客間に通されました。

三

古いながら、客間の家具調度は、主人公の趣味の良さを現して居ります。そして、椅子も置物も、その処を得たという、安らかな静けさの中に浸って居て、人の心を落ち着かせてくれました。

深々とした、だが、肘掛けの処々が、いくらか手擦れた椅子に、わたくしは身を沈めました。

「どうも、何のお構いも出来なくッて」

こんなことを云いながら、彼は、電気焜炉の上に珈琲沸しをのせ、茶碗や匙を用意します。その手付きは、如何にも、こうしたことに馴れ切った捌《さば》き方です。

この人は独身なンだな、と、わたくしは覚《さと》りました。そして、見る如く、五十を越した老人が、一人で珈琲などを沸かしていることは、益々、何となく悲しさを――侘びしい気を起こさせるものです。

浮世を絶望した、この老人――そして、この老人が見せてくれる夢というのは、一体、どんなことなのだろう?

そのうち、珈琲が沸くと、彼は、ミルクや砂糖と共に、わたくしにすすめました。わたくしは、ほんの軽い気持で、その飲料を口にしたのですが、思わず、

「これアうまい!」

と、口に出して叫んだものです。

「お気に召して結構です」

老人は、うれしそうに、云いました。

全く、その珈琲は、味と云い、香りと云い、得も云われぬ芳しさで、そぞろに南の常夏の国

を思わせるものでした。わたくしも、珈琲は好きで、随分これまで飲んで来ましたが、今飲む、こんなにも美味な珈琲は、生れて初めて口にします。これに比べると、もう今迄の物は、みんな代用品に過ぎません。子供だましです。

「もう一杯いただきたいのですが……」

と、わたくしは、不作法にも二杯目を、ねだったほどです。

その二杯目が煮えるのを待っていると、老人は、立って、左側一杯に仕切った、フランス窓のカアテンを大きく開けました。一間《けん》四方ほどのガラスが、そこに現れたのでしたが、そして、何の気なしに、わたくしは、そこから外を——暗い夜の外景を眺めたのでしたが、

「ほウ！　これア美しい景色ですなア！」

と、思わず嘆声を上げたものです。

その夜景は、全く、美しいものでした。今だに、わたくしの眼底に強く印象されて居りますが。

その景色は、こちらを一方の山にして、又向う側にも山となる傾斜を見せる、広い、ゆるやかな、大きな谷——窪地なのですが、下から、上へ向けて、段々、次第に上りになる家々の灯が、何とも云えず、美しく懐しく、暖かに点っているのでした。

キラキラ、チカチカと、或る灯は近く、或る灯は遠く、その灯影を横切って、人々が、楽し気に動いているのです。

わたくしは、敢て、楽し気と云いました。全く、人間の暮らし、この生活というものは暮ら

している当人達に取っては、いろいろな意味で苦の世界ですが、離れて、利害関係なしに客観すると、全く不思議なほど、楽し気に見えるものです。

何処かの家では、ラジオをかけていると見えて、快い音楽が、はるかに風に乗って流れて来ます。多分、近い家からでしょう、台所で夕餉《ゆうげ》の支度でもするのか、皿小鉢の触れ合う音、スプーンの鳴る音などが、もの懐しく聞こえて来ます。

わたくしは、全く、突然に、幼い頃のことを思い出しました。

「もう御飯ですよ」

と、いう母の呼び声です。

頭から、のめずりこんで安心出来る、母の声です。批判も疑いも持たない平和です。わたくしは、この感情に似た、安らかな楽しさを、この谷間の家々から感じました。

人の暮らしというものは、何といういとおしいものであろう! この平和な気分を、わたくしは――いや、この頃の人々は失ってしまっています。

だが見るがいい。この谷間の人々は、無意識ながら、他《はた》から見れば、怒ることも悲しむことも、一つの行動として、それさえもが、人生を豊にさせる為の一手段としてのみ在るかに見えるのです。

……一軒の家の、今まで暗かったところにパッと灯がつきました。女が一人、はいって来て、何かを卓上の上から取り上げると、又出て行きました。……何でもない人生の瑣事です。

だが、こうして、遠くから見ていると、何となく可愛く、いじらしく、懐しいことに思われるのでした。

こうも、説明致しましょうか。

非常に、よく出来た箱庭の点景人物が、ちゃンと動き初めた、とでも。それとも、ママごと遊びが、本当のことになっているのだ、とでも。

どうも、わたくしが、見ている谷間の人生の美しさ、豊かさ、楽しさ、いとおしさを、的確に伝えることが不可能なようで、自身も亦《また》、もどかしさを感じるのですが、ともかく、その夜景の人間のいとなみは、涙が出るほど、よいのです。いや、涙ぐましいほど、懐しいのです。

自分も人間だ、だが、自分は、今、見られている此の谷間の人々ほどに、うまく生活をやって来たろうか？　こうは云うものの、この夜景の人々の暮らし方は、何等、他奇のないものです。我々が日常やっていることと、すこしも違いはないのです。

にも拘らず、こうして眺めていると、それは譬《たと》えようもなく豊で楽し気なのです。幸福に見えるのです。

自分は、人生観を変えなければいかん。いたずらに、金銭的に、俗世間的に、あくせくしていたッて初まらない。人生は、そもそも幸福であるべきなのだ。……

わたくしは、飽かずに、その夜景を食い入るように眺めながら、何時《いつ》か、こう考えていたものです。そして、そうだ、この人生は、そもそも幸福なものなのだ、変に、ひねくれて考えるから妙なことになるンだ。と、こうも亦、思うのでした。

時間にして、それは、どのくらいでしたでしょうか。

ふッ、と暗くなりました。

いや、老人が、カアテンを下ろして、その夜景を遮ったからです。

「あッ！」

わたくしは、思わず、

「もっと開けて置いてくれませんか」

と、哀願するように云いました。

「いや、もう終りです」

老人は、微笑を浮べながら、こう云うと、つづけて、

「如何でした、夢は？　だいぶ、お気に召したようですね」

と、云ったものです。

「えッ？　……ああ、そうか、今のが……あれが、あなたの云われる夢でしたか？」

わたくしは、何故か、文字通り夢から覚めた気持になりました。ああ！　あのエルドラドオは、この世のものではなかったのか！

「あの景色は？　すると、嘘なンですか、作り物だったンですか？」

「いや、本物です、あれだけの物を作ることなど出来はしません」

「だが、あなたは夢だと、おっしゃる？」

「そうです、夢です……現に、あなたは、人生は幸福だ、と、夢見られたではありませんか？」

「そう……それはそうですが……」

わたくしには、何が何やら、事のけじめが付かなくなりました。自分は、眼をあいてながら夢を見ていたのでしょうか？

「もう一度、あのカアテンを開けて下さいませんか？」

すると、老人は、そッ気なく断るのです。

「終りです」

その老人を差し置いて、力ずくで、そのカアテンを開けて見るには、わたくしは礼儀を心得た紳士です。

その夜は、それから、もう一杯、珈琲をご馳走になった後、わたくしは、その家を辞しました。老人は、近くの駅まで、わたくしを送ってくれました。

四

この奇妙な体験は、時間が、経つにつれて、次第に、良い後味をわたくしに与えました。もう一度、見たい、あの夢を！

わたくしは、こう希望しました。

それで、その後、暇さえあると、わたくしは、あの不遇な大学教授に巡り合おうと、最初会った喫茶店によく行きました。又、それと覚しい、彼の家のあたり――私鉄の六ツか七ツ目の駅の近所を、ぐるぐる廻って見ました。

いずれも徒労に終りました。

凡そ、三週間ほど経った後で。わたくしは、彼に、省線の駅の出口で、パッタリ会いました。

「やア、しばらくでした」

すると、彼は、キョトンとした顔付きで、わたくしを見ると、そのまま、お人違いでしょう、という風に行き去るのです。慌てて、わたくしは追いかけると、いろいろ、先夜のことを話して、思い出させようとしたのですが、

「知りません」

知りませんの一点張りで、取りつくひまなく、とうとうわたくしを無視してしまったものです。

呆れました。

絶対に人違いではないのです。けれども彼は、再び同じ人に会いたくないらしいのでした。つまり、同一人に、夢を売りたくないのでしょう。

わたくしには、彼の心理が、すこしは解ったような気がしました。

夢は、二度、見てはいけないのです。その時は破れるのでしょう。いやな言葉ですが彼の用いたトリックが露《ば》れるのでもありましょうか。

今にして思うと、あの珈琲は、すこし怪しいと思われます。確に最初の一杯には、何か昂奮剤のようなものが混ぜてあったに違いありません。わたくしの神経は、あの折、ひどく生々と

して、感じ易くなっていたように思われます。

それから、よく考えて見ると、あの夜景の谷間のような町は、戦災以後、この東京にはない筈です。あの辺――まだ田畑や藪の多いあの方面に、あれだけ家が建っているところはない筈です。

では、わたくしは何を見たのでしょう？　ひょッとすると映画かも知れません。だが、あの映画の撮影の仕方は上手でした。全く、誰でも、唯、谷間の夜景の家々などの風景を映画を見るぞ、という気で見たら、これは平凡な写真で、退屈で、何の感銘も受けはしないでしょう。だが、彼は、それを如何にも、あの家の窓から見える自然の如く、観客に見せました。うまい手際です。それにあの家へ這入《はい》る時に、あの路が急な坂である為、人は、窓から見はらしの利く谷間の風景を見ることを怪しまないわけです。

こう考えてくると、全ては甚だ幼稚なトリックです。馳け出しの手品師でも、一笑に附してしまう類です。けれど、あの老人が、企図した「夢」の演出には、これで充分だったのです。簡単な装置で、高いものを与えてくれたのですから。

あの老人を、わたくしは尊敬します。この実人生に絶望して、あんなことに、わが人生の面影を捕えている、あの悲し気な、落魄した老大学教授を、わたくしは偉大な人間だと思っています。

わたくしは、よい夢を見ました。

怪談京土産

だらりの帯の重さに堪えかねるような骨細の花車《きやしや》な姿の祇園《ぎおん》の舞妓で初めて会った折に年齢は十六で名前は確か一栄《いちえい》と云ったと覚えている。透き通るような蒼白い肌で小さな顔に小さく鼻や口が可愛く纏《まとま》り、さして美人という面立ではないが利発な性質が全体を引き締めて特徴と云えば眼もとの涼しいことと、何処となく物寂しさの湛《たた》う点で、賑やかなお座敷向きというのではなかったが、居てくれれば如何にも京都に来て遊んでいるという気がする妓だった。その頃は、所謂緒戦の勝利で人々の心も何となく浮つき、こういう社会も流行っていたようだが、時折思い出したように東京から出向いて、それも四五日で帰る身には一栄がどの程度に忙しいのか、そんなことは皆目わからなかった。呼べば必ず遅くなっても来てくれるので厭なお座敷でないことだけは確かだなと、秘かに喜んでいたが、その翌年の春、円山《まるやま》公園の桜が咲きそめた頃行くと、間に正月が挟まった為か、舞妓は舞妓ながら大層大人びて見えたものだった。と云って身体付きの花車な点は前と少しも変らないのだったが、お座敷の都合で行ってから帰るまで二時間以上も、たった一人で止むなく差しになったことがあった。元来話下手で盃ばかりあげる方だし、相手も云わば子供だし、変に座敷が白けそうになったが、それでいてちっとも気にならず、ぼんやり酔眼で眺めているうちに段々興味を感じて来た。恋というには少し遠い感じだがそれに近い愛しさとでもいうような哀れさを覚え、もう他の女を呼んで見ようという気がしなくなって来たのだから、これは矢張り恋なのかも知れない。この夜からぐッと親しくなって滞在中はぶッ続けに会うようになり、夜のお座敷はもとより昼間も一緒にぶらぶらと、遠いところでは宇治あたりから近いところで清水寺などと散歩して歩いたものだ。別に二人の間にこれと云って取り立てて話すこともなく、だらりの帯姿でなければ、未だ十七のほんの少女に過ぎないのだから口説《くぜつ》というようなこともなくその点は甚だ淡々しいもので、よそ目には何が面白いのか、と云いたいような遊びだった。そのうち戦争は次第に烈しくなって統制は強化される、防空演習とやら防空服装とやら滅多に外で酒も飲めず況《いわん》や女など連れてのぶらぶら歩きなどは以ての外という御時世に変って行って、汽車に乗るのも容易ではなく、切符を手に入れるには軍関係者に頼まねばならず、そんなこんなで京都へ行くのも次第に困難になり、心ならずも会えなくなってしまった。するとその年の暮に手紙が来て、来春襟《えり》がえをするからと知らせて来たので流石に一抹の佗びしさを感じた。舞妓姿とももうこれで会えないのかと思うと何かを取落して、うっかり壊してしまったような心残りを感じた。すぐにも行きたい気持だったが、丁度その時分から空襲が激しくなり家族は疎開させた後の一人ぐらし、流石に家を開けッ放しにして隣近所に迷惑をかけるのも気がひけるので、ついそのままで過ごしてしまったのだが、思えばその時、無理を承知で行けばよかったと今になって沁々《しみじみ》と悔やまれる次第だ。一期一会《いちごいちえ》という言葉があるが寔《まこと》に我々の生涯には凡てが一度きりの経験で、未だ先きのある事とか、まアこの次ぎのことにしようなどと考えていると、決してその事は二度とはやって来ないものである。世の中で後悔というほど愚なものはないのだが、人は皆うっかりして此の後悔の餌食にされているのだ。これも人世の定めなのであろうか、宿世の業因とでも云うものであろうか。その後手紙はちょいちょい来たし、こちらからもいろいろ安否を問合わせたり、物が日ましに無くなる頃なので、珍らしい物が手に入ると、さっそく送ってやったりしたものである。ところがその年の四月になると凡ての客商売は禁止されてしまい、手紙に依ると軍需工場の手伝いをしなければならなくなったと知らせて来たが、それと共にこの商売もこれから先きどうなるかわからないから一先ずここで止めて籍《や》を抜きたいと思う、ついては屋形に何がしかの借りがあるからそれを返して綺麗に身を引きたいのだが、出来たらそれを立て替えてはもらえまいか、と云って来た。ところが戦争になってからは、まるで左前となってしまった身には、その何がしかの金を作る方法がつかなかったのは我ながら腑甲斐《ふがい》ない仕儀で、この返事を書くことは、つくづく悲しく情ないことであった。こんな苦しみをしているうちに日本中の都会は次ぎ次ぎに焼き払われて東京もあらかた空しい灰となってしまい、国そのものが大きく傾き、とうとうあの八月十五日がやって来ることになったが、その間でも折々思い出しては、あれからどう身の始末を付けたことだろうと気にはなっていた。そして戦がすむと、世間は大きく揺れ動いて何が何やら、すったもんだの騒ぎとなってしまったが、その年の晩秋、待ちかねた身は、やっと汽車の切符を手に入れると、眠むるは愚かなことほとんど棒立ちの旅行の後に京都へたどりついたものだった。誰も云うことだが焼けないこの土地は美しくなごやかで、この身は例え国民服などという妙な物を着てはいたが、やれやれ助かったぞという一息入れた気持になった。さっそく知り合いのお茶屋へ赴いて、一栄を呼んでくれと頼んだところ、これが間の悪いことには、戦争がすむ少し前に妓籍を引いたというのだった。実は立て替えのことを断わって以来、何ということなく音沙汰なかったので詳しいことは知らなかったのだが、もうこの土地に居ないということを聞かされた時には、しまッた、と、それこそ戦争に負けた以上に気の抜ける思いだった。その後のことを知らないかと訊ねれば、さア、と心細い返事をして、何しろ禁止になって以後というものは誰がどうしたのやら、さっぱりわからず、それに止《や》めた人も多かったので、という云いわけにならない説明だった。仲居をいくら責めてみたところで、これがどうなるものでもなく、そうかい、止めたか、とは云ったが、仲々に諦めのつくものではない。その晩は何ということなく大酔して、ほとんど前後不覚、とてもその分では危ないから泊って行けとしつっこく云われるのを振り切って宿に帰ると云い張り、一歩は高く一歩は低く千鳥足、酒臭い息をふッと大きく吐きながら歩き出した。まだ燈火管制の癖が付いているものか焼けもしない軒並にも拘らず外は真ッ暗だった。その時は何処をどう歩いていたのか、まるで解らなかったが、今から思えば花見小路を突き当って右へ建仁寺の土塀沿いの道らしいのだが、とろんと坐った酔眼に、はっきりと舞妓が一人歩いて行く姿を認めたものだった。その舞奴が、所謂夢寐《むび》にも忘れぬ、あの一栄であった。どうした、久しぶりではないか、と肩を叩き、無事でよかったなア、会いたかったぞ、というち酔ッぱらいの激情から、つい涙が出るほどの気持になり、何時《いつ》かはすまなかった。何しろ戦争には縁のない商売なのでどうにもならなかったが、こうした平和になってみれば、こっちの天下だ、何なりと御註文次第にする、などと、これも酒が手伝わせた大言壮語をはきながら、それにしても、以前とちっとも変らないなア、相変らず小さく綺麗な舞妓さんだなア、とそのうち何を云っているのか今になってはもう思い出せないが、くどくどと酔漢らしい呂律の廻らない口調で喋り立てた。揚句の果、このままで別れてしまうわけにはいかない。もう一度、お茶屋へ戻ろうと誘うと、今夜はもう大変に遅いから明日会ってくれと云うので、それもそうだなと、相手の迷惑も考え、それからも何やら筋の一向に通らない口説文句を並べて夜道を別れた。それも底抜けの酔いの為に何処で別れたのか記憶にないほどだ。翌朝、賀茂川沿いの常宿の二階で眼が覚めた時も未だ酔いが醒め切れず、てもなく宿酔の重い頭だったが、そうそう昨夜、一栄に会ったなということだけは鮮やかに思い出した。と共に顔が赤くなる思いで、随分、酔いにかづけて齢甲斐もない愛の告白などをしたものだった、あの小さい妓は面喰ったことだろうと却って可笑しかった。ところが、その折、東京から電報が来て、どうでも帰らなければならない訳合いになり心残りながら次の機会まで延ばさなければならなくなった。今から思うと、この辺の事情は甚だうまく出来ていて、それ故にこの話を語る気になったのだが、それはともかく、その次ぎに、上洛したのは、年が明けて二月末、未だ寒さの厳しい所謂底冷えの烈しい時分だった。着いた晩すぐ例のお茶屋へ出かけて仲居に一栄を呼んでくれと頼むと、ああそうだった、あなたには未だお話はしてなかったが、一栄はんは死なはったんどすえ、と云われ、えッ、それや一体何時だと言葉せわしく訊き返せば、あれは多分……と考え考え、去年旦那はんがお越しやした前の月のかかりだそうどす、と云われてこちらが驚いて、おいおい冗談じアないよ、この前来た時の前の月の初めに死んだッて、そんな馬鹿なことがあるものか、俺は去年、この家の帰りに……と、云いながら、突然、その時、何とも云えない、総身が凍りわたるような恐怖と云おうか、こわさと云おうか、向うの世界を垣間見た空寒さを強く激しく覚えて口をつぐんでしまった。どうしたか、と仲居に不審がられ、そうか、一栄は死んだかと、思わず合掌した後で、お寺は何処だろう、お墓参りでもしてお線香の一本も立てたいがというと、それが、あの人は止めたままで死んだのでこの土地の者もあまり詳しいことは知らない、何でも実家は仏光寺の方だとか、というので、二度、えッ、何だッて、止めたままで死んだと、商売には出なかったというんだねと念を押せば、そうどす、という引き受けた返事だった。もう一度、心に深く合掌した。そう云えばあの晩のだらりの帯姿というのは妙なわけで、襟がえした妓が、いくら何でも又元に戻るというわけはない筈だ。そうかそうか、会いに来てくれたのか、と、恐ろしく思うと同時に今更のように一栄が可愛く糸しく思われてならないのであった。ところが、それから二年ほどして、去年の秋、十月であったか、相変らず祇園のお茶屋で飲んでいると、その晩初めて来た若い妓が、何の話の次手であったか、自分は人間違いされたことがある、未だ舞妓だった折に夜遅くお座敷からの帰り道で、大層酔ったお客に会い、しばらくだった、会いたかった、と、涙を流して話されたので、どこかのお座敷で会った人かとよくよく見たが思い出せない、どう考えても知らない人だ、それで、人違いどす、と何遍も云おうとしたのだが、それが今考えても不思議なのだが、云おうとすると、お願いだ、人違いだ、と云わないでくれ……、頼まれておくれやす、堪忍どすえ、と誰かに云われているような気がする。いえ、傍には誰も居りはしないのだが、何となく人違いのまま通してくれ、と耳元でささやかれている思いで、とうとう、そのままおしまいまで自分は他の舞妓さんに成りすませてしまったが今思っても奇妙なことだ、と、こんな話をしたものだ。旦那はんと同じように東京弁の方どした、と云うのだ。もう一度、慄然とした。場所は、と改めて聞けば、確か、けんねんじの横町と答えられて、思わず顔を伏せてしまい、そうかそうか、よく解った……よく解ったと悟ると共に、不覚にも涙が、ほろりとこぼれ、盃持つ手がふるえるのであった。

曲が代って、レコードが、『ラ・パロマ』を演《や》り出すと、あき子は、まるで電気に撃たれたように、ぴたりと静止してしまった。煙草のけむりが重く漂う薄暗い酒場の天井の方へ、動かない視線を向けて、暫く、じっとしていたが、やがて、こんなことを話し出したものだ。

「……あの歌、パロマを聞くとね、もうあたし、とても堪らないの。いいえ、そんな浮ついた意味の悲しい思い出とか何とかいうもんじゃないの。もっとね、こう深アい、遠いィ……さァ、なんていったらいいかなア、郷愁？　すこし似ているけど、違うの。もっと遠いの。昔むかしの、あたしが生まれる前みたいなずうッと前、前世の記憶といったような気持になるのよ。あの歌を、しみじみ聞いているとね、あたし、こう胸ン中を掻きむしられるような、悲しいとも懐しいともつかない、心の奥底に、すぽんと穴があいたような、何ともいえない感情になっちゃうの。ここんとこ、うまくいえないけど、大概、わかるでしょ？

「それがね、子供の時からなの。未だこんな小さな時分から、あの歌聞くと、ぐうンと遠くへ掠《さら》われていくような気がしたわ。何故なんだろうと、そのたんびに、よく考えてみたわ。けど、そのわけは、長い間わからなかった……

——あき子は、すこし黙っていたが、

「あたしね。これでも四年ほど前までは、歌手だったのよ。知らないでしょ、多分。名前も違うから。……春だったわ。掛川というところへ演奏旅行にいったの。つまり一種のドサ廻りね。無事に済まして、朝、十人ばかりでバスの停留所までいったンだけど、そのすこし手前に、田舎によくあるでしょ、荒物屋があって、そこで煙草売ってるの。ひしゃげたようなうちだったわ。ちらっと見たら、ホープがあるじゃない？　田舎じゃ中々売ってないのよ。飛びこんで、下さいなッていったけど、誰も人が居ないみたい……

「もう、いっぺん、大きな声で下さいなッていったら、へえッてね、すぐ前の台のうしろから返事がするじゃない？　うす暗くって、よくわからなかったけど、そこにね、もう前へ、畳に額がつくほど丸まって、お婆さんが一人いたのよ。びっくりしたわ。ホープ下さいっていったらね。今、留守で誰も居ませんのじゃ。ご勝手に取って下されや。お代は、こちらへッて手を出すの。変なことというなァと思って、よく見るとね、盲人《めくら》なのよ、そのお婆さん。七十ぐらいかしら。じァ、いただきますよって、ケース棚からホープ二つ取ってお金を掌の上に置いたの。その時よ……

——又、すこし黙っていたが、

「あきちゃんだねッていうの、その盲人のお婆さんがサ！　驚いちゃッてねえ。ええ、あき子ですけどッていうと、つぶった目で顔を上げて、覚えておいでかえ……それから、どうしたと思う？　『ラ・パロマ』を歌い出したのよ！　そのお婆さんがよ！　綺麗なアルトで、それァ素晴らしかったわ。

「あたしね、なにか、ぞォっとして立ちすくんでしまった。……すると、団員の西田さんが、おおい、あきちゃん、何してンだァ、バスが出るよォって怒鳴ったンで、あ、いけないと馳け出して……もう皆乗っていて、西田さんが、ステップに片足かけて待っていたものよ。

「それから、すっかり変な気持になって……そうそう、後で煙草吸おうと思ったら、ホープ無いじゃない？　それァま、うっかり忘れてきたのかも知れないけど、西田さんやなんかが変なことというの。あきちゃん、なんだって、いきなり道端で歌なんか歌い出したンだって。それにね、皆は、あんなところに荒物屋も煙草屋も無いというのよ。あたし、それっきりで黙ったわ。いうだけ無駄、そんな気がしたから……

「それから、去年よ。やっぱり春だった。ずうッと気になっていたでしょ。やっと暇とお金を見つけて、今度あたし一人で、掛川の、そのバスの停留場まで、わざわざ行ってみたの。……降りてみると、本当に何にもないの。うちらしい跡もなかったわ。そしてね、あたり一面は田圃《たんぼ》が、それからそれへと見えるだけ続いていて、蓮華の花が、ピンクに一杯、咲いていて、それァ綺麗だったわ。あたし、多分この辺じゃないかしらと見当つけたところで、『ラ・パロマ』を歌ったわ。そうしたらね、涙が、ぽろぽろ出てきて……

「それっきりよ」

2＋2＝0

忽然と、目の前に人がひとり現れたので、びっくりして見上げると、

「こわがることはない。わたしは、単に魔王に過ぎない」

と、相手は、こう自己紹介をした。別に変ったところもない普通の背広姿だ。六尺近い長身で、美男の方だ。

両手を背後にまわし、覗きこむような恰好で、

「今夜、あんたの前に出てきたのは他のことでもない」

ちょっと、にやりと笑って、

「あんたの願いを、二ツ協《かな》えて上げようというのだ。何でもいい。魔王にとって不可能はない。どんなことでも出来る。二ツ、あんたの願いを云うがいい。たちどころに協えて上げよう」

と、胸を張って宣言した。

途方もないことなので、すこし、ぼんやりしながら、

「二ツ……なんでも出来る……」

と、呟いていると、相手は力強く、

「そうだ。なんでも可能なのだ」

それから口調を変えて、

「これまでにも聞いたことがあるんだろう、こういう話は。……わたしは百年に一度、これを試みる。実は、罪亡ぼしのつもりなんだ。ハッハッハ！」

と、笑ってから、

「さア、云うがいい。願いを二ツ。何に成りたいか、何をやりたいか。何を持っていたいか？」

「二ツ……」

あらゆる希望だったことが、野心だったことが、欲望だったことが、その最大級の意味に於て、脳裏を激しく去来した。不逞、不倫という悪徳までが跳梁した。果しない幻想に耽《ふけ》っていると、

「さア、決心が付いたかな？」

と、魔王が促した。

「いや。ひと晩、待ってくれ。一大事だからな。ゆっくり考えたい」

「無理もない。よし。明日の晩来よう。悔いを残さぬ願いを二ツ選ぶがいい」

そして、魔王は忽然と消えた。

――その晩、夜っぴて考えた。

空想した。一睡もしなかった。

＊　＊　＊

翌晩、約束通り魔王は姿を現わした。又、びっくりした。

ゆうべの背広姿とは打って変って、たびたび絵で見た通りの大時代な衣装を身に纏《まと》っていた。黒天鵞絨《ビロード》のマントを、ひと揺すりすると、魔王は重《おも》おもしげな声で云った。

「二ツの願い、聞きとどけるぞ」

思わず、その威厳に撃たれ、はッと自分は臣下の如き礼をとってしまった。

椅子から立つと頭を深く垂れた後、こう言上した。

「恐れながら……」

「うむ。云うてみい」

「ご辞退申し上げまする。願いたいことは御座いませぬ」

「なに？　気でも狂うてか？」

「正気にございます。手前は、もはや、そのような騒がしいことに興味を失ってしまいました。はい、奇蹟は、手前には迷惑のようにございます」

「ふむ、迷惑……」

魔王は鼻白ンだ顔になったが、やがて、こんなことを云うのだった。

「辞退するというても、もう手遅れだ。よいか。今まで何人《なんぴと》も辞退する者がない故、申さなんだが、わしが、こうと白羽の矢を立てたからには、理が非でも通さねばならぬのだ。さア、願え！」

「厭だ、と強情を張りますと？」

「死だ」

「えッ？」

「即座に死ぬであろう」

二人の間に暫く沈黙が続いた。

やがて、魔王が、いくらか優しい語調で云った。

「富を望まぬか、無限の富を？　直ちに与えとらすであろう」

「富は、使わなければなりませぬ。使う方法を思い巡らすのは億劫《おっくう》にございます」

「宝を集めたらいい。世にありとあらゆる美しい絵画、彫刻、骨董のたぐいから……」

「博物館、美術館がございます。それに、保管が、なみ大体ではなく、聞けば近頃はそれ専門の盗賊が現われ……」

「今一度、若くなったら、どうだな。美男に生れ変り、飽くまで恋を楽しんだら？」

「お言葉ではございますが、又もやあの、嫉妬、怒り悲しみを繰り返したいとは思いませぬ。女の機嫌をとるのは不得手の者にございます」

「天才はどうだ？　世界一の作曲家、演奏家。又は科学者、政治家……」

「いきなり、そういう者になりましても、面白くはありますまい。虚栄心を満足させても始まりません」

「では、不老不死は、どうだ？」

「長命ですか。さぞ大儀でしょうなァ？」

「フン。猪口才《ちょこざい》なことを申して後悔するなよ。よいか」

魔王は、すこし、いらいらしてきた。

広くもない部屋のなかを、あちらこちらと、歩いていたが、ぐっと振り向くと、怒鳴った。

「願え！　二ツ！」

「はい。死ぬのは厭でございますから、止むを得ません。申し上げます」

「よしよし。さ、最初の一ツは？」

「ダイヤモンドを一箇、この机の上に置いて下さい」

「ダイヤを！　ハッハッハ。宝石が好きだったのか。それならそれと早く申せばよいものを。遠慮深い男だ。……それッ」

魔王の声と共に、剝げちょろけた机の上に大きなダイヤが燦然と輝いていた。

「千カラットはあるぞ。現在、世界最大のカリナン一号の倍以上だ。どうだ、七色とも見えるぞ。素晴らしい財宝だ」

それから、促した。

「願いの二ツめは？」

「恐れながら、この眼前のダイヤを、たちどころに消して下さい」

「消す？　消してどうするのだ？」

「手前の願いの二ツめでございます。どうか協えて下さい」

「こいつが……」

魔王は、人間の顔を睨みつけていたが、いまいましそうに手を、ひと振りした。ダイヤは消え失せた。

「うむ、む……」

大魔王は唸っていたが、こう呟いた。

「堕落したな、人間どもは……」

そして、消えた。

はかなさ

（A）

尾根路らしい。両方は内側に凹《へこ》んで、やや丸みを帯びた絶壁である。

その路を、何時《いっ》までも何処までも進んでいく。ほとんど他のものに会わない。ただ、時折り、あるきまった距離を過ぎた後で、正確に巡り合う自分でないものがあるだけだ。

尾根路は辛うじて進めるだけの幅しかないので、それと行き会った時は、お互いが、落ちないように充分気を付け合って、路を、ゆずり合う。向うは、自分が今来た方へと行く。こちらは先きへ進む。

単調な、なんにもない、長い長い路だ。

すこし離れたところには、紅葉した草が美しく眺められたが。

変化と云えば、それと出会って路をゆずり合うことだけだ。そのことが、唯一の期待であり、又、楽しみだった。

だが、どれほど進んだ後だろう？　なにしろ長いこと経った頃だ。正確に出会っていた相手とも、とうとう巡り合わなくなってしまった。行けども、行けども……うっかり谷底へ落ちてしまったのだろうか。

単調な寂びしい尾根路だった。何時まで行っても同じだった。

恋いしいなと思う。あの、時をきめて出会った、あれともう一度会いたいなと懐しく思い出す。もう二度とは会えないのか。

そう思いながら、ただ、進んでいく。きびしい寂しさに、じっと堪えながら……

×　　×　　×

実は、相手の方も同じ思いだった。

やはり、同じその尾根路を前へ前へと進んでいたのだ。きまった時を置いて出会う仲間を楽しく期待していたのだ。

だが、ある時、ひょいと妙なことが起こってから、もう金輪際《こんりんざい》、会わなくなってしまったのだ。

どうしたのだろう？　あの仲間に会いたいな、もう一度！　何時でも、初対面だからと考えては、挨拶も、ろくろく交わさなかったが、今度こそは、親しく話しあいたいものだ……

そう思いながら、寂びしく、退屈に、たった自分だけで進んでいた。孤独を、ひしひしと骨身に応えて嚙みしめながら……。

日が暮れてきた。

×　×　×

その人は、草むらの中に置き忘れた、大ぶりな備前の壺の口縁《べり》を、お互いが逆廻りする二匹の毛虫を見ていた。一時間も見ていた。

二匹は行き会うと、落ちそうでいて落ちずに、危く擦れ違って進み出す。

二時間めに近くなって、その人は、一匹をつまみ上げて同じ廻り方に向きを変えた。二匹は、擦れ違うことなく廻り始めた。

そのうち、日が暮れた。

翌朝、壺の毛虫を見ると、二匹は、やはり廻っていた。

その人は、あまりにも、むごたらしい運命に腹を立てると、憤怒の情の命ずるまま、その二匹を踏みつぶし、事を終らせた。

（B）

ある秋の日の午さがり、例の散歩の道すがら、思いがけなく、もう二年この方、ついぞ歩かなかった通りに、ふいと出た。

ここいらは、戦災に会わなかった一劃なので、あたりは全く昔通りだった。

「ああ、みんな、おんなじだ！」

二十年以前の自分が、その頃の感情が、生まなましく如実に鮮明に甦《よみが》えってきた。

そこの垣根の槿花《むくげ》も、角の柳の老樹も、未だ赤く花咲く夾竹桃も、見た目には、すこしも変っていなかった。

二十年以前の思いに堪えられなくなった。

その時、気が付いた。そうそう、わが友サカベの家は、ポストのある、この路次の奥だったなア、と。

サカベは、おとなしい金持の二男坊で、小説本を読む以外は、なんにもしないで、そっと生きている、いい男だった。

思い出すと、急に、無闇に会いたい。

その路次の奥に、昔のままのその家が、更に古ぼけ、サカベと、汚れた名刺が傾いた門柱に張りつけてあった。

昔の通り、開けにくい玄関の戸を、やっと開けながら声をかけた。

「おお……」

すると、昔通りの、低音のサカベの声で襖《ふすま》が開くと、どてら姿で、今起きたような顔つきで、のっそり出てきた。

「やア、しばらくだったなア」

人生行路、二十年の感慨を籠めて、こう挨拶した時、その瞬間、はっと重大な事柄に気が付いた。

わが友サカベは、戦争中、神戸の奥の方に疎開して、そのまま、その土地で、もう随分以前に死んだのである。と、思った時、サカベも亦《また》等しく、この重大な事柄に、はっと気付いたらしく、

「やア、間違いだね、これア」

と、苦笑すると、ふっと消えてしまった。あたり一面も消えてしまった。勿論、わたしも消えた。

解説

夕木春央

本書は『みすてりい』と同時刊行で、そちらには長山靖生《ながやまやすお》さんによる大変充実した作者経歴が載っております。収録作に関する情報についても詳細を極めた解題が用意されていて、私から付け加えることは何一つありません。恐縮ですが、それらに甘えて、解説の名目のもとに個人的な体験に寄せた印象を書かせていただきます。

初めて読んだ城昌幸作品が何だったか、今となってははっきりしません。十代の半ばごろ、戦前戦後の探偵小説系雑誌から傑作を選んだアンソロジーで作者を知ったのだったと記憶しています。城昌幸はその種の企画の常連で、どの本を手に取っても低くない確率で短編が収録されているので、何を最初に読んだのだかは忘れてしまいました。ともあれ、それらで知った『殺人婬楽』『ギヤマイカ氏の実験』『シャンプオオル氏事件の顚末』『猟奇商人』などの作品は、江戸川乱歩《えどがわらんぽ》や夢野久作《ゆめのきゅうさく》をきっかけに探偵小説を好むようになった私には大変魅力的でした。

こういった作家が活動した時代は、論理性を重んじるミステリーも、あるいは怪奇幻想を主題にしたものもまとめて探偵小説と括《くく》られ、それぞれ本格探偵小説、変格探偵小説と称されていました。私は、今では基本的に論理性を軸にした小説を執筆していますが、思い返せば、熱心に読書をし始めたころに愛好したものはむしろ変格とされる作品が多かったようです。城昌幸は乱歩に「怪奇と幻想の文学のみによって、われわれの仲間入りをしている」と評されていて、その如くこれらの短編は分類するなら明らかに後者に入れられることでしょう。

もっと読みたいと思って単著を探すも、当時、新刊書店で購入できたのは国書刊行会の『怪奇製造人』くらいで、その他の書籍は（作者の代表作である捕物帳シリーズ『若さま侍捕物手帖』を除くと）入手困難な状態が続いていました。今回、手に取りやすい形で作品集が刊行されることになったのは喜ばしい限りです。

本書は、一九七六年に牧神社より刊行された傑作選『のすたるじあ』に、その他の代表的作品や未収録作品を追加した構成になっています。原本に解説を寄せているのは、なんと星新一。城昌幸はしばしば日本におけるショートショートの先駆け的作家に数えられます。ショートショートという呼び方が定着するのは、作者のデビューより随分後になってのことですが、掌編の長さで読者を驚かせたり幻惑させたりしてみせる本書の収録作はまさにその特徴を備えています。時に大仰で絢爛な、また繊細でもある文章で語られる物語は、舞台や題材、語り口も多岐に亘《わた》っていて、このバリエーションの豊富さは、優れたショートショート集の満足感を担保しているものでもあります。

もう一つ、私が城昌幸作品に惹《ひ》かれる理由に挙げずにいられないのが、本書の表題にもなっている、ノスタルジアです。

古くは大正時代の作品ですから、懐古的に読まれるのは当然に決まっています。ただ、そういう骨董趣味だけでは片付けられない、より普遍的な懐かしさも感じられるのです。読んでいると、どこに持っていたかも分からない、不確かな昔の記憶が呼び起こされるような気分になる。

作者の世代には、それと近しい興趣を備えた作家が多いようです。乱歩にしても、あるいは城昌幸と同じくショートショートの先駆者ともされる稲垣足穂にしても、論じる時にはしばしば「郷愁」「懐かしさ」といった言葉が使われます。

そんな印象を時代性に結びつけてしまうのは安直で無邪気に過ぎるのですが、少なくとも青少年期の私には、こういった作品群が自分で小説を書こうと思い立つための原風景となったのでした。既に思い出の一部になってしまっているものだから、私にとって城昌幸作品は何重にも懐かしい。おそらくはこれからも、昔見た景色を確認するために、折に触れて読み返すことになるでしょう。

多くの作品が収録されていて、全てに言及することはできませんが、せっかくですので、ことさら印象深かったものを五編ほど挙げてみます。

「光彩ある絶望」では、使いきれないほどの富と引き換えに余命を差し出さなければならない、あなたは一体どうする——？　という問いが提示されます。現代に至るまで定番のテーマですが、戦前の異国を舞台に、謎めいた男の手記という道具立てと組み合わされると、途端に新鮮

ります。

「エルドラドオ」は、不幸な生涯を過ごし、自殺を遂げた酒場の女性が胸中に秘めていた桃源郷にまつわる一編。結末の、何も書かれていない絵葉書をめぐるやり取りの何気なさが心に残で不穏なものに感じられます。

「復活の霊液」は、中世の錬金術師が悪魔から授かった、死者を蘇らせる霊液にまつわる奇譚。生者に託さなければならない性質のゆえに、霊液は一度も使われることなく人手を渡ってゆきます。短さによって風刺が際立つ、ショートショートとして見てもお手本と呼びたくなる作品。

「シャンプオオル氏事件の顚末」は、南洋旅行中の語り手が出会ったシャンプオオル氏が、方々で青白い奇妙な婦人に遭遇し、次第に精神を蝕《むしば》まれてゆくお話。最後まで読んでもその「顚末」は不条理で、それでいて妙に現実的な迫力があり、不安にさせられます。それは、星新一の解説にある「生きていることの不確実性」によるものかもしれません。

「面白い話」では、語り手が船乗りの経歴を持つ酒場の主人に面白い話をせがみ、佐田という人の復讐物語を聞かされます。この時代の探偵小説における常套的な結末の作品ですが、本書の収録作の中では、作者のサービス精神のようなものが明確に現れているようにも感じられます。

城昌幸の掌編は、ガラス瓶に密封された標本のように外界から切り離され、それによって極めて長い寿命を得たような感があります。現代の作家がしばしば要求される同時代性から解放されていて、時の経過に関係なく、いつでもそれを取り出して、同じ感興をもって楽しむことができるのです。

本書によって城昌幸が新たな読者を得て、末長く読み継がれてゆくことを願っています。

初出一覧・編集後記

収録作品初出一覧（ABC……は収録短篇集。後出リスト参照）

I　のすたるじあ

大いなる者の戯れ　「奢灞都」1926年秋季特別号（11月）（城左門名義）　D・K
ユラリゥム　「宝石」1953年12月号　＊初出は「ユラリウム」　K
ラビリンス　I・K
　一　勝利　＊初出未確認
　二　夜路　「ドノゴトンカ」1928年5月号「時劫　三」（城左門名義）を改稿
　三　その貌　「ドノゴトンカ」1929年2月号（城左門名義）を改稿
まぼろし　「宝石」1948年1月号　I・K
A Fable　「文藝汎論」1932年6月号「良心― A Fable」（城左門名義）／「宝石」1952年1月号「良心」を改題改稿　I・K
光彩ある絶望　「新青年」1932年4月号　B・H・K
燭　涙　「探偵文藝」1926年3月号　B・D・H・K
エルドラドオ　「サッポロ」18号（1962年11月）　K

美しい復讐　「サッポロ」19号（1963年3月）K
復活の霊液　＊初出未確認　B・D・H・K
斬るということ　＊初出未確認　K
蒸発　＊初出未確認　K
哀れ　「サッポロ」納涼特集号（1968年8月）K
郷愁　＊初出未確認　K

Ⅱ　その他の短篇

今様百物語　「探偵文藝」1925年9月号
シャンプオオル氏事件の顚末　「探偵文藝」1925年10月号　A・D・H
東方見聞　「探偵趣味」1926年4月号　A・D・F
神ぞ知食《しろしめ》す　「新青年」1926年8月号　A・D・F・H
死人に口なし　「猟奇」1929年1月号　B・D
吸血鬼　「新青年」1930年1月号　B・H
書狂　「東京堂月報」1932年6月号（城左門名義）C
他の一人　「セルパン」1933年2月号　C
面白い話　「ぷろふいる」1935年2月号　C・F
三行広告　「新青年」1935年8月号　D

間接殺人　「新青年」1936年7月号　D
うら表　「宝石」1946年3月号
憂愁の人　「黒猫」1947年6月号　I
夢見る　「黒猫」1948年7月号
怪談京土産　「宝石」1949年8月号　I
白　夢　「宝石」1961年6月号
2+2=0　「宝石」1962年12月号
はかなさ　「宝石」1964年1月号

城昌幸短篇集

A『城昌幸・牧逸馬集』改造社　日本探偵小説全集19　1930　※牧逸馬集を同時収録
B『殺人婬楽』版画荘　1935
　改題再刊『都会の怪異』文海堂書店　1940／『怪奇探偵小説集』金鈴社　1941
C『ひと夜の情熱』昭森社　1936
D『死人に口なし』春陽堂書店　日本小説文庫　1936／春陽文庫（改版）1995
E『猟奇商人』岩谷書店　岩谷文庫　1946
F『夢と秘密』日正書房　1947
G『美貌術師』立誠社　1947

H『怪奇製造人』岩谷書店　1951
I『猟銃・恋愛曲線他』春陽堂書店　日本探偵小説全集13　1954　※小酒井不木集を同時収録
J『みすてりい』桃源社　1963
K『のすたるじあ』牧神社　1976
〈没後出版〉
『怪奇の創造』星新一編　有楽出版社　1982
『怪奇製造人』国書刊行会　探偵クラブ　1993
『城昌幸集　みすてりい』日下三蔵編　ちくま文庫　怪奇探偵小説傑作選4　2001
『架空都市ドノゴトンカ　城左門短篇集』盛林堂ミステリアス文庫　2014　※同人出版

第I部は1976年9月に刊行された傑作集『のすたるじあ』(牧神社)を完全収録した。とくに明記はないが、『みすてりい』(桃源社、1963)の「あとがき」に「次の機会を俟つ」と記した自選集第二集と考えていいだろう。すでに病床にあった城はこの本の完成を見届け、二か月後の11月27日に没している。第II部はこの二冊の選から洩れた代表作「シャンプオオル氏事件の顚末」をはじめ、初期作から戦後、晩年の作品まで精選して年代順に配列。「今様百物語」「うら表」「白夢」「はかなさ」は初出以来、初の再録となる。

底本について。第I部は『のすたるじあ』(牧神社、1976)を底本とした。なお、牧神社版は「大いなる者の戯れ」から「復活の霊液」までを〈1〉、「斬るということ」以下の四篇を

〈2〉とする二部構成を取っているが本書ではこれを廃し、巻頭の星新一の「解説」を末尾に付した。城昌幸の影響下にショートショートを書き始めたという星新一は、後に傑作選『怪奇の創造』（有楽出版社、1982）を編み、その解説であらためて城作品との出会い、生前の交流について語っている。

第Ⅱ部（その他の短篇）の「シャンプオオル氏事件の顚末」「神ぞ知食す」「吸血鬼」は『怪奇製造人』（岩谷書店、1951）、「東方見聞」は『城昌幸・牧逸馬集　日本探偵小説全集19』（改造社、1930）、「死人に口なし」は『殺人婬楽』（版画荘、1935）、「書狂」「他の一人」「面白い話」は『ひと夜の情熱』（昭森社、1936）、「憂愁の人」「怪談京土産」は『猟銃・恋愛曲線他　日本探偵小説全集13』（春陽堂、1954）を底本とし、それぞれ適宜初出誌、他の刊本を参照した。その他の作品は初出誌を底本としている。

旧字旧仮名（第Ⅱ部）は表記を新字新仮名にあらため、促音、拗音は小書きに統一した。また、読みやすさに配慮し、初出誌等も参照してルビを適宜追加、整理し、明らかな誤字・脱字はこれを正した。「々」以外の踊り字（ゝ、〱）は原則として廃した。

なお、本文中には現在からすれば穏当を欠く語句・表現も見られ、また中東を舞台にした「東方見聞」「吸血鬼」には同地の人々・風俗へのオリエンタリズム的な偏見も感じられるが、発表時の時代的背景と、著者がすでに他界し、古典として評価すべき作品であることに鑑み、原文のまま掲載した。

収録作について補足的な情報をいくつか記しておく。

「大いなる戯れ」は日夏耿之介《こうのすけ》監修の雑誌「奢灞都《サバト》」に城左門名義で発表された散文詩的作品。城は同誌の前身「東邦藝術」創刊時からの同人で、創刊号（1924年8月）に短篇「うつけかづらの紅さ」、第二号に「異教の夜」（同12月）を発表。これらは城昌幸としてのデビュー作「秘密結社脱走人に絡る話」（「探偵文藝」1925年7月号）に先行する。「奢灞都」終刊後は同人らと「ドノゴトンカ」「文藝汎論」を創刊して詩、小説、翻訳等を発表、戦後も岩谷書店の要請を受けて「宝石」「ゆうとぴあ」（改題「詩学」）の編集に携わっている。詩人、作家の貌とともに、城のマガジニストとしての側面にも注目したい。

「ユラリゥム」は作者の注記通り、E・A・ポオの詩を小説化した作だが、「虚空《みそら》は黝色《うすずみいろ》に落居て／木葉《ぼくよう》しじれ凋《しぼ》みつ／木葉すがれ凋みつ／いつとしれぬとしごろの／侘びし神無月の小夜なりける」と始まる日夏耿之介訳「ユラリウム」の詞藻が明らかに谺《こだま》している。「宝石」1953年12月号〈贋作集〉に書き下ろされたもので、他に山田風太郎「黄色い下宿人」（コナン・ドイル）、島田一男「ルパン就縛」（ルブラン）、大坪砂男「胡蝶の行方」（チェスタトン）、高木彬光「クレタ島の花嫁」（ヴァン・ダイン）が海外作家のパスティーシュに挑戦した。

「A Fable」は、1932年に「良心― A Fable」の題で「文藝汎論」に発表され（城左門名義）、戦後1952年に「良心」として「宝石」に再掲された。この際〝良心〟がやって来た季節が春から冬に変更されるなど、全体に細かく手が入っている。『のすたるじあ』版では「A Fable」と改題、〝良心〟が〝りょうしん〟に変わり、さらに改稿が施された。季節は「こよみの上では春」に戻っている。注目すべきは「文藝汎論」「宝石」版では〝良心〟が帰った後、主人公はこれにすげない態度を取ったことを反省し、悔悟するのだが、『のすたるじあ』版ではその後に「そして、出入り口に鍵を掛けた」という一文を加えていることで、これによって寓話がより深みを増しているように思われる。なお、「新青年」1930年11月号に「良心」という作が掲載されているが、同題の別作品である。

「エルドラドオ」「美しい復讐」「哀れ」を発表した『サッポロ』はサッポロビール（日本麦酒）のPR誌（編集は同社宣伝課にいたSF作家の久野四郎）。同誌には江戸の昔に関するエッセーも十篇ほど寄稿している。60年代に入ると城が先鞭をつけたショートショートは読物として定着し、小説誌以外の媒体にも重宝されるようになっていた。

「斬るということ」で語られる人斬りの話、その一から四は篠田鉱造『幕末百話』（1905／増補版1929）に材を取っている。

「復活の霊液」に登場する錬金術の大家センジボギウス先生には実在のモデルがいて、ポーランド出身の高名な錬金術師ミカエル・センディヴォギウス（Michael Sendivogius, 1566–1636）がその人。ポーランド王や神聖ローマ皇帝ルドルフ二世の庇護を受け、黄金錬成などの化学実験を行なった。「賢者の石」についての著作もある。城左門名義の詩「煉金方士」はミカエル・センジボギウス先生の実験室の光景を描いている。

城昌幸の探偵雑誌デビューは、先に記した通り1925年発表の「秘密結社脱走人に絡る話」だが、エッセー「処女作の頃」（「幻影城」1975年7月号）によると、「東方見聞」はその「三年ぐらい前に書いたもの」だという。その記憶が正しければ、京華中学を中退して読書と詩作に耽っていた十七、八歳頃、日夏耿之介や西條八十の知遇を得る前の作品ということになる。「探偵趣味」掲載時（1926）に加筆されているとは思うが、城の早熟ぶりが窺える。
「怪談京土産」で描かれる祇園の舞妓、一栄との淡い交際は、エッセー「京あそび」（『随筆 えぴきゅりあん』牧神社、1976、所収）によると作者の実体験らしい。

（編集＝藤原編集室）

著者紹介　1904年東京生まれ。本姓稲並。詩人城左門として出発した後、1925年「秘密結社脱走人に絡る話」を〈探偵文藝〉、「その暴風雨《あらし》」を〈新青年〉に発表、幻想掌篇の名手として活躍。戦後は宝石社社長を務め、「若さま侍捕物手帖」シリーズも人気を博した。79年没。

検印
廃止

のすたるじあ

2024年10月18日　初版

著者　城《じょう》　昌《まさ》　幸《ゆき》

発行所　（株）東京創元社
代表者　渋谷健太郎

162-0814／東京都新宿区新小川町1-5
電話　03・3268・8231-営業部
　　　03・3268・8204-編集部
URL　http://www.tsogen.co.jp
DTP　フォレスト
暁印刷・本間製本

乱丁・落丁本は、ご面倒ですが小社までご送付ください。送料小社負担にてお取替えいたします。

2024　Printed in Japan

ISBN978-4-488-49913-6　C0193

乱歩の前に乱歩なく、乱歩の後に乱歩なし

江戸川乱歩

創元推理文庫

日本探偵小説全集 2 江戸川乱歩集

《収録作品》
二銭銅貨, 心理試験, 屋根裏の散歩者,
人間椅子, 鏡地獄, パノラマ島奇談,
陰獣, 芋虫, 押絵と旅する男, 目羅博士,
化人幻戯, 堀越捜査一課長殿

EDOGAWA RAMPO

乱歩

乱歩傑作選
(附初出時の挿絵全点)

①孤島の鬼
密室で恋人を殺された私は真相を追い南紀の島へ

②D坂の殺人事件
二癈人, 赤い部屋, 火星の運河, 石榴など十編収録

③蜘蛛男
常軌を逸する青髯殺人犯と闘う犯罪学者畔柳博士

④魔術師
生死と愛を賭けた名探偵と怪人の鬼気迫る一騎討ち

⑤黒蜥蜴
世を震撼せしめた稀代の女賊と名探偵, 宿命の恋

⑥吸血鬼
明智と助手文代, 小林少年が姿なき吸血鬼に挑む

⑦黄金仮面
怪盗A・Lに恋した不二子嬢。名探偵の奪還なるか

⑧妖虫
読唇術で知った明晩の殺人。探偵好きの大学生は

⑨湖畔亭事件(同時収録/一寸法師)
A湖畔の怪事件。湖底に沈む真相を吐露する手記

⑩影男
我が世の春を謳歌する影男に一転危急存亡の秋が

⑪算盤が恋を語る話
一枚の切符, 双生児, 黒手組, 幽霊など十編を収録

⑫人でなしの恋
再三に亙り映像化, 劇化されている表題作など十編

⑬大暗室
正義の志士と悪の権化, 骨肉相食む深讐の決闘記

⑭盲獣(同時収録/地獄風景)
気の向くまま悪逆無道をきわめる盲獣は何処へ行く

⑮何者(同時収録/暗黒星)
乱歩作品中, 一と言って二と下がらぬ本格の秀作

⑯緑衣の鬼
恋に身を焼く素人探偵の前に立ちはだかる緑の影

⑰三角館の恐怖
癒やされぬ心の渇きゆえに屈折した哀しい愛の物語

⑱幽霊塔
埋蔵金伝説の西洋館と妖かしの美女を繞る謎また謎

⑲人間豹
名探偵の身辺に魔手を伸ばす人獣。文代さん危うし

⑳悪魔の紋章
三つの渦巻が相擁する世にも稀な指紋の復讐魔とは

日本のハードボイルドを概観する待望の全集!

日本ハードボイルド全集

全7巻

Collection of Japanese Hardboiled Stories

北上次郎・日下三蔵・杉江松恋＝編　創元推理文庫

1 **生島治郎**『死者だけが血を流す／淋しがりやのキング』
エッセイ＝大沢在昌／解説＝北上次郎

2 **大藪春彦**『野獣死すべし／無法街の死』
エッセイ＝馳星周／解説＝杉江松恋

3 **河野典生**『他人の城／憎悪のかたち』
エッセイ＝太田忠司／解説＝池上冬樹

4 **仁木悦子**『冷えきった街／緋の記憶』
エッセイ＝若竹七海／解説＝新保博久

5 **結城昌治**『幻の殺意／夜が暗いように』
エッセイ＝志水辰夫／解説＝霜月蒼

6 **都筑道夫**『酔いどれ探偵／二日酔い広場』
エッセイ＝香納諒一／解説＝日下三蔵

7 『傑作集』解説（収録順）＝日下三蔵、北上次郎、杉江松恋
収録作家（収録順）＝**大坪砂男、山下諭一、多岐川恭、石原慎太郎、稲見一良、三好徹、藤原審爾、三浦浩、高城高、笹沢左保、小泉喜美子、阿佐田哲也、半村良、片岡義男、谷恒生、小鷹信光**

黒岩涙香から横溝正史まで、戦前派作家による探偵小説の精粋！

日本探偵小説全集

全12巻

監修＝中島河太郎

刊行に際して

現代ミステリ出版の盛況は、まことに目ざましい。創作はもとより、海外作品の夥しい生産と紹介は、店頭にあってどれを手に取るか、戸惑い、躊躇すら覚える。

しかし、この盛況の蔭に、明治以来の探偵小説の伸展が果たした役割を忘れてはなるまい。これら先駆者、先人たちは、浪漫伝奇の炬火を掲げ、論理分析の妙味を会得して、従来の日本文学に欠如していた領域を開拓した。その足跡はきわめて大きい。

いま新たに戦前派作家による探偵小説の精粋を集めて、新しい世代に贈ろうとする。

少年の日に乱歩の紡ぎ出す妖しい夢に陶酔しなかったものはないだろうし、ひと度夢野や小栗を垣間見たら、狂気と絢爛におののかないものはないだろう。やがて十蘭の巧緻に魅せられ、正史の耽美推理に眩惑されて、探偵小説の鬼にとり憑かれた思い出が濃い。

いまあらためて探偵小説の原点に戻って、新文学を生んだ浪漫世界に、こころゆくまで遊んで欲しいと念願している。

中島河太郎

1 黒岩涙香 小酒井不木 甲賀三郎 集
2 江戸川乱歩 集
3 大下宇陀児 角田喜久雄 集
4 夢野久作 集
5 浜尾四郎 集
6 小栗虫太郎 集
7 木々高太郎 集
8 久生十蘭 集
9 横溝正史 集
10 坂口安吾 集
11 名作集 1
12 名作集 2
付 日本探偵小説史